教育部人文社会科学研究规划基金项目
项目批准号：16YJA751027

超越他者，成为主体

人民文艺视野下中国当代作家知识分子叙事研究（1949—1966）

吴国如　著

中国社会科学出版社

图书在版编目(CIP)数据

超越他者,成为主体:人民文艺视野下中国当代作家知识分子叙事研究:1949—1966/吴国如著.—北京:中国社会科学出版社,2018.11
ISBN 978-7-5203-3865-3

Ⅰ.①超… Ⅱ.①吴… Ⅲ.①中国文学—当代文学—叙事文学—文学研究 Ⅳ.①I206.7

中国版本图书馆 CIP 数据核字(2018)第 287227 号

出 版 人	赵剑英
责任编辑	陈肖静
责任校对	李 莉
责任印制	戴 宽

出 版	中国社会科学出版社
社 址	北京鼓楼西大街甲 158 号
邮 编	100720
网 址	http://www.csspw.cn
发 行 部	010-84083685
门 市 部	010-84029450
经 销	新华书店及其他书店
印 刷	北京明恒达印务有限公司
装 订	廊坊市广阳区广增装订厂
版 次	2018 年 11 月第 1 版
印 次	2018 年 11 月第 1 次印刷
开 本	710×1000 1/16
印 张	16
插 页	2
字 数	173 千字
定 价	68.00 元

凡购买中国社会科学出版社图书,如有质量问题请与本社营销中心联系调换
电话:010-84083683
版权所有 侵权必究

目 录

绪论 …………………………………………………（1）
 一 问题的提出 ……………………………………（1）
 二 概念界定与研究现状 …………………………（3）
 三 研究方法、思路与意义 ………………………（14）

第一章 背景与生成 ……………………………（17）
 第一节 历史的先声
    ——解放区小说知识分子叙事的规则形成 ……（17）
 一 懵懂的外来者 …………………………………（18）
 二 历史的自觉 ……………………………………（23）
 三 皆大欢喜 ………………………………………（27）
 四 阐释的循环 ……………………………………（36）
 第二节 继往开来
    ——"十七年"小说知识分子叙事的
    范式确立 ………………………………（40）
 一 时代的召唤 ……………………………………（41）
 二 身份的焦虑 ……………………………………（45）

三　文以明志 …………………………………………（53）

第二章　情归革命
　　　——知识分子改造的新时代寓言 ………………（58）
第一节　身份意识与创作姿态 …………………………（59）
　　　一　救世 …………………………………………（59）
　　　二　救赎 …………………………………………（60）
第二节　情归革命
　　　——回响与呼应 …………………………………（63）
　　　一　"为了革命而牺牲恋爱" ……………………（64）
　　　二　"革命与恋爱"相辅相成 ……………………（66）
　　　三　"革命产生了恋爱" …………………………（68）
第三节　叙事与差异 ………………………………………（70）
　　　一　主观意图和客观效果 ………………………（70）
　　　二　旧瓶新酒的策略与意图 ……………………（82）

第三章　从信服到"成圣"
　　　——知识分子主体再造的仪式化书写 …………（86）
第一节　告别旧我 ………………………………………（89）
　　　一　异常时间内的异常人 ………………………（90）
　　　二　自我意识的放逐 ……………………………（95）
　　　三　寻找新的替代 ………………………………（97）
第二节　话在肉身显现 …………………………………（99）
　　　一　日常生活的政治化 …………………………（100）
　　　二　受虐、洗礼与跨越 …………………………（103）

　　第三节　超凡脱俗……………………………………（107）
　　　一　入党……………………………………………（108）
　　　二　牺牲……………………………………………（110）
　　　三　婚恋……………………………………………（112）
　　第四节　仪式化叙事与身份诉求……………………（115）

第四章　他性与神话
　　　　——知识分子形象的差序化塑造…………………（117）
　　第一节　警示化………………………………………（118）
　　　一　反面人物形象…………………………………（118）
　　　二　边际人物形象…………………………………（124）
　　第二节　榜样化………………………………………（129）
　　　一　成长型革命知识分子形象……………………（129）
　　　二　领袖型革命知识分子形象……………………（137）

第五章　统一的真实性与倾向性的建构
　　　　——以知识分子第一人称叙述为例兼及
　　　　　　第三人称……………………………………（144）
　　第一节　文如其人与修辞立诚………………………（145）
　　第二节　第一人称叙述………………………………（149）
　　　一　真实性效果……………………………………（149）
　　　二　倾向性表述……………………………………（161）
　　第三节　第三人称叙述………………………………（169）

第六章　同一性疏离
　　——叙事者的苦恼……………………………………（175）

第一节　知识分子的启蒙意识……………………………（176）
　　一　批判性展示……………………………………………（176）
　　二　自主性呈现……………………………………………（183）

第二节　独特的叙事张力…………………………………（185）
　　一　反讽与复调……………………………………………（186）
　　二　唯美情怀………………………………………………（187）

第三节　"一切批评都是政治的"…………………………（189）
　　一　审美介入………………………………………………（191）
　　二　否定的辩证法…………………………………………（194）

第七章　人民性皈依
　　——异质而同构……………………………………（200）

第一节　《我们夫妇之间》
　　——最初的异端与规训……………………………（201）
　　一　必须始终坚持以工农兵为主导的人民文艺
　　　　发展方向………………………………………………（203）
　　二　知识分子形象的贬抑化叙事…………………………（211）

第二节　《组织部来了个年轻人》
　　——原稿与修改……………………………………（213）

第三节　《青春之歌》
　　——缝隙与缝合……………………………………（218）

第四节　《艳阳天》
　　——正典与绝响……………………………………（220）

结语…………………………………………………（229）

参考文献……………………………………………（233）

后记…………………………………………………（247）

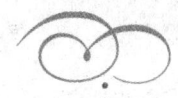

目　录

绪　论

一　问题的提出

　　一种文学现象的产生、衍变是多重因素相互作用的结果，其间必定有一定的逻辑必然性。中国当代（1949—1966）[①] 小说知识分子叙事就是如此。周扬在第一次全国文代会上关于解放区文艺运动的报告《新的人民的文艺》里提到，作为展示解放区文艺创作实绩的《中国人民文艺丛书》所选入的全部177篇作品（有话剧、歌剧、小说、叙事诗和报告等）里面，绝大多数是写工农兵的，只有一两篇涉及知识分子，题材的这种分布格局，充分反映出解放区文艺的发展方向。他号召新时代的广大文艺工作者应该像解放区文艺那样，多以工农兵为表现对象，多借鉴解放区文艺工作者成功的创作实践经验，以"新的主题、新的人物、新的语言、形式"推进新中国"新的人民的文艺"的创造和发展。特殊时代的政治语境、与解放区相似的战争文化心理，使"十七年"文学自新中国成立初期就延续了

---

　　① 考虑到论述的方便，本书对于中国当代（1949—1966）这一时段以后皆简称"十七年"。

解放区文艺的这种创作思路和文化发展战略，结果就是——造就了当时工农兵题材的繁盛与知识分子叙事的匮乏。但是，知识分子叙事的匮乏并不意味着这种文学现象不值得重视。翻阅"十七年"期间的报纸杂志等出版物就会发现，在文学（媒介）批评领域，涉及对知识分子主体（作者、叙事者）和客体叙事的批评文章却是居高不下，时至今日，也仍是学界的研究热点，且不断有新的研究成果出现。耐人寻味的吊诡现象背后所蕴含的内部机理构成本研究的促生点。

事实上，从被主流话语支配性地指派为需要改造者——小资产阶级开始，知识分子在"十七年"期间的大部分时间里都被从历史的主体——人民的队伍里排除①，不但在现实中丧失了话语权，伴随而来的，在文学叙事中也是作为历史主体的他者被表述。为了祛除旧我，摆脱受威胁的身份，寻求新形势新制度下安全的身份归属和理想的角色定位，通过小说想象性地对与自身具有同构性质的知识分子进行叙述——这一具有强烈社会象征行为的基本话语实践活动——来响应主流话语关于知识分子思想改造的现实询唤和人民化书写的文艺规范，是整个"十七年"知识分子作家或隐或显的共同政治诉求。也即，

---

① 人民一词往往会随社会、政治情势的变化在不同的历史时期被赋予不同的含义，是一个具有阶级性和历史性的概念。在"十七年"主流政治和文化实践领域，人民多数情况下是指代表无产阶级的工农兵。相关论述参见卢燕娟《人民文艺再研究》（文化艺术出版社 2015 年版，第 61 页）和戚学英《"人民话语"与"十七年"文学的身份认同》（《中国现代文学研究丛刊》2014 年第 4 期）。前者认为："在现实运用中，工农兵往往与人民、劳苦大众等概念可以同义互换。"后者的看法更加明确："从建国到'文革'，除了五十年代中期和六十年代初期，国家对知识分子归宿的认知有点摇摆，或有把知识分子归入工人阶级之义，在大部分时间里，知识分子都被排除在人民之外"，"或者说是人民中的'异数'，是绝不可以与工人、农民相提并论的"，"人民经阶级性的提纯而成为工农兵的同义词。"

"十七年"小说知识分子叙事是以现实知识分子的思想改造、知识分子对人民（无产阶级、工农兵）的认同为前提。而要达到为主流话语所认同的理想叙事效果并借此实现上述目标——经由自己充分的人民认同文学实践，有效建构自身无产阶级的历史主体身份，即真正进入人民队伍的行列，在此"新的人民的文艺"为主流话语所提倡和要求的语境下，怎么表述，如何塑造就成为一个非常关键且非常微妙的问题，蕴含着丰富的思想内涵和文化意义。毕竟，在思想复杂的间性书写者的笔下，文本的完整性只是一个幻觉。基于上述现象和问题，本书立足史料发掘和文本细读，在尽量还原"十七年"特定历史时期的社会语境下，围绕该时期作家的人民认同（身份诉求）与其人民文艺实践之间相互建构的关系，从文学话语的生产、构成和嬗变入手，运用多种相关理论和方法，对该时期小说知识分子叙事人民化的复杂过程、样态及意涵作一现象学症候式考察和分析。

二 概念界定与研究现状

马列主义普遍原理同中国革命具体实际相结合造就了中国革命的胜利这一客观事实告诉我们，理论的实际有效运用不能仅止于概念、判断、推理，必须具有现实的针对性、普适性和可操作性，能普遍适用于特定的具体阐释对象。德国著名诗人歌德就曾经说过，理论都是灰色的，唯有生活之树常青。确实，如果不考虑实际情况，再伟大的理论在介入实践对象的阐释过程中都会水土不服。既然本书研究的对象与知识分子有着很大关联，且鉴于目前学界关于此概念理解的多样性和复杂性，为了有效进行相关现象的分析和问题的阐述，在此有必要根据具体的实际情况对知识分子这个概念加以尽量恰当的特别界定。

西方普遍认为，知识分子是指拥有一定社会科学文化知识专长并勇于承担社会责任的从事脑力劳动的群体，他们是在社会公共领域具有强烈批判精神的知识精英和文化英雄，被誉为社会的良心。萨义德的观点是："知识分子是具有能力'向（TO）'公众以及'为（FOR）'公众来代表、具现、表明讯息、观点、态度、哲学或意见的人，……在扮演这个角色时必须意识到其处境就是公开提出令人尴尬的问题，对抗（而不是制造）正统与教条，不能轻易被政府或集团收编，其存在的理由就是代表所有那些惯常被遗忘或弃置不顾的人们和议题。"[①]"知识分子的代表是在行动本身，依赖的是一种意识，一种怀疑、投注、不断献身于理性探究和道德判断的意识。"[②] 应该说，萨义德上述关于知识分子的看法，从社会角色、文化功能和精神内涵等方面揭示出了西方意义上的知识分子概念的要旨，为目前学界普遍认可。余英时就认为，在西方人的眼里，知识分子"首先必须是以某种知识技能为专业的人"，除此之外，"同时还必须深切关怀着国家、社会以至世界上一切有关公共利害之事，而且这种关怀必须是超越个人（或小团体）的私利之上"，"他们是人类的基本价值（如理性、自由、公平

---

① [美]爱德华·W. 萨义德：《知识分子论》，单德兴译，生活·读书·新知三联书店2002年版，第16—17页。
② 同上书，第23页。

等）的维护者。知识分子一方面根据这些价值来批判社会上一切不合理的现象，另一方面，则努力推动这些价值的充分实现。"① 而在当代中国价值多元的语境下，学界关于什么是知识分子的看法不一，有的比较接近西方，如葛剑雄的观点就与萨义德、余英时等人的看法很相似②。而有论者的观点却来得相对温和和宽泛，"主张把知识分子视为这样一种人，他们在现代社会中通过频繁使用抽象符号来创造关于人及环境的思想，或表述他们对于人及环境的理解，并以此为基本生活内容。这些人可能批判现实也可能认可现状，可以被社会容纳也可以被公众嘲讽，也许来自上层社会也许出身平民家庭，或者有大学文凭或者没有大学文凭……"③ 但是，如果将上述概念运用于阐释共和国文学史上的知识分子现象，未免都会有失偏颇。有论者就认为，知识分子这个概念在中国也可以说是很复杂甚至很混杂的概念。什么人才能被称为知识分子？这本身就是一个流动的过程，要具体情况具体分析④。对本书而言，由于研究对象所涉及的知识分子是新民主主义革命时期和社会主义建设初期的知识分子，具有特定语境下显而易见的中国特色，显然不适用于上述概念所指，需另外加以界定。具体到解放前后的一段时间内，当时社会的普遍观念是，人们只要高小毕业就能被称为知识分子⑤。在此情况下，有论者在阐释共和国文学史

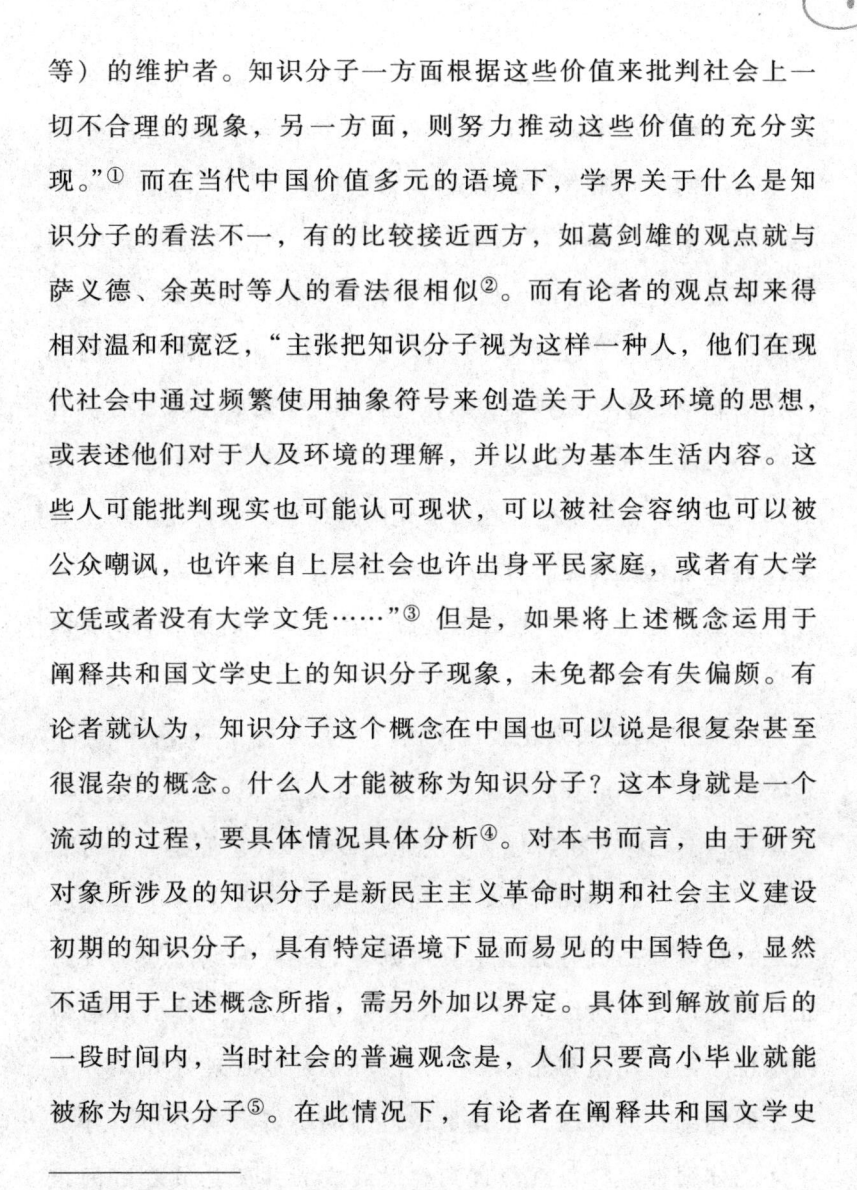

① 余英时：《士与中国文化·自序》，东方出版社1987年版。
② 王君琦：《知识分子的社会责任和历史定位》，《北京日报》2010年11月15日第19版。
③ 黄平：《知识分子：在漂泊中寻求归宿》，许纪霖编《20世纪中国知识分子史论》，新星出版社2005年版，第4页。
④ http://blog.sciencenet.cn/blog-678176-691728.html.
⑤ http://edu.qq.com/a/20130625/006931.htm.

上此类知识分子形象的塑造问题时，为了使论述有力，条理清晰且有效地体现论述宗旨，沿袭了大半个世纪以来，历史惯性推动下人们对此概念约定俗成的传统理解，认为："就中国特色而言，从现代到当代甚至今天，人们往往把读过一点儿书的、做过一点儿学问的、拥有某种科学文化知识的人，统统称之为知识分子。"[①] 笔者认为，该论对知识分子概念所持的更为宽泛的理解很符合客观实际，故行文之中对此予以采纳。

应该说，从"十七年"到80年代，学界对"十七年"小说知识分子叙事的研究存在两极化阐释现象。前者侧重从工具理性的视角对此做政治功利性解读，后者侧重从启蒙理性的维度对此做人文主义审美性观照。以"十七年"时期著名的长篇小说《青春之歌》为例。这部具有特别的表现对象（知识分子）、旧瓶新酒的大众化表现手法（革命加爱情——古代才子佳人母题的变体）和独特的成长叙事方式的小说甫一出版便给人耳目一新之感，在当时很受欢迎，影响很大。但是，当时北京电子管厂一名叫郭开的工人却对这篇作品几乎作了全面的否定，认为作品没有克服小资情调等非无产阶级思想，没有很好地突出无产阶级政党、工农大众作为历史主体的政治领导地位、巨大作用和光辉形象，没有很好地处理好知识分子与工农相结合的问题，尤其是林道静的小资产阶级知识分子个人主体精神、自我意识直到她最后成为共产党员之后仍然没有完全改造好，并文如其人地认为："作者是站在小资产阶级立场上，把自己的作品当作小资产阶级的自我表现来创

[①] 杨匡汉、孟繁华主编：《共和国文学50年》，中国社会科学出版社1999年版，第167页。

作的。"[1] 可以说，郭开的批评并没有顾及文艺作品本身的实际情况，主观片面，武断教条，缺乏学理性。但是，由于在一定程度上契合了当时较为激进的文艺政策和文艺思潮，他的这种不乏庸俗社会学色彩的评论（包括他的由作品推及作者、文如其人式的想当然批评思路）在"十七年"有关知识分子叙事的批评意见当中还是很有代表性的。比如冯雪峰、丁玲之于《我们夫妇之间》，李希凡之于《组织部新来的青年人》，姚文元之于《红豆》等，所有这些批评者针对这些作品的批评（含理念、范式）几乎都与郭氏完全一致。能够像茅盾那样，站在一定的政治距离之外，秉持一种艺术审美化的批评理念，客观而审慎地为《战斗到明天》作序，为《青春之歌》《百合花》等作品作辩解的情况在当时确属凤毛麟角。

时至80年代，随着启蒙话语的重新崛起和文学批评的向内转，学界对"十七年"知识分子叙事的研究开始以历史主义的态度来对待。在此过程中，研究者更加注重叙事的生活真实与艺术真实，社会历史批评和审美分析是主要手法，知识分子形象及其塑造是主要关注点，研究日趋客观、实际、全面，具有一定的学理性，但是还没有有意地在人民文艺的视野范围之内将知识分子书写与现实知识分子的人民身份诉求联系起来，普遍缺乏对该时期现实知识分子的人民认同和人民文艺创作实践问题的关注。比如，相对于《青春之歌》1960年的修改本，80年代的评论界大多看好它的初始本。有论者就认为，增写农村的八章，使得小说对主人公的塑造显得牵强，是在"违背了自己

---

[1] 郭开：《略谈对林道静的描写中的缺点——评杨沫的小说〈青春之歌〉》，《中国青年》1959年第2期。

主人公的意志"情况下"牵着林道静过关";有关学生运动的三章"人为地拔高"了主人公,把她"过早地推倒了历史的前台,让她去扮演领导运动的角色",所以如此,与杨沫对1959年的讨论"还没来得及很好地理解就匆促进行大幅度增改是有关系的",也与"时代的、历史的制约和当时政治思潮的影响"有关①。

可以看出,80年代学界对"十七年"知识分子叙事的研究在疏离主流话语的同时日渐获得了它的学术独立性。但是,这种学术独立性在研究理念和方法上比起日后来讲多少还是显得有些不足:对启蒙思想和艺术自律的过分强调使得该时期的文学研究重新走向另一极端——研究者一方面敏锐地意识到政治理念先行给"十七年"文学发展带来了诸多弊端,另一方面,对历史语境的重视不足也妨碍他们对这些问题作进一步思考。伴随着"十七年"文学的普遍被轻忽,对该时期知识分子叙事的研究也逐渐陷入低谷。

90年代以来,学界对"十七年"小说中知识分子现象的研究多以一种宏观的视野将知识分子叙事纳入对"十七年"文学研究的整体框架(专著),如李杨《50—70年代中国文学经典再解读》选择了八个文本进行细读,"这些文本将现在的话语置于它自身不可分割地联系着的更大的社会历史文本之中","目的在于揭示单个文本与其所属的复杂文本结合体之间的动态关系。"② 为此,他专以"十七年"典型的以知识分

---

① 张化隆:《评增补后的〈青春之歌〉》,《东北师范大学学报》(哲学社会科学版)1981年第3期。

② 李杨:《50—70年代中国文学经典再解读》,山东教育出版社2003年版,第369页。

子为主要表现对象的小说《青春之歌》为一章,从情爱话语与政治话语相互纠缠的角度解读"十七年"这个历史大文本与知识分子书写两者之间的关系。程光炜《文学想像与文学国家——中国当代文学研究(1949—1976)》基于大的时代背景简要描述了左翼文学思潮的发生机制及其对现代性追求。第一章《知识者、文化气候与本土化倾向》以具体的宏观取样分析,将1949—1976年文学中的知识者形象分为战士型知识者、城市知识者、政治运动型知识者,进而认为,这些知识者形象和现代文学、西方文学中的知识分子形象有别,"是当代中国本土化的",这些文学形象期间的变异和调整,"一定程度上说明了写作者思想探索上的艰难和文坛上难以预料的复杂性"①,是写作者在某种程度上以想象的方式建构一种文学意义上的现代民族国家。余岱宗《被规训的激情:论1950、1960年代的红色小说》②全书最后一章"革命小资与'病态'治愈"在历时和共时两个维度上将整合后的小资产阶级知识分子形象纳入"被规训的激情"理解行列。樊国宾《主体的生成:50年成长小说研究》③的第一章也将知识分子形象视为一个动态发展过程,构成整个50年成长小说例证的一部分。这些研究从形式的意识形态性视角宏观地将知识分子叙事纳入"十七年"文学研究的整体框架,以此突出这种叙事的宏大意义,很有创见和新意,对本书的写作很有启发性。黄子平的

---

① 程光炜:《文学想像与文学国家》,河南大学出版社2005年版,第39页。
② 余岱宗:《被规训的激情:论1950、1960年代的红色小说》,上海三联书店2004年版。
③ 樊国宾:《主体的生成:50年成长小说研究》,中国戏剧出版社2003年版。

《"灰阑"中的叙述》①、唐小兵的《英雄与凡人的时代——解读20世纪》②、董之林的《旧梦新知："十七年"小说论稿》③对知识分子书写均有不同程度的解读。这些解读构成他们著作中在大的时代背景分析基础上整个"十七年"文学研究的一个不可或缺的阐释支点。孙先科的《说话人及其话语》④是目前学界涉及"十七年"小说知识分子研究的学术著作里面集中且很富见地的一部。该书打破了以往小说内外二元对立的研究思路和庸俗社会学美学批评方法，抓住小说叙述策略中所隐含的精神症候，以小见大地运用心理分析及文化象征的方式描述和分析作为主体的人物（多数为知识分子）的成长过程，以及这一过程中所体现出来的作家创作心理与精神追求。而且，该书在研究视域上并没有完全局限于"十七年"，而是将思路延伸到后革命时代的当下，从而在上述研究的广度和深度上给人一个更令人信服的全面考察，前后贯穿的严密逻辑体现了论者对"十七年"知识分子问题认真深入的思考，在研究范式上创新了学界对"十七年"文学特别是"十七年"小说知识分子叙事的研究。

以单篇形式涉及"十七年"小说知识分子现象研究的论文一般分为以下几类：1. 知识分子形象综合研究。余岱宗在《论"十七年"小说中的小资知识分子形象》一文中认为："十七年"小说中的小资产阶级知识分子形象要么"妖魔化"

---

① 黄子平：《"灰阑"中的叙述》，上海文艺出版社2001年版。
② 唐小兵：《英雄与凡人的时代——解读20世纪》，上海文艺出版社2001年版。
③ 董之林：《旧梦新知："十七年"小说论稿》，广西师范大学出版社2004年版。
④ 孙先科：《说话人及其话语》，上海文艺出版社2009年版。

（主要以百花时期干预小说里的小资为例），要么"英雄化"（以林道静为例），林道静是"十七年"文学具有终结性意味的红色革命小资形象的顶峰；小资形象的分类和变化，"实际上是在自我丑化和模仿工农兵英雄的两条途径上同时走向形象的瓦解"，与工农兵形象及其叙事一样，"勾勒出从建国到'文革'，时代的权威意识形态对一类文学形象逐步'规训'的轨迹图形。"①程光炜的《关于五十到七十年代文学中的知识分子形象》②通过挖掘"十七年"时期作家内心与外部意识形态规范之间博弈与磨合过程中所体现出来的该时期文学作品中知识分子叙事的不规则现象，梳理出知识分子形象类型的演变过程及原因，从而揭示了当时错综复杂的文化生态。余、程两位论者有关知识分子形象的描述和分类均充分顾及了时代的意识形态影响，考虑全面且论述合理，对这方面的研究具有重要推动作用。2. 具体的文本细读。孙先科的《王蒙〈组织部来了个年轻人〉的精神现象学阐释》③在文本细读的基础上突破以往种种成见，抓住小说的叙事症候以充分的理论依据水到渠成地有力论证了小说中所隐含的转型时期青年知识分子精神成长现象。独到的阐释视角和深刻的说服力极富启发性和实用性。另外就是从叙事与意义相互关联的视角在版本学、史料学的基础上把握知识分子叙事的衍变，分析其

---

① 余岱宗：《论"十七年"小说中的小资知识分子形象》，《福建师范大学学报》（哲学社会科学版）2005 年第 6 期。
② 程光炜：《关于五十至七十年代文学中的知识分子形象》，《文学评论》2001 年第 6 期。
③ 孙先科：《王蒙〈组织部来了个年轻人〉的精神现象学阐释》，《中国现代文学研究丛刊》2004 年第 3 期。

中所蕴含的内在机制。金宏宇的《中国现代长篇小说名著版本校评》①通过对《青春之歌》各版本间的对校,重点梳理总结了知识分子叙事的差异和流变,并寻绎出导致这些差异和流变出现的因素。这也是一个很有特色的阐释路径,但如果把这种解读方式放在"十七年"无定稿怪现状的整体语境中对作品进行研究,说服力应当更强。3. 单个复杂且极具代表性的知识分子作家创作主体研究。刘思谦的《丁玲与左翼文学》②通过分析丁玲的"两组作品及两种写作身份的转换轨迹,从文学与政治与性别及语境与选择切入,从启蒙话语与革命话语方面对丁玲创作的全过程进行了解读",从而在左翼文学及其背后的政治权力视域内合理地阐释了丁玲"创作上的成就和局限及种种矛盾的困惑"。这对从纵向上研究整个"十七年"作家及其小说中的知识分子现象无疑很有代表性和说服力。比较具有代表性的还有董之林的《关于"十七年"文学研究的历史反思——以赵树理小说为例》③。4. 从宏观视野整体性出发把作为创作客体之一的"十七年"小说中的知识分子放在大的时代氛围进行全景考察,并以此作为其他分析的切入点。王彬彬的《林道静、刘世吾、江玫与露沙——当代文学对知识分子与革命的叙述》④历时性地比较

---

① 金宏宇:《中国现代长篇小说名著版本校评》,人民文学出版社 2004 年版,第 238—275 页。
② 刘思谦:《丁玲与左翼文学》,《西南民族大学学报》(人文社会科学版)2006 年第 11 期。
③ 董之林:《关于"十七年"文学研究的历史反思——以赵树理小说为例》,《中国社会科学》2006 年第 4 期。
④ 王彬彬:《林道静、刘世吾、江玫与露沙——当代文学对知识分子与革命的叙述》,《文艺争鸣》2002 年第 2 期。

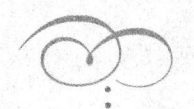

了新中国成立初到后革命时期的 90 年代小说中的有代表性的革命知识分子不同形象之间的相似叙事,透过这一表象揭示出不同革命知识分子内在的共同本质——"生是革命人,死是革命鬼"的心理。类似的还有如季惠杰的《建国后知识分子形象之精神走向》①,有的甚至贯穿整个 20 世纪,如何洛易的《知识者的心路历程：20 世纪中国知识分子小说综述》②,等等。

应该说,比起"十七年"和 80 年代,90 年代以来的"十七年"小说知识分子现象研究呈现出新的历史图景,从情绪性感受渐富学理性分析,从主观性批判更趋注重客观实际的辩证性思考,对"十七年"文学的理解越来越全面深入具体。重视史料挖掘、还原历史情境、回到历史现场越来越成为学界研究的基点,叙事学研究、文化研究、传播学研究是重要的研究方法,历时与共时相结合、形式批评与文化诠释的内外兼修的组合方式日益受到重视。"研究者既要从人文主义价值立场和审美现代性角度估价'十七年'文学,更要以一种历史的同情态度去体察那一代作家以及文本镜像的复杂纠葛和民族国家共同体的努力建构,而不是简单肯定或者片面否定。否则,我们又将陷入一种新的二元对立模式中而难以自拔。"③孙先科这一观点日渐成为当下"十七年"文

---

① 季惠杰：《建国后知识分子形象之精神走向》,《北华大学学报》(社会科学版) 2003 年第 2 期。

② 何洛易：《知识者的心路历程：20 世纪中国知识分子小说综述》,《解放军外语学院学报》1994 年第 4 期。

③ 孙先科：《如何深化"十七年"的小说研究》,《湛江师范学院学报》2008 年第 4 期。

学知识分子现象研究的共识和范式。余岱宗《被规训的激情：论1950、1960年代的红色小说》①中对此也持类似的看法，认为不能以对文艺政策甚至文艺思潮的批评代替对文艺作品本身的批评，不能认为此时期"革命文学"对新的人物新的艺术表现方式毫无建树。这些慧识意味着论者在对"十七年"文学进行现象学深入思考的同时，暗含对"十七年"小说知识分子现象研究价值的肯定，也为我们指明了研究的路径。

在令人欣喜的同时，我们同时也看到，学界对"十七年"小说知识分子叙事的研究存在研究对象过于集中的现象，且不排除有过度阐释的可能，如对小说《青春之歌》的研究就是如此；而且有些研究者在注重整体的研究过程中或失之于粗略、单薄，要么因为过于关注单个文本的解读而只见树木不见森林；或者因对现代性话语和主流意识形态之间纠缠迎拒的过分强调而忽视了本土文化环境中成长起来的作家所具有的传统文化心理、古典审美理想等文化精神遗存在其中的体现，等等。因此，就本论题而言，围绕"十七年"时期作家的人民身份诉求及其人民文艺实践，把该时期涉及知识分子叙事的文本当作复杂的话语场、有意味的文学形式，对其进行历时和共时、整体性和阶段性相结合的系统研究正是本书努力的方向。

三　研究方法、思路与意义

本书主要以"十七年"时期涉及知识分子叙事的小说为

---

① 余岱宗：《被规训的激情：论1950、1960年代的红色小说》，上海三联书店2004年版，第297页。

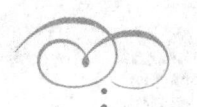

研究对象，通过文本细读与思潮（文艺、社会）论述相结合的方式，力图根据"历史与逻辑的一致"①的原则，在人民文艺的视野范围之内、在历时与共时相结合的维度上按照发生学意义上的因果关系，将"十七年"小说知识分子叙事作为一种现象来考察分析；主要涉及葛兰西的文化领导权理论、福柯的权力理论、阿尔都塞的意识形态学说、布迪厄的文学场域论，以及文献法、大众传播理论、媒介批评学、版本校勘学、叙事学、文本细读法、比较分析法、历史理论、社会学、文艺心理学等批评理论和阐释方法，具体运用因研究内容及论述情况而定，学科交叉法为常用研究方法。在具体研究过程中，本书以时间为经，作品为纬，通过对相关史料的不断收集、整理和阅读，在借鉴上述研究成功的理论与方法并充分考虑文本的丰富性、复杂性和多义性的基础上，以交往理性为突破点，整体把握叙事与意识形态之间的关系，寻绎存在于这种叙事话语背后的权力场域内所隐含的作为叙事主体的知识分子，在与主流意识形态潜在对话的过程中，以人民（无产阶级、工农兵）认同为基础，进行人民文艺生产，建构新的身份主体的欲望，并对此过程中所出现的创作主体与权力话语某种程度的疏离与共谋进行一定程度的梳理和反思，从而明了作为权力话语他者的知识分子在"十七年"（当代）话语格局中的尴尬境遇——特别是在此痛苦而艰难的人民主体身份诉求过程中所遭遇到的深刻的灵魂蜕变。本书通过尽量还原历史情境的解读方式，期冀构建一部那个激情燃烧时代知识分子的心灵史，在对他们的创作

---

① 《马克思恩格斯选集》第2卷，人民出版社1975年版，第122页。

及命运加以反思的过程里面，对他们的遭际抱以多一分理解和同情，毕竟，"哲学注定要受自己时代精神的限制，人没有任何办法可以逃脱这种限制。"① 或许那个时代的他们不像当时的有些思想者（如被称为"地狱里的思考者"的顾准）能够作纯粹冥想式的复杂而深刻的公共知识分子般的理性思考②，但他们的本质诉求体现在他们的表面可能显得比较天真幼稚的知识分子叙事中，一样是那么认真与执着，这种认真与执着饱含影响焦虑下的深刻期待。

忘记历史等于背叛，应该说，这些处于社会历史重要转型时期的知识分子的命运、遭际和思想，尤其是其人民主体的身份诉求和人民文艺的创作实践，既是过往历史的必然，时代精神的体现，同时也为新的历史时代的开创提供了重要镜鉴，对于整个20世纪以来的中国文学史、文化史、思想史研究而言具有不可或缺的意义，是一个不可忽视的存在。

---

① ［俄］列夫·舍斯托夫：《在约伯的天平上》，董友等译，生活·读书·新知三联书店1989年版，第260页。

② 朱学勤：《地狱里的思考——读顾准遗著》，许纪霖编《二十世纪中国思想史论》（下卷），东方出版中心2000年版，第175页。

第一章

背景与生成

第一节 历史的先声
——解放区小说知识分子叙事的规则形成

"文变染乎世情,兴废系乎时序"[1],1937—1949年解放区文学关于知识分子的书写,面临着一个改写移易的困局。以1942年开始的延安整风特别是在此期间毛泽东《在延安文艺座谈会上的讲话》的发表为界,解放区小说知识分子叙事依据其前后所显示出的截然不同的思想和风格,大体可以分为前后两个阶段。前期的代表性作品有丁玲的《在医院中》、舒群的《快乐的人》、莫耶的《丽萍的烦恼》,后期的代表性作品有晋驼的《结合》、方纪的《纺车的力量》、思基的《我的师傅》、

---

[1] (梁)刘勰:《文心雕龙注释》,周振甫注,人民文学出版社1981年版,第479页。

韦君宜的《三个朋友》、周立波的《暴风骤雨》、丁玲的《太阳照在桑干河上》等一批小说。在这改写移易的过程里面，不仅见证了现代知识分子在现代民族国家的想象性建构和事实上参与过程中，与主流意识形态博弈时特有的心路历程和精神状态，更重要的是，奠定了建国后当代文学一体化进程中知识分子叙事的基本规范。早在第一次文代会时，周扬在大会上的发言《新的人民的文艺》里就明确指出："毛主席的《在延安文艺座谈会上的讲话》规定了新中国文艺的方向，解放区文艺工作者自觉地坚决地实践了这个方向，并以自己的全部经验证明了这个方向的完全正确，深信除此之外再没有第二个方向了，如果有，那就是错误的方向。"① 显然，作为当代文学直接源头的延安文学——具有鲜明的马列主义属性与中国革命的实用主义色彩的文学观念与创作实践经验——对新中国成立后"十七年"文学的发展有着非比寻常的意义。知识分子叙事自然不能例外。

一 懵懂的外来者

上述小说一个最大的特点，便是普遍采用了外来者叙事模式。但这些叙事模式又非铁板一块。作品中作为外来者的身份并不相同。由于外来者的身份不同，在不同的语境下构成了现实中知识分子叙事不同的意识形态修辞立场和表意策略。

延安整风运动前，具有"五四"文化精神的启蒙者构成了

---

① 周扬：《新的人民的文艺》，《周扬文集》第 1 卷，人民文学出版社 1984 年版，第 513 页。

外来者的身份主体。丁玲《在医院中》中的主人公陆萍是上海产科学校毕业的女大学生，受党组织委派来到离延安四十里地的一个刚开办的医院工作。舒群《快乐的人》中快乐的人是有钱人家的儿子、大学生和诗人。莫耶《丽萍的烦恼》中的丽萍为了逃婚，四年前从已沦陷的×城家中和别人一起来到了延安。但是，革命的圣地并非他们想象中的天堂。进入医院的陆萍发现，尽管这所新建的医院是用现代理念组织起来的，但还是有许多不尽如人意之处。且不论医院管理落后、肮脏混乱，医疗设备差，技术水平跟不上，关键是医院的工作人员从上到下满是"小生产者的愚昧无知、偏狭保守、自私苟安等思想习气"①，医院里面一点小小的局部改善往往必须以陆萍、郑鹏、黎涯这些医院的外来知识分子付出巨大的牺牲为代价。小说把陆萍等人当作正面人物来表现。他们独战多数、不畏艰难、坚忍不拔的毅力，富有爱心的人道主义精神，具有现代科学意识的启蒙思想显示了现代知识分子强烈的主体意识和批判精神，确实值得肯定。

但是，客观地讲，由于这些外来知识分子只是着眼于外在环境的批判，本身缺乏一种全盘考虑的大局意识，一种在此环境下躬省自身的反思精神，一种以退为进的妥协策略，而"被一种来自自我和理想的愿望所折磨"②，所以，他们在外界强大的压力下要么被迫离开（如陆萍），要么无奈地被融入（如《丽萍的烦恼》中的丽萍、《快乐的人》中的"快乐的人"），

---

① 黄子平：《"灰阑"中的叙述》，上海文艺出版社2001年版，第162页。
② 贺桂梅：《转折的时代：40—50年代作家研究》，山东教育出版社2002年版，第257页。

但内心的个性意识、自我思想并没消弭。且看《在医院中》中的陆萍。小说结尾对离开医院时候的她这样描写：

……她真真的用迎接春天的心情离开这里。
……

新的生活就要开始，然而还有新的荆棘。人是要经过千锤百炼而不消溶才能真正有用。人是在艰苦中成长。①

充满隐喻意味的话语暗示了陆萍（甚至可以说是丁玲本人）对未来的真诚期许——执着地探求人生意义，虽九死而未悔。决绝的奋斗精神显示出启蒙者上下求索、独立不羁的悲壮姿态。

《丽萍的烦恼》中的丽萍虽然有了更好的生活享受，但她的烦恼一直到最后都仍然存在：

结婚后的丽萍，物质生活的享受曾使她满足，但精神上却感到无限的抑郁、烦恼；她是最爱聊天的人，心里想什么就得发泄出来，但跟×长谈什么好呢？军事政治她谈不来，她爱谈的他又漠不关心，甚至不懂得，过去一些可谈的朋友，又都跟她疏远了。②

为此，她"嫉妒和羡慕"与她有着相同遭遇的知识分子白沙。尽管两人同为知识女性，且都来自城市，但在婚姻问题上

---

① 丁玲：《丁玲文集》第3卷，湖南人民出版社1982年版，第264—265页。
② 莫耶：《生活的波澜》，陕西人民出版社1984年版，第89页。

两人却有着不同的选择。与丽萍抛弃与之共患难且深爱着她的知识分子林昆,选择嫁给始终与之有着感情沟壑的老干部不同,白沙选择嫁给了地位低下的知识分子,且两人能够相敬如宾。对生活,她乐观从容、坚忍顽强;对革命工作,她积极热情、踏实肯干。任何时候,她对人都友好和善、不卑不亢。

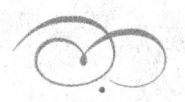

作者运用对比的手法,通过两者之间巨大的反差(白沙的独立自强、自信不屈己与丽萍对权势的强烈依附)含蓄地提出了一个问题——在强势的外界环境压力下,知识分子应该如何进行自身定位。在作者看来,不盲目趋附时势的白沙其实就是最好的答案,她在工作、生活、为人处事当中所体现出来的独立人格和乐观自信才是这些外来于延安的知识分子特别是女性知识分子所应持有的正确态度。小说隐含了对犬儒主义与环境缺陷的双重批判。

《快乐的人》中那个大学生诗人对于自己所爱之人不敢当面表白自己的爱意,除了压抑自己的情感,还要强颜欢笑地为自己的所爱证婚,用流血的心灵铸成的诗歌表达对对方的祝福,反映出当时解放区外来知识分子卑下的地位和令人尴尬的生活婚恋问题。

应该说,这些显示了现代知识分子强烈主体意识和批判精神的作品,在当时亲者痛仇者快的语境下,无疑不是延安主流话语所希望看到的,不久遭到批判也就丝毫不足为怪。

类似的情形也出现在国统区。毛泽东《在延安文艺座谈会上的讲话》传到解放区,七月派作家对此作了有别于解放区作家的理解。当路翎的长篇小说《财主的儿女们》于1948年发表之后,左翼批评家在《大众文艺丛刊》上对此发起了激烈的批判。在这篇小说中,作者塑造了一个地主家庭出身的、具有丰富精神内涵的小资产阶级革命知识分子蒋纯组形象。这个具有现代启蒙思想与革命意识的知识分子,在他颠沛流离的奋斗生涯中经过一个个场景,试图融入其中,但均遭歧视与驱逐。追求完美的理想主义气质使他成为一个经常痛苦彷徨于歧路的他者。他本质上希望革命,但独立不羁的个性意识、冷静清醒的理性批判精神使他遭到了演剧队那些貌似革命的领导者的排斥。演剧队负责人王颖对他发起了猛烈攻击,指责他是一个小资产阶级个人主义者。为此,他奋起反抗,对演剧队权威进行了振振有词的有力反驳,这让演剧队的领导王颖等人很是难堪。她在演剧队的威信被极大削弱。"如果出现了某人振振有词地批评权威的情形,那此人所从属的权威必然正处于失常状态之中,而且仅就胆敢批评权威这一事实本身,就足以证明他是有罪的。"① 正因为"有罪",所以蒋纯组最终被迫离开革命队伍。蒋纯组说"我信仰人民",并希望在走向人民的过程中求得理想的实现与心灵的归宿。然而在乡场上,充满"精神奴役与创伤"的人群彻底动摇了他的信念,他对自身行为的正当性、有效性不停地怀疑和追问,失望之余最终被迫逃离。对此,有论者这样评价道:"这个人物仿佛穿行在人世间古往今来能遇到的所有矛盾之中,如崇高和卑下、抗争和败退、正义和邪恶、理性和疯狂、生存和死亡之中,感受了一切,领悟了一切,最后在大时代中被作者送上了死路。从社会层面上来说,这个人物可以看作是在伟大的抗日民族解放战争中没能够

---

① [德]埃李希·弗洛姆:《寻找自我》,陈学明译,中国工人出版社1988年版,第191页。

和人民结合,没能找到光明出路的知识分子的典型。"①

从上述视角出发,陆萍与蒋纯组、延安时期写作《在医院中》还未遭到批判的丁玲与此时国统区的路翎虽然有着男女性别的差异,但就他们的身份、思想、经历、遭遇而言,无疑异质而同构:相对于历史主义的理性思考,他们更有人文主义的价值诉求。

二　历史的自觉

人不能改变环境,那就只能为环境改变。事实上,在整风运动以前,延安知识分子的创作环境还是比较自由宽松的,这和当时领导人的倡导分不开。1940年1月,时任中共中央宣传部部长的洛甫(张闻天),在陕甘宁边区文化界救亡协会第一次代表大会上作了题为《抗战以来中华民族的新文化运动与今后任务》的报告,对知识分子给予了很高的评价:"知识分子的优点:追求崇高的理想,不满意黑暗的现社会:反抗压迫、专制、不平等,爱好民主、自由、平等;反对迷信、黑暗、无知、愚昧;爱好光明与真理;反对自私自利、贪污腐化,要求大公无私、清白纯洁。"② 作为当时中国共产党政治代言人的此番泛意识形态化的关于知识分子作用的言论,无疑对投身延安而来的文化人产生很大的影响。尽管我们可以看到,虽然在

---

① 钱理群、温儒敏、吴福辉:《中国现代文学三十年》,北京大学出版社1998年版,第506页。
② "延安文艺丛书"编委会编:《延安文艺丛书》第1卷,湖南人民出版社1984年版,第144—145页。

此之前毛泽东一再强调知识分子有必要与工农兵结合改造（"革命的或不革命的或反革命的知识分子的最后的分界，看其是否愿意并且实行和工农民众相结合。"① "使工农干部的知识分子化和知识分子的工农群众化"②），但这似乎还未引起知识分子的足够重视。从30年代中期开始，就有大批左翼文人怀揣着美好而强烈的憧憬陆续从各地奔赴延安。对延安，他们充满了赤子的喜悦与豪情："五月的延安／喷香的城／发光的城／红色的城……我爱的发烧／爱得醉迷迷的／像饥饿的孩子／眯缝着眼／吸着母亲的奶汁"（胡征《五月的延安》）③。

在度过了最初的喜悦之后，这些"孩子"惊讶地发现，现实的情形并不完全符合他们理想中的期待，依然有着不尽如人意之处。于是，王实味、丁玲、艾青、萧军、罗烽这些淘气的"饥饿的孩子"对此做出了任性的揭批。作品暴露批判的风格所显示出的沉闷压抑的阴郁基调，用稍后不久整风运动中艾青批判王实味文章的话说就是："充满着阴森气，当我读它的时候，就像走进城隍庙一样。王实味文章的风格是卑下的……他把延安描写成一团黑暗。"④ 这无疑构成对延安权力意识形态之父的冒犯，因为在"父亲"看来，"一个将要出生的孩子是在'温情'——即家庭（父亲的／母亲的／夫妻的／同胞的）意

---

① 毛泽东：《五四运动》，《毛泽东选集》第2卷，人民出版社1991年版，第559页。
② 毛泽东：《大量吸收知识分子》，《毛泽东选集》第2卷，人民出版社1991年版，第619—620页。
③ 杨守森主编：《二十世纪中国作家心态史》，中央编译出版社1998年版，第254页。
④ 温济泽：《斗争日记——中央研究院座谈会日记》，《解放日报》1942年6月28日、29日第4版。

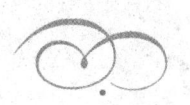

识形态的形式——中被期望的：它将接受父姓、经历认同过程并成为一个不能被替代的人。"① 这正如古希腊悲剧家索福克勒斯《安提戈涅》一剧中克瑞翁就父母的权威所做的经典表述："啊，孩儿，你应当记住这句话：凡事听从父亲的劝告。作父亲总希望家里养出孝顺儿子，向父亲的仇人报仇，向父亲的朋友致敬，象父亲那样尊敬他的朋友。那些养了无用的儿子的人，你会说他们生了什么呢？只不过给自己添了苦恼，给仇人添了笑料罢了。"② 显然这些"孩子"的"任性"举动超出了父母对他们的期望，批判与惩罚在所难免，因为"权力之父"就是要让这些不听话的"孩子"认识到自己的过错并加以改正。也就是说，他们还只是知识分子主体，在政治上并未得到革命与阶级、人民的认同。于是，王实味、丁玲等人在1940年前后的言论构成了延安整风的契机。最终，经过延安整风，特别是随着整风运动过程中毛泽东《在延安文艺座谈会上的讲话》的发表，延安知识分子几乎全部经受了思想的洗礼。这些作家在原罪感、自卑心的驱使下，在主流意识形态的规训下，放弃了自我意识、个性思想，纷纷做出了适应形势需要的调整。例如丁玲。在1942年4月初的一次中央高级干部学习会上，许多人都对丁玲的《三八节有感》和王实味的《野百合花》提出批评，但在最后总结的时候，毛泽东对她的身份做出了澄清证明（"毛主席说：'《三八节有感》同《野百

---

① ［法］路易·阿尔都塞：《意识形态和意识形态国家机器（续）》，李迅译，《当代电影》1987年第4期。
② ［古希腊］索福克勒斯：《悲剧二种》，罗念生译，人民文学出版社1979年版，第25—26页。

合花》不一样,《三八节有感》虽然有批评,但还有建议。丁玲同王实味也不同,丁玲是同志,王实味是托派'"①),使她免遭如王实味那样被党、被人民放逐的厄运,并因此而感激一生("毛主席的话保了我,我心里一直感谢他老人家"②),为此,她"非常愉快地、诚恳地用《讲话》为武器,挖掘自己,以能洗去自己思想上从旧社会沾染的污垢为愉快"③。随后不久,为了表明自己清白无辜、立场坚定和对革命的真诚,她在《解放日报》上著文,与王实味划清界限,并且认为王实味的思想问题"已经不是一个思想上的问题,立场或态度的失当,而是一个动机的问题,是反党的思想和反党的行为,已经是政治问题"④,在日后还创作出了轰动一时的,标志她事实、思想以及创作风格实现根本转变的土改小说《太阳照在桑干河上》。艾青认为:"他(王实味——笔者注)把政治家与艺术家、老干部与新干部对立起来,挑拨他们之间的关系,这种立场是反动的,这种手段是毒辣的。这样的'人',实在够不上'人'这个称号,更不应该称他为'同志'。"⑤

或许只有在这时他们才意识到,并不因为自己来到了延安就是无产阶级革命战士,就属于人民,特定时期无产阶级革命者、人民大众身份的获得与承认必须以自身对无产阶级意识形态的服从、以个性意识以及批判精神的消磨为前提,只有这样

---

① 艾克恩编:《延安文艺回忆录》,中国社会科学出版社1992年版,第62页。
② 同上。
③ 同上书,第64页。
④ 丁玲:《文艺界对王实味应有的态度及反省——六月十一日在中央研究院与王实味思想作斗争的座谈会上的发言》,《解放日报》1942年6月16日第4版。
⑤ 艾青:《现实不容歪曲》,《解放日报》1942年6月24日第4版。

才能得到政治权力的认可。尽管福柯告诉我们，权力就是知识，知识就是权力，权力与知识合谋共生。所以韦伯在《文化资本与社会炼金术》里面就认为，文化资本就是权力资本就是政治资本。但在20世纪三四十年代解放区特殊的政治语境下，知识分子不合时宜的文化资本却成了一种恶，政治资本的获得与文化资本的获得不是天然地成正比，甚至很大程度上有可能成反比——政治资本的获得必须以一定文化资本的丧失为代价。这实际上也就是一个逐渐去知识分子化的问题——将知识分子他者化，询唤为意识形态的主体，实现自身人民身份主体的诉求。对于这些投奔延安而来的知识分子，这前后的落差（变化）实际上涉及这么一个命题：统治阶级的意识形态并不天然就是占统治地位的意识形态，必须有一个内化的过程。

三　皆大欢喜

于是，这些被规约后的作家按照主流意识形态所规定的艺术法则对历史进行重新书写，以前众声喧哗的延安解放区的文学创作显现为一体化的叙事格局。小说仍然采用外来者叙事模式，所不同的是，政治斗争、阶级运动在当时的语境中成了一种元话语，对它们的叙事采用总体性一体化的元叙事。知识分子成了被讥讽的对象，成了人民——工农兵的陪衬，"五四"意义上的思想启蒙者变为无产阶级政治的被启蒙者。小说创作呈现出喜剧情调甚至是狂欢精神，不再如整风运动前那么压抑阴沉。被规约后的知识分子作家通过塑造经过改造的知识分子形象，试图表明他们自己已经克服了小资产阶级思想，彻实转变了立场，在与人民——工农兵大众的结合现实过程中实现了思想的转变，实现了对无产阶级大众意识形态的认同。在这些与现实的知识分子具有同构色彩的人物身上，显示了主流意识形态对现实知识分子的有效询唤。

具体而言，这时的外来者缺乏上述知识分子（整风运动前）来到解放区时的平等对话姿态，不是自视甚高（文采）或者过于理想化（小王）就是充满原罪感的自贬自抑（《结合》《纺车的力量》《我的师傅》《三个朋友》），所以主观、武断或者自卑、彷徨是这些初来乍到者的常态。自视甚高者，可以《太阳照在桑干河上》中的文采为代表。此人甫一出现在暖水屯，便以高高在上的姿态、调查的口吻询问村里的党员数量。在他的意识里面，村里党员的多寡很大程度上反映了村干部、村民的思想觉悟情况。从一开始，他就没有体现出从群众来到群众中去的工作作风。他不顾同来的工作组其他成员的意见，在没有先具体了解这村情况的前提下，以组长自居，盲目决定先召开村干部会，自认为这就是走群众路线。由于暖水屯党支部书记张裕民没有附和他的意见，在不考虑历史实际的情况下，他武断地觉得这个冷静谨慎的共产党员胆子小，还有些哥老会的作风，并理想化地认为"至少一个星期，最多十天要结束这个工作"①。他华而不实、夸夸其谈，充满教条意味的六个小时讲话让村民厌倦不已，昏昏欲睡，"把农民折腾个够"②，结果适得其反。随着土改工作的不断深入，主观武断、不切实际、凭个人好恶做事的他越来越因不合时宜而脱离群

---

① 丁玲：《太阳照在桑干河上》，人民文学出版社1955年版，第46页。
② 袁良骏编：《丁玲研究资料》，天津人民出版社1982年版，第121页。

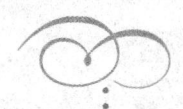

众，土改工作也因此受到阻碍，未能如他所愿。所以，文采尽管是一名党的工作者，他所做的一切在行动上体现了一个共产党员的良好愿望，但他在思想上并没有入党，并没有脱离小资产阶级知识分子的习气：主观、武断、刚愎自用还善妒。以高高在上的官僚姿态来体现自己的权威，显示自己作为外来领导干部的优越性心理使他未能做到将良好的革命诉求与具体的实际情况相结合统一。丁玲本人这样评价文采："文采不是一个坚定的共产党员，他是尚未克服小资产阶级个人主义的知识分子。他的书呆作风显得非常可笑。他满怀良好的愿望从事土改，却成了教条主义的俘虏，犯了右倾毛病，找不到接近群众的门径。"① 在《文采同志》一章里，作者以诙谐的笔调、调侃的口吻对他的知识分子出身、特点进行了一番嘲讽。比如他的强不知以为知、爱好卖弄学问、外强中干，他的自欺欺人、附庸风雅，因好面子而处处不忘维持自己在人前的威信等等，读来都让人忍俊不禁，十分生动有趣。整个土改工作过程对此做出了精彩的诠释。有人对此总结道："文采带有十足的自命清高的小资产阶级知识分子的特征。由于缺乏实际斗争的锻炼，他身上的许多弱点并未因加入革命队伍而得到很好的克服。他的虚荣心，处处顽强地表现自己；他的只夸夸其谈空洞理论，而完全不顾客观实际，都与严峻的土改斗争格格不入。"②

　　对改造工作过于理想化者，除了有上述的文采，比较典型

---

① 袁良骏编：《丁玲研究资料》，天津人民出版社1982年版，第121页。
② 王中忱、尚侠：《丁玲生活与文学的道路》，吉林人民出版社1982年版，第200页。

的就是《暴风骤雨》中土改工作队中的知识分子刘胜。和文采一样，这个人也富有满腔的工作热情，却缺乏对土改工作的深入认识。盲目的工作热情和革命冲动使这个单纯的青年初来乍到就遭遇第一次群众大会失败和第一次斗争大地主韩老六的效果不理想等连续两个挫折，满腔的工作热情顿时化为满腔的埋怨，悲观失望之际负气要走。对此，作为作者代言人的土改工作队队长萧祥这样评价道：

> 他碰到过好些他这样的小资产阶级出身的革命知识分子，他们常常有一颗好心，但容易冲动，也容易悲观，他们只能打胜仗，不能受挫折，受一丁点挫折，就要闹情绪，发生种种不好的倾向。[①]

作为作者代言人的这番评价也应该视为作者本人对知识分子的看法。所以，对文采、刘胜这样的知识分子而言，他们一开始并没有意识到土地改革要改造的不仅仅是土地制度、生产关系，是对农民的政治启蒙，更重要的是要通过对这一过程的发生实现对自身思想灵魂的改造。而这，是于不知不觉中被裹挟行进的。这些知识分子一开始并没有觉得自己有需要改造的必要。

而在另外一些小说中，改造自我则成了一种明确的意识，一种具有强烈动机的自觉政治行为。《结合》中的"我"自认为是"小知识分子"，因为犯了错误被组织科送到已经革命化

[①] 周立波：《暴风骤雨》，人民文学出版社1956年版，第78页。

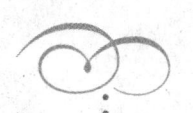

的"大知识分子"那接受改造。《纺车的力量》中的沈平自觉意识到生产"是一种整风",认为知识分子"与劳动人民结合"参加劳动,是"改造思想"。《我的师傅》中的"我"一开始就怀有"知识分子只会说"的原罪思想包袱,无能感自卑意识使他决定到木工厂参加劳动接受改造。《三个朋友》中的老吴为了表明自己改造的决心,在变工组下乡前故意不带文艺书、改变生活习惯等。所以,有关这些知识分子的改造过程呈现出两种不同的叙事模式——无意识被动地承受或者有意识主动地迎合。对这些人的塑造在历时与共时两个维度同时展开对比性叙事。一是先抑后扬,通过前后对比知识分子心目中的工农群众形象,显示出自己思想认识的变化,从而提醒读者自己思想改造的成功。这些小说里的知识分子对于工农群众、革命干部的态度起初普遍是不以为然。如《结合》里的"小知识分子""我"对改造有强烈的抵触情绪,一开始就瞧不起他的改造者——人人称赞的"大知识分子"老姜。无论是个人相貌、生活习惯、个人卫生、工作方式、道德修养都令叙事者"憎恶"。"我"的师傅一开始因为传说中脾气大而让叙事者胆战心惊。《三个朋友》里的农民朋友房东刘金宽乍看来也是毫无特别之处。随着生产劳动的开展以及斗争的深入,工农群众、革命干部表现出来的人格魅力让这些知识分子的思想有了深刻的变化,由开始的并不认同逐渐过渡到感动佩服,对无产阶级的革命意义也有了更加深入的认识,正如晋驼《结合》中的结尾所说,"我开始认识到:不是人们为了使自己伟大起来才干革命,而是伟大的革命正在拯救着人类子孙和他们自己。"就连自以为是的文采也"通过深入接触群众,终于端正了对待事物的看法"①。另一就是横向对比，通过将思想落后的知识分子与思想先进的工农群众、革命干部、革命知识分子同时并置，利用一系列情节的转换，场景的设置，显示出落后知识分子是如何通过思想改造，得以脱胎换骨，被无产阶级革命意识形态同化。比如沈平。虽然主观上他意识到通过劳动改造思想的必要，但在实际的过程中他只是把纺线作为体验劳动的锻炼，而没有真正把这项劳动作为一种生产手段加以重视，更瞧不起象征劳动人民勤劳智慧的纺车。这些知识分子面对生产劳动、阶级斗争、革命战争过程中的一些挫折，时时流露出一种烦恼焦躁的情绪，悲观失望更是在所难免。《我的师傅》里的"我"对师父的告慰不以为然，《三个朋友》里的老吴作为一个下乡帮助农民组织变工组的干部甚至还对个人生活患得患失，因顾及个人情面差点丧失阶级立场。所幸的是，这些人经过爱憎分明、立场坚定、耐心细致、成熟、老练、稳重工农群众（师傅、刘金宽）、革命干部（宣传部长章品、队长萧祥）、革命知识分子（小于、老姜）的言传身教，在自惭形秽之余最终认识并改正了自己的缺点错误。由此，解放区小说的两种不同叙事模式在此得以合流。知识分子的精神优势不再，进而由于身份得到认同而以一种谦卑的姿态被纳入政治权力的象征秩序。小说焕发出的不再是那种阴沉压抑的悲剧氛围，而是一种团圆乐观的喜剧情调。而且，此时知识分子对集体主义的融入与延安整风前知识分子小说叙事模式中的知识分子对集体主义的疏离形成一种对比。知识分子两种截然不同的归宿，作品两种截

---

① 孙瑞珍、王中忱编：《丁玲研究在国外》，湖南人民出版社1985年版，第38页。

然不同的情调，显示出革命现代性对启蒙现代性的超越，在权力场域内政治资本对文化资本的取代，由此在革命现代性伦理的规约下，一种新的政治精神得以构建。

而且，这些小说格外强调对生产劳动、阶级斗争、革命战争等场景的描摹。在标题具有寓意色彩的短篇小说《纺车的力量》里面，作者这样描摹生产劳动（纺线竞赛）时候的场景。开始准备时：

> 教室变成了工厂。错综地排列着纺车。人们紧张地准备着：修理车子和检查棉条，试验着光线和座位；来迟的人搬着纺车找自己的坐位。拥挤着，叫着，人声和纺车声混成一片，发出一种嗡嗡的沉重的声响。间或响起一连串尖锐的斧头砸着锭子的声音，像是在一部低沉的混声合唱中，加入了高昂的钢琴伴奏。

过程中：

> 他听着纺车的声音慢慢变得均匀而整齐了，几百部纺车像是被同一只手摇动着。嗡嗡，嗡——嗡嗡嗡，嗡——这声音的规律更逐渐变快，每一个间歇越来越短，渐渐拉直合为一整个无间断的吼声：嗡嗡嗡嗡……①

宏大壮观且热闹非凡的生产劳动场景以一种积极向上的精

---

① 方纪：《纺车的力量》，《解放日报》1945年5月20日、21日第4版。

神力量让置身其中的人无不深受感染、鼓舞和教育。正如作者在文中所描写的："他每天带着日益新鲜的情绪坐在纺车前，听着自己的和别人的纺车声混成一支雄壮的合唱，从他内心里，也发出一种愉悦的劳动的歌声。"最终，认识到自己需要改造的沈平熟练掌握了生产技能并在纺车比赛中取得不错的成绩，思想认识得到进一步提高，成了名副其实的革命螺丝钉。因此，劳动和战争都起着教育人、锻炼人、改造人的作用，从对无产阶级革命建设做贡献的意义上来讲，实际上在生产着新的劳动力。这里"揭示出劳动力再生产的必要条件不仅是劳动力技能的再生产，而且是对统治意识形态臣服的再生产。即使有此'不仅……而且……'也还不够充分，因为很明显：为劳动力技能的再生产所提供的准备是以意识形态的臣服为形式，并受其制约的"①。阿尔都塞提出来一个意识形态国家机器的概念，特指国家中一定数量的实体，包括以下几类机构：宗教（各种教会系统）、教育（各种公立的和私立的学校系统）、家庭、法律、政治（政治系统，包括各个党派）、工会、传播媒介（出版、广播、电视等）文化（文学、艺术、体育比赛等），不包括监狱警察、军队法庭这些带强制性的暴力国家机关。从这种意义上来讲，这些场域是无形的教室，里面的战士、师傅、朋友、工农兵就是不折不扣的教师，生产劳动、阶级斗争、土地改革、革命战争就是活生生的教科书，所有这些构成了全部教育的意识形态国家机器的要件，起到了灌输意识形态和再生产劳动力的作用。通过劳动、战争、冒险，

---

① ［法］路易·阿尔都塞：《意识形态和意识形态国家机器（研究笔记）》，李迅译，《当代电影》1987年第3期。

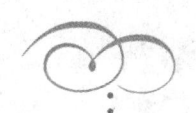

让与工农兵结合的知识分子在这一系列过程中获得一种新的认识，改变他们的思想，最终在全面认同的基础上达到对知识分子的改造。

事实上，这些小说的标题很多具有寓意色彩——在"师傅""朋友"的引导帮助下，借助生产劳动、阶级斗争、革命战争等一系列"暴风骤雨"的洗礼，对知识分子思想进行改造，这些知识分子最终"闯关"成功，加入了革命队伍（"入伍"），这时，"太阳照在了桑干河上"。所以，《在医院中》的陆萍尽管有着高超的医术、强烈的责任心、科学先进的现代医学管理理念，结果还是对改造医院无能为力，最终只能因为无法融入这样的环境而成为这所医院的局外人。她无功而返的根本原因就在于，她在教育的各个环节（无论是教育的主体、客体还是教育的性质、内容和方式）上都和阿尔都塞所说的意识形态国家机器要件相悖。最起码，在教育的目的和理念上，陆萍无法做到保证以下一点："学校（还有教会等另一些国家机构，或军队等另一些国家机器）教授'专门知识'，……在形式上保证了对统治意识形态的臣服，或者说是保证了统治意识形态在实践中的控制权。"① 她的离开既是一种无奈也是一种必然。而延安整风后，随着教育的主体、客体以及教育的性质、内容和方式转变，知识分子在那些"意识形态的专业人员"（马克思语）——工农兵那里却很容易的做到了这点。为了"恪尽职守地"完成他们的任务，就一定会在某个方面被统治意识形态所"浸染"，这时，已经改造好的知识分子也变成

---

① ［法］路易·阿尔都塞：《意识形态和意识形态国家机器（研究笔记）》，李迅译，《当代电影》1987年第3期。

了"意识形态的专业人员",通过自己的现身说法承载着意识形态说教功能。这样,现实中自觉把写作作为一种文化政治象征行为的知识分子,在文本的表意策略过程中,在将无产阶级革命意识形态投射到知识分子叙事时,意识形态和文本叙述在小说中相互构成,从而形成一个容纳个人政治欲望、革命话语、阶级诉求的同构性话语空间。

四 阐释的循环

陈独秀、李大钊、瞿秋白、毛泽东等这些不同时期在马列主义思想领域拥有绝对话语权的党的领导者大量关于知识分子(须向工农大众学习)性质、特点、作用、地位、前途的论述,尤其是毛泽东诸多涉及知识分子的言论,如从抗战初期的"革命的或不革命的或反革命的知识分子的最后的分界,看其是否愿意并且实行和工农民众相结合"①、"使工农干部的知识分子化和知识分子的工农群众化"②,经《中国革命和中国共产党》《新民主主义论》《整顿党的作风》等系列文章的不断强化,将知识分子置于需要被单向改造的地位,初步奠定了知识分子在意识形态领域他者的身份和地位。延安整风运动时期毛泽东《在延安文艺座谈会上的讲话》关于知识分子的论述是解放前中共总结以往关于知识分子他者身份论述的基础

---

① 毛泽东:《五四运动》,《毛泽东选集》第2卷,人民出版社1991年版,第559页。
② 毛泽东:《大量吸收知识分子》,《毛泽东选集》第2卷,人民出版社1991年版,第619—620页。

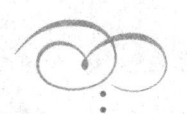

上所确立的定论，是解放区文艺工作的意识形态权威。讲话号召广大知识分子要在生产劳动、阶级斗争、革命战争中与工农兵结合，自觉以他们为学习的楷模，在工农兵化的过程中实现自己思想的改变。讲话所确立的工作指导和规范被广大知识分子内在化为政治无意识，对解放区作家有指导规范作用。有论者认为："权威的内在化包含着两层含义：一是指人们服从权威"，"二是指人们以同样严厉与残酷的态度对待自己。"①

所以，尽管《在延安文艺座谈会上的讲话》把知识分子与工农兵大众做出先验性差异比较，但这并不妨碍知识分子的热情，反而在原罪感、社会责任感与历史使命感等因素的驱使下在日后的建设与革命中发挥了巨大作用，正如弗洛姆所说："作为立法者的权威总是让他的臣民因许多和不可避免的违法行为而产生负罪之感。人们面对着权威，犯下了不可避免的违法罪，同时又希望权威能给以宽恕，这就形成了永无止境的犯罪——罪恶感——希望赦罪的连锁循环。正是这种连锁循环，造成了人们被权威的束缚，并对权威的宽恕感恩戴德，而不是对权威的命令提出批评。正是罪恶感和依附性之间的这种相互作用，……导致依附者意志的衰弱，同时意志的衰弱，又造成了依附性的加剧。于是，就形成了一种连锁反应。"② 丁玲、周立波、何其芳等人来到延安后的思想就是这样得到切实的转变（尽管有些波折）。这些作家严格按照《在延安文艺座谈会

---

① ［德］埃李希·弗洛姆：《寻找自我》，陈学明译，工人出版社1988年版，第194—195页。

② 同上书，第201页。

上的讲话》确立的叙述规范进行创作,对上述立法者的观点作出阐述。《太阳照在桑干河上》《暴风骤雨》《入伍》《闯关》《三个朋友》《群众》《我的师傅》《纺车的力量》等一批作品,通过对小说中具有他者身份的知识分子形象的塑造,在"革命话语的历史叙事"中"取消了知识分子的精神导师资格"①,实现了现实中知识分子(作者)他者身份的消解,从而向无产阶级意识形态表明并强调自己的无产阶级工农立场和思想,达到作者身份诉求的目的。

与之不同的是,国统区左翼作家(如路翎)在某种意义上重复了丁玲在整风运动前的道路。他的《财主底儿女们》对知识分子的刻画(如与《在医院中》的陆萍具有同构色彩的蒋纯祖)则逸出叙述的成规,启蒙意识所引发的批判性构成对讲话权威的潜在消解。作家潜在的自我意识构成他者(小资产阶级知识分子)对自己身份诉求(转变为无产阶级的一分子)的迷惘。通过在小说中建立起的知识分子叙事,作家一方面不断消解自己知识分子他者身份,同时,"五四"新文学传统又使他于不知不觉间建构起自己曾经试图要消解的东西。这一二律背反构成一种深刻的矛盾,尽管在作家本人看来似乎并非如此。所以这种创作的不彻底性遭到左翼《大众文艺丛刊》的攻击也在情理之中了。当路翎的《财主的儿女们》在1948年发表之后,左翼批评家在《大众文艺丛刊》上对此发起了激烈严厉的批评。邵荃麟认为:小说所塑造的知识分子蒋纯祖并没有走向人民,没有实现与劳动人民的结合,民众精神奴役与创伤

---

① 南帆:《四重奏:文学、革命、知识分子与大众》,《后革命的转移》,北京大学出版社2003年版,第12页。

的发掘是对民众的污蔑与贬低；作者路翎从唯心主义的哲学观念出发，带有自然主义的描写以及对"主观战斗精神"与"原始的生命力"的强调，是对《在延安文艺座谈会上的讲话》的曲解，显示了小说中主人公蒋纯组包括作者自己本质上并不是马克思主义革命者而是小资产阶级个人主义知识分子，他们的思想还停留在"五四"时期启蒙思想的基础上①。这就如刚刚进入延安不久的王实味、丁玲、艾青、萧军等知识分子，他们在文学创作（主要是小说、杂文、刊物）和在政治生活领域表现出来的独立不羁的傲然姿态以及公共知识分子般的批判意识，使他们在事实上置自身于延安主流意识形态的对立面，客观上建构起了一种不合时宜的他者身份，尽管他们在本质上认为自身的这种打抱不平是在履行一个忠诚的无产阶级革命战士应尽的职责，在建构一种真正共产主义战士大众代言人的角色。严家炎认为："陆萍与周围环境之间的矛盾，就其实质来说，乃是和高度的革命责任感相联系着的现代科学文化要求，与小生产者的愚昧无知、偏狭保守、自私苟安等思想习气所形成的尖锐对立。""可以说，它是《组织部新来的青年人》这类作品的先驱。陆萍正是40年代医院里新来的青年人。"②因为受战争期间分裂而动荡的政治格局的影响，对国统区左翼作家小资产阶级思想的批判力度与有效性是有限的，对解放区"小资产阶级"作家的思想改造也不可能说做到了完全深入彻

---

① 邵荃麟：《对于当前文艺运动的意见——检讨·批判·与今后的方向》，大众文艺丛刊社编辑《大众文艺丛刊（批评论文选集）》，（香港）新中国书局1949年版，第1—27页。
② 严家炎：《现代文学史上的一桩旧案——重评丁玲小说〈在医院中〉》，《钟山》1981年第1期。

底，在有效消解知识分子他者身份过程中同时建构起新的身份主体（彻底接受工农兵改造，成为具有马列主义思想的无产阶级集体主义革命战士）的诉求，延续到了全国全面解放后。创作与批评是对立法者关于知识分子观点的阐释，阐释者的身份（左翼革命者）在阐释中消解，而另一身份（小资产阶级知识分子）得以建构。

第二节　继往开来
——"十七年"小说知识分子叙事的范式确立

葛兰西指出："一个社会集团能够也必须在赢得政权之前开始行使'领导权'，这是赢得政权的首要条件之一；当它行使政权的时候就最终成了统治者，但它即使牢牢地掌握住了政权，也必须继续以往的'领导'。"[①] 全国解放以后，为巩固新生政权，权力话语进一步在意识形态方面对知识分子加强了无产阶级文化权的领导。显然，延安时期具有独立意志、自由思想、批判精神的知识分子作家所表现出来的不合作态度，以及由此而给革命带来的麻烦，让执政党认识到在复杂的国际国内新形势下对知识分子进一步统一思想，加强意识形态控制的必要性和紧迫性。延安时期为巩固文艺领导权的有效做法在"十七年"被继续采用。作为国家政权的主导者，执政党的特性也

---

① [意]安东尼奥·葛兰西：《狱中札记》，曹雷雨等译，中国社会科学出版社2000年版，第38页。

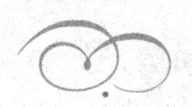

让他们觉得有必要这么做。从执政党的立场出发，马克思曾经这样说："统治阶级的思想在每一个时代都是占统治地位的思想。这就是说，一个阶级是社会上占统治地位的物质力量，同时也是社会上占统治地位的精神力量。支配着物质生产资料的阶级，同时也支配着精神生产的资料，因此，那些没有精神生产资料的人的思想，一般也是受统治阶级支配的。"① 因此，对于主流意识形态而言，最好的做法就是积极采取各种措施，竭力摧毁知识分子内心所固有的"五四"启蒙式自主姿态、独立意志和个体精神，让他们这些在不同阶级之间飘来荡去的"毛"有机化为无产阶级知识分子，最终彻底人民化。也正是在这个意义上，解放区文学的代表——延安文学被认为是新中国成立后"十七年"文学的历史起源，它的历史境遇、内在矛盾以及生长性因素，对于整个"十七年"小说知识分子叙事来说，都有重要的"原型"意义，新中国人民文艺就是在这个基础上得以继续开创。

一　时代的召唤

新中国成立前夕，随着无产阶级政权一统天下，无产阶级政党对整个国家文化领导权的控制也提上了议事日程，标志就是1949年7月第一次中华全国文学艺术工作者代表大会在北京的胜利召开。在总结以往解放区和国统区文艺发展经验教训的基础上，"大会一致确定毛泽东的《在延安文艺座谈会上的

---

① 《马克思恩格斯选集》第1卷，人民出版社1975年版，第52页。

讲话》为今后全国文艺工作的总方针,确定文艺为人民大众首先是为工农兵服务的方向为全国文艺运动的总方向。"① 对广大文艺工作者而言,这既是历史的要求也是时代的召唤。周扬在这次题为《新的人民的文艺》发言中就知识分子描写问题着重指出:"知识分子一般地是作为整个人民解放事业中各方面的工作干部,作为与体力劳动者相结合的脑力劳动者被描写着。知识分子离开人民的斗争,沉溺于自己小圈子内的生活及个人情感的世界,这样的主题就显得渺小与没有意义了。……现在,……如果我们……仍停留在知识分子所习惯的比较狭小的圈子,那么,我们就将不但严重地脱离群众,而且也将严重地违背历史的真实,违背现实主义的原则。"② 显然,在主流意识形态看来,此时的文学写作应该突出描写作为历史主体的工农兵,知识分子形象及题材应该而且必须边缘化。会议拉开了中国当代文学政治一体化进程的序幕,意味着以工农兵文艺为方向的人民文艺新时代的到来。

文代会后,广大文艺工作者积极响应文代会的号召。时隔不久,上海《文汇报》"磁力"文艺副刊于同年 8 月至 11 月就"可不可以写小资产阶级"的时代命题展开了热烈的讨论。"可以"一方的观点是:写什么与怎样写是两个性质完全不同的问题,前者属于寻找题材的问题,后者才与阶级立场、政治态度有关,小资产阶级也可以少写,为谁服务并不就是以谁为

---

① 王庆生主编:《中国当代文学》(上卷),华中师范大学出版社 1999 年版,第 29 页。
② 周扬:《新的人民的文艺》,《周扬文集》,人民文学出版社 1984 年版,第 514 页。

主角。"不可以"一方的观点与此针锋相对：小资产阶级绝不可能成为文艺的主角，否则，作家就没有忠于现实，要忠于现实就必须以工农兵为主角①。争论最后结束于"可以"另一方的主要代表冼群于1952年所写的一篇"自我反省"的文章。该反省文章所加的按语明确指出，冼群的思想严重偏离了文艺的工农兵发展方向，"冼群同志已经正确的反省到：当时那样提出'问题'的错误，是'犯了以小资产阶级的思想立场，来保卫小资产阶级文艺倾向的错误'，'实质上，是阻挠了工农兵文艺方向的宣传。'"②这次讨论被认为是贯彻落实第一次文代会人民文艺精神的重要体现。众多人物参与其中，规模之大影响之广为新中国成立以来罕有。正因为如此，这场讨论对规范作家的知识分子创作，使他们沿着为工农兵服务的人民文艺路线前进具有极大的政治约束作用。

与此同时，比较有影响的还有丁玲等人的文章。时任党的重要宣传机器——《文艺报》主编的丁玲于1950年在该报上发表题为《跨到新的时代来——谈知识分子的旧兴趣与工农兵文艺》的批评文章，专门针对当时一些作者的文学创作取向和一些读者的阅读审美品位所表现出来的知识分子旧趣味进行了批驳，要求广大文艺工作者和广大读者不要阳奉阴违、口似心非，应认真实践第一次文代会上所提出来的文艺为工农兵、为人民服务的宗旨，抛弃"那个徘徊惆怅于个人情感的小圈子"，抛弃"一些知识分子的孤独绝望，一些少爷小姐，莫名其妙

---

① 朱寨主编：《中国当代文学思潮史》，人民文学出版社1987年版，第39—40页。

② 冼群：《文艺整风粉碎了我的盲目自满》，《文汇报》1952年2月1日第2版。

超越他者○成为主体——人民文艺视野下中国当代作家知识分子叙事研究(1949—1966)

的,因恋爱不自由而起的对家庭的不满与烦闷,跨过恋爱与革命的矛盾为主题,和缺乏生活实际与斗争实际的,由想像出来的工人罢工或农民起义的作品的时代","亲身去体验群众的火热的斗争生活",把自己的创作定位和审美品位转移到表现"新的人物,新的生活,新的矛盾,新的胜利,也就是新的主题"的"新的作品"上,对知识分子的表现应该体现出他们认真接受改造,把他们"当一个干部,一个无产阶级的战士"来塑造。作为知识分子的作家应立即"跨到新的时代来"①。

鉴于"十七年"小说知识分子叙事不被主流话语所提倡,相关作品不仅数量不多,而且还经常会因对知识分子的书写被认为不符合主流话语的相关文艺要求和政策规定受到批评。而此时作为作家、作品存在合法性最直接衡量尺度的文学批评,由于主流话语的强势介入,被认为是权力政治对"文学合法性的垄断","包括说谁被允许自称'作家'等,甚或说谁是作家和谁有权利说谁是作家;或者随便怎么说,就是生产者或产品的许可权的垄断。"② 在这样一个权力—话语秩序范围内,创作者往往会根据外在的规定和要求作出适应形势需要的调整;作为"权力场中的文学场"③,文学批评与文学创作、批评者与创作者相互之间的"交往"也就不再是通常情况下建立在平等意义上的对话,而只是权力话语"通过语言媒介(文学批评—笔者注)……促使对手形成或接受符合自身利益的意见

---

① 丁玲:《跨到新的时代来——谈知识分子的旧兴趣与工农兵文艺》,《文艺报》1950年第11期。
② [法]皮埃尔·布迪厄:《艺术的法则:文学场的生成和结构》,刘晖译,中央编译出版社2001年版,第271页。
③ 同上书,第263页。

或意图"①。也就是，操持着主流意识形态语法规则的"文学批评将异己力量排斥或者整合自己的文学秩序，并把这套秩序内化为作家和批评家进行自我评断和调控的价值准则，让他们认识到政治利益的绝对性和文学权威的重要性，形成自我检查和自我反省的文学道德律，在外在规范与自我需求之间，重新建立起新的文学'自我'。"②于是，主流话语通过这一具有政治意义的重要手段（当然不是唯一），召唤、建构并巩固了"十七年"以工农兵文艺为主导的人民文艺新格局。

二 身份的焦虑

建国之初，主流话语对知识分子的看法仍然延续了以往，尤其是延安整风时候关于知识分子的讲话精神，将知识分子主体划入小资产阶级范畴，强调知识分子的思想改造，"把自己的思想感情来一个变化，来一番改造"，从而"由一个阶级变到另一个阶级"③。1951年9月29日，应时任北大校长马寅初和该校教师学习会的邀请，周恩来在京津高等学校教师学习会上专门作了题为《关于知识分子的改造问题》的讲话，认为知识分子要"从民族立场进一步到人民立场，更进一步到工人阶级立场"，"要促进这个过程，推动知识分子的进步"，就"必须要有明确的态度"；"关于态度问题，我们历来主张靠自己觉

---

① ［德］哈贝马斯：《交往行为理论》第1卷，曹卫东译，上海人民出版社2004年版，第95页。
② 王本朝：《中国当代文学制度研究》，新星出版社2007年版，第205页。
③ 毛泽东：《在延安文艺座谈会上的讲话》，《毛泽东选集》第3卷，人民出版社1991年版，第851页。

悟","真正的中间态度,基本上是不存在的,一个时期的动摇、怀疑是有可能的。"① 1956年1月14日,周恩来在中共中央召开的知识分子问题会议上所作的《关于知识分子问题的报告》中强调:"我们不但应该改造落后分子,而且对于中间分子也应该尽可能地教育他们脱离中间状态,变为进步分子;对于进步分子,也必须帮助他们继续进步,帮助他们努力学习马克思列宁主义,扫除他们思想上的资本主义、个人主义和唯心主义的影响。""知识分子的改造通常经过三条道路:第一条是经过社会生活的观察和实践;第二条是经过他们自己的业务的实践;第三条是经过一般的理论的学习。"② 但是,随着生产资料私有制的社会主义改造于1956年取得决定性胜利,知识分子阶级属性的定位有了实质性转变——由小资产阶级知识分子突变为资产阶级知识分子,被打入政治另册③。在此过程中,周扬、姚文元等对此积极予以阐释。如果说1955年时候的周扬在《文艺战线上的一场大辩论》一文中只是一般性地歧视性认为许多革命知识分子身上的个人主义毒素,只是头脑中的私有制④,那么到了1957年,在姚文元《社会主义现实主义是无产阶级革命时代的新文学》一文中,知识分子则被完全排斥性地指认是被美化了的反现状的个人主义者和反党的个人主义者⑤。有关知识分子阶级属性的这种定位甚至一直延续到"十

---

① 周恩来:《关于知识分子的改造问题》,《周恩来选集》(下卷),人民出版社1984年版,第59—71页。
② 同上书,第176页。
③ 陶东风主编:《知识分子与社会转型》,河南大学出版社2004年版,第309页。
④ 周扬:《文艺战线上的一场大辩论》,《人民日报》1955年2月28日第2、3版。
⑤ 姚文元:《社会主义现实主义是无产阶级革命时代的新文学》,姚文元《论文学上的修正主义思潮》,新文艺出版社1958年版,第50—94页。

七年"后期。与此同时，主流话语在意识形态领域发动了一系列旨在针对知识分子改造的政治运动。如1950—1951年发动的对电影《武训传》的批判（清除知识分子唯心史观、改良主义思想）、1951—1952年底对知识分子的思想改造运动（摧毁知识分子头脑里面的资产阶级或小资产阶级精神王国）、1951年对萧也牧等的创作的批判（如小说《我们夫妇之间》《战斗到明天》《我们的力量是无敌的》和电影《关连长》等，目的是维护第一次文代会确立的文学规范）、1954—1955年对俞平伯《红楼梦研究》和对胡适的批判（在思想文化领域清除以胡适为代表的资产阶级唯心主义影响）、1955年对胡风集团"反革命思想"的清算、1957年的整风与"反右派"运动，对丁玲、冯雪峰"反党集团"的批判，等等。一系列频繁发动的思想改造、政治批判运动最终彻底摧垮了知识分子作为知识精英、文化英雄的自我意识和主体意志。

另一方面，自新中国成立，国家在社会各个领域逐渐开始实行高度集中的计划管理体制，文化领域尤其如此。执政党为了加强无产阶级文化权领导，实现对知识分子的有效改造，采取了一项重要举措——建立以单位制为核心的一整套制度，通过人事制等方面的管理实现对知识分子的体制化控制。广大知识分子被严格纳入各级各类单位组织，对单位的各项制度、规约必须绝对遵守。在单位组织内，知识分子的衣、食、住、行等生活资源完全由国家通过单位计划供给。单位对知识分子的奖惩责罚完全与知识分子在现实中的政治表现挂钩。对此情况，有论者提到，"干部（包括专业技术人员）和工人都是被国家计划和行政管理规定了固定身份的单位工作人员。单位身份使工人不能凭借自愿而流动,因为未经许可的流动会使个人失去身份(工资、工龄、编制等关系)及其权利,这无异使个人面临绝境。"① 置身于如此具有高度依赖性和高度体制化的语境中,知识分子的出路只能是紧跟时势,积极学习,认真接受改造,惟有这样才能获得自身的合法性存在。法国学者路易斯·阿尔都塞认为,体制是意识形态在物质上的表现形式②。在此意义上,知识分子对体制的遵守其实就是对意识形态的服从。久而久之,在体制的作用下,知识分子的思想观念、思维习惯、行为模式、价值取向等逐渐被塑造成符合主流意识形态所要求的型态。在此意义上,体制就不再仅仅是一种关系,更是一种力量。文学生产领域尤其如此。对于被全部纳入各级文联与作协组织体系之中的文学生产者而言,他们既受单位体制的保障,更多的是受其约束,这种约束不再仅仅局限于人的身体,更深入到人的内心。如周恩来评价曹禺的《胆剑篇》时这样说:"有它的好处,主要方面是成功的,但我没有那样感动。作者好像受了某种束缚,是新的迷信造成的。""曹禺同志是个有勇气的作家,是个有信心的作家,大家很尊重他。但他写《胆剑篇》也很苦恼。他入了党,应该更大胆,但反而更胆小了。谦虚是好事,但胆子变小了不好。入了党应该对他有好处,要求严格一些,但写作上好像反而有了束缚。"③ 孙犁对建国后赵树理的创作这样评价道:"他的创作迟缓了,拘束了,

---

① 杨晓民、周翼虎:《中国单位制度》,中国经济出版社1999年版,第63—64页。
② 王晓路等:《文化批评关键词研究》,北京大学出版社2007年版,第153页。
③ 田本相:《曹禺传》,北京十月文艺出版社1998年版,第411页。

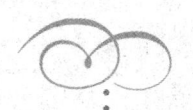

严密了，慎重了。因此，就多少失去了当年青春泼辣的力量。"① 这种情况恰如法兰克福学派所指出的，在现代国家内，权力已经不仅仅是政治范畴的概念，它通过表现为权威，更有效地渗透到社会心理中去②。知识分子的思想和身份焦虑由此可见一斑。

"一个社会集团通过自我解释为自己在社会上定位，并通过对其他集团强行施加的某种解释为其他人定位。"③ 可以说，"十七年"时期主流话语充分发挥意识形态等各方面话语主导权优势，抓住知识分子本身固有的弱点——软弱、摇摆、依附性，积极打造舆论攻势，通过对知识分子非/反无产阶级的阶级属性的不断强调、严密监督和严格管理，在舆论宣传和政治实践领域日渐强化了知识分子的原罪意识、他者定位，逐步造就并加剧着知识分子的身份焦虑感，从而凸显出新形势下知识分子改造的必要性、紧迫性和不容置疑现象。

应该说，新中国的成立、新时代的到来让所有知识分子有一种重生之感。对他们而言，无论是于公——传统文人的忧国忧民情怀、历史使命感、社会责任感，如明代东林党领袖顾宪成所说的"家事，国事，天下事，事事关心"和北宋理学家张载所说的"为天地立心，为生民立命，为往圣继绝学，为万世开太平"以及顾炎武的社会主张——"天下兴亡，匹夫有责"，还是于私——在政治动荡的特殊时刻保全自身，

---

① 孙犁：《谈赵树理》，《孙犁文集》第 3 卷，百花文艺出版社 1982 年版，第 314 页。

② 杨小滨：《否定的美学——法兰克福学派的文艺理论和文化批判》，上海三联书店 1999 年版，第 11 页。

③ 郑也夫：《知识分子研究》，中国青年出版社 2004 年版，第 180 页。

普遍来讲，他们都有一种"对自由的恐惧"心态——害怕被无产阶级执政党放逐甚或专政。在政党与国家、政府与民意能够互为合法合理代表的情况下，被放逐乃至被专政的知识分子不仅无法得到时人的认可，甚至会遭到从下到上整个社会群体强烈的鄙视和排斥，而这在当时往往被认为是理所当然的。这显然让对党、对社会主义新中国和未来共产主义社会有着热切期待的知识分子作家无法接受和难以面对。为避免出现类似情形，他们努力调适自身，在无产阶级主流意识形态的倡导下通过多种方式对自身进行人民化思想改造。

也就是说，强大的无产阶级权力话语规约——主流意识形态对知识分子阶级属性的定位、政治身份的他者认定和一系列政治运动所实施的对知识分子从肉体到触及灵魂的思想改造，不仅使知识分子在社会阶级与权力政治格局中的位置和现实生活中的处境逐渐边缘化甚至恶化，也让知识分子内心产生一种强烈的负罪感、自卑感与恐惧感。这种情况延续了当年延安整风时候文人们的心理，既适用于彼时由国统区进入解放区最后步入新中国的知识分子，也适用于此时在革命中没有直接尽过什么力的民主知识分子，要是他们是地主、资本家、官僚家庭出身的话，那就更加恰切了。如果说"五四"时期具有民粹主义思想的知识分子尚且只是惭愧于自己还不是个工人，那么在工农力量真正显示出来了的"十七年"，知识分子的这种自我残缺感——负罪感、自卑感、恐惧感愈加严重。为此，他们纷纷通过反省自己以往的创作进行有夸大之嫌的自贬自责。曹禺认为应该"把自己的作品在工农兵 X 光线中照一照"，借此挖去自己"创作思想的脓疮"。他对自己创作上的"错误"

深恶痛疾，并锥心刺骨地反省道："没有历史唯物论的基础，不明了祖国的革命动力，不分析社会的阶级性质，而贸然以所谓'正义感'当做自己的思想支柱，这自然是非常幼稚，非常荒谬的。一个作家的错误看法，为害之甚并不限于自己，而是扩大漫延到看过这个戏的千百次演出的观众。最痛心的就在此。""我用一切'大致不差'的道理蒙蔽了自己，今日看来，客观效果上也蒙蔽了读者和观众。"① 解放后归国的老舍认为自己以前的作品不值一提："现在，我几乎不敢再看自己在解放前所发表过的作品。那些作品的内容多半是个人的一些小感触，不痛不痒，可有可无。它们所反映的生活，乍看确是五花八门，细一看却无关宏旨。"② 冰心认为："我过去的创作，范围是狭仄的，眼光是浅短的，也更没有面向着人民大众。原因是我的立场错了，观点错了，对象的选择也因而错了。"③ 巴金则在否定旧作的同时，还从现实运动中对包括自己在内的旧文人就知识分子思想改造发出了反躬自身的吁求："我们都应该好好地检查一下：我们究竟有多少知识？我们究竟改造了多少？我们拿什么来为人民服务？又怎样过社会主义的关？"④

有不少学者注意到身份对于一个人的重要性。如有人认为："儿童一出生就有归属于父母的需求，成人在潜意识层面可以把这种需求指向某种群体、领袖，从而获取自身的生存意

---

① 曹禺：《我对今后创作的初步认识》，《文艺报》1950 年第 1 期。
② 曾广灿、吴怀斌编：《老舍研究资料》，北京十月文艺出版社 1985 年版，第 229 页。
③ 范伯群编：《冰心研究资料》，北京出版社 1984 年版，第 83 页。
④ 李存光：《巴金传》，北京十月文艺出版社 1994 年版，第 307 页。

义。西方有些社会学家认为这是社会'激情'的源泉之一。"①荷兰学者佛克马、蚁布思也认为,"人类不能离开身份而生活"②,人都有一种寻求身份归属的倾向,"一个人身份在某种程度上是由社会群体或是一个人归属或希望归属的那个群体的成规所构成的。"③ 正是在这个意义上,为改变这种现状,消除内心的残缺感,知识分子迫切希望通过积极响应主流意识形态关于知识分子思想改造的时代召唤得到主流意识形态的政治认可,希望在新形势下获得与自己小资产阶级、资产阶级身份截然不同的无产阶级工农兵化的人民身份归属。基于此,"十七年"知识分子作家特别注重自己在政治身份、阶级属性上与主流意识形态关于知识分子改造的政治诉求取得一致。而改造又不是一朝一夕能够完成,它是思想改造,是世界观、人生观问题,具有长期性与艰巨性,正如周扬所说:"包含了一个人的整个世界观、人生观的改变,整个思想、感情、心理、习惯、趣味的改变;对于被改造者来说,必然要经过一个相当长时间的、剧烈的、痛苦的内心斗争的过程,这个过程时间的长短,痛苦的大小,就要看个人主观上自觉的程度和努力的程度来决定了。"④ 频率上日益密集、程度上日益严厉的舆论攻势和政治运动,使知识分子接受改造、转换身份的心理愿望不断转变为心理压力,他们为此困惑迷茫,在身份的转换、交织与

---

① 钱超英:《身份概念与身份意识》,《深圳大学学报》(人文社会科学版)2000年第2期。
② [荷兰] 佛克马、蚁布思:《文学研究与文化参与》,俞国强译,北京大学出版社1996年版,第118页。
③ 同上书,第120页。
④ 周扬:《毛泽东同志〈在延安文艺座谈会上的讲话〉发表十年》,《周扬文集》第2卷,人民文学出版社1985年版,第146页。

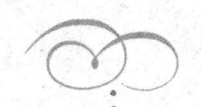

碰撞过程中对自身原来的非/反无产阶级身份产生严重的认同危机。他们的思想意识里开始逐渐笼罩着一个"我是谁"的问题，但是，此时的问题——"我是谁"所要指向和皈依的不再是启蒙意义上的个体思想、自我意识、独立精神，而是无产阶级集体观念，是"历史与阶级意识"，是对全人类未来理想的终极探寻。这无疑是一个宏大的历史与时代命题和艰巨的现实政治任务，对在思想、感情、心理、习惯、趣味等各方面还准备不足的知识分子而言，在短时间内是难以一下子胜任和完成的。事实上，"十七年"期间主流意识形态对知识分子的思想改造从来没有以完成式出现，对他们的改造是一个程度不断加深没有终点的永恒的过程。知识分子始终如西西弗斯那样，永远不停地推动着那块思想改造的巨石向上向前。因此，在这个极富挑战性的难题面前，居于其间的知识分子始终存在一个身份上的非同一性和不确定性问题，他们对自己的身份归属产生强烈的焦虑情绪自然也在情理之中了。

三　文以明志

著文表明自己的心志，自古皆然。从《离骚》的作者屈原到《过零丁洋》《正气歌》的作者文天祥，他们均在自己的文章里表明自己杀身成仁的满腔义气，以此实现自己作为所属阶级、集团一分子的身份诉求。"十七年"知识分子作家同样如此。作为被改造者被启蒙者，为缓解自己身份归属上的焦虑情绪，让自己的阶级身份在一元化的人民话语框架内变得确定和唯一，"知识阶层开始寻找自己的社会学落脚点"，"在无产阶级为它自己发展出的框架中解释自己。"① 这种解释，除了包括平时的生产劳动、政治学习，通过写作向主流意识形态表明自己的无产阶级政治立场和工农兵思想也是一项重要的手段，具有十分重要的意义。有论者指出："坚持本文是作为结构的社会关系和性别关系的历史的产品和参与者，就等于把它们收归于整个社会，将它们重新置于它们所排斥或赞许的政治考察之下，收归于它们言说所借用的名义。把它们放入有目的的政治行为中，也就是把我们放入政治责任中。"② 作为权力话语他者的知识分子明白，自己要想实现阶级属性、政治身份转换上的诉求，就必须向主流意识形态靠拢，最好的方式是用言行一致的、能够为政治主体看得见体会得到的实际表现向权力话语证明自己，以此获得主流意识形态的认可，让自己成为无产阶级人民大众中的一分子。清代的姚鼐对此说得很透彻："夫其所服膺者，真见其善而后信也；其所疑者，必核之以尽其真也，岂非通人之用心、烈士之明志也哉！"③ 由于文学作品可以承载相应的意识形态（道），且在当时受到主流意识形态的高度重视——在毛泽东《在延安文艺座谈会上的讲话》中，文学被视为革命事业的有机组成部分和推动历史发展的重要力量④，"十七年"知识分子作家也就很自然地采用了这种方式，建立起了个人与集体，个体与人民、与历史发展

---

① 郑也夫：《知识分子研究》，中国青年出版社2004年版，第178页。
② ［美］伊丽莎白·福克斯—杰诺韦塞：《文学批评和新历史主义的政治》，张京媛主编《新历史主义和文学批评》，北京大学出版社1993年版，第64页。
③ （清）姚鼐：《惜抱轩诗文集》，刘季高标注，上海古籍出版社1992年版，第60页。
④ 胡玉伟：《"十七年文学"的爱情叙事与解放区文学传统》，《南方文坛》2006年第1期。

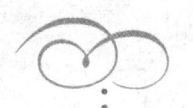

的密切关联——完成从一个阶级向另一个阶级的情感转换,在伟大的无产阶级革命建设事业中获得存在的力量和意义。应该说,它是文学作品的创作者向主流意识形态显示自己的身份、角色和立场的最直接的办法。正如伊格尔顿所说:"文学是意识形态的生产。每一文本都在自身中内含一个有关它如何、由谁及为谁而生产的意识形态密码。每一文本都隐含地设置了自己的假定读者。"① 不过,此时的文学作品所载之道不再是封建社会的孔孟之道,而是历史进化论意义上的无产阶级意识形态之道,是马列主义、毛泽东思想、党的方针政策,是一种远大前程和坚定信念——共产主义社会理想。梁斌认为:"阶级斗争的主题是最富于党性、阶级性和人民性的。"②

1949年7月,周扬在第一次文代会上的报告中明确宣布,为"使自己避免单从偶然的感想、印象或者个人的趣味来摄取生活中的某些片断,自觉或不自觉地对生活作歪曲的描写",作家要"将政策作为他观察描写生活的立场、方法和观点"③。知识分子的思想改造自然涵盖其中。由于"十七年"小说往往主题先行,载道不言自明且显而易见——如果不强有力地传达主流意识形态的旨趣,作家将无法确证自己的无产阶级人民大众身份甚而至于被剥夺知识者的发言特权,所以,小说的写作就变为运用各种叙事技巧和修辞策略对主题所进行的演绎和证明,是知识分子建构自身无产阶级人民大众身份的重要手段,

---

① 马驰:《"新马克思主义"文论》,山东教育出版社1998年版,第236页。
② 梁斌:《漫谈〈红旗谱〉的创作》,《人民文学》1959年第6期。
③ 周扬:《新的人民的文艺》,《周扬文集》第1卷,人民文学出版社1984年版,第529页。

因为"技巧和才能像读者的反应一样……在本文的生产、播散并产生影响的过程中起了作用"①。

对于这些知识分子作家而言，站在无产阶级的价值立场，在小说中通过塑造与他们这些现实知识分子具有同样身份诉求的知识分子形象，来反映和配合现实知识分子改造的政治主题，无疑是达成这一目的的十分有效的捷径。也就是说，"十七年"小说关于知识分子的叙事，全部必须纳入知识分子改造的国家意志框架内。在此知识分子叙事过程中，主流意识形态所提倡的文艺为工农兵服务、为人民服务的发展方向是其突出所指。所以，在"十七年"小说里面，以工农兵形象为主角的作品大量存在，知识分子由于其身份的可疑性随着时间的推移在作品中的形象越来越被塑造成需要改造的对象，在作品中的位置越来越边缘化。从新中国成立之初的李克（萧也牧短篇小说《我们夫妇之间》的男主人公）到"十七年"末期的焦淑红（浩然长篇小说《艳阳天》里男主人公萧长春的配角）就很能说明这一点。鉴于现实中的知识分子为需要改造者，由此衍生出两种比较流行的叙事模式——寓言式的情归革命的"革命与爱情"模式和在改造中成长的"改造与成长"模式。两种叙事模式普遍存在于"十七年"小说里面，杨沫的长篇小说《青春之歌》是上述两种重要模式的典型体现。而且，在这个过程中，小说的作者往往以叙述者的面目出现，竭力突出叙事的真实性和倾向性。他们热衷于根据外在形势的需要结合自身已有的思想认知、政治立场、价值取向和利益诉求建立起知识

---

① ［美］伊丽莎白·福克斯—杰诺韦塞：《文学批评和新历史主义的政治》，张京媛主编《新历史主义和文学批评》，北京大学出版社1993年版，第63页。

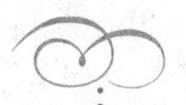

分子形象的差序化分布格局。在自身意义的凸显中，知识分子借此潜在话语寻求与外部世界的联系——以实际行动向主流意识形态表明心志，以期获得认可。"事实上，这也是一个历史困境。置身于一个准主体——为主流意识形态所询唤的个体位置之上，意味着他／她必须通过主体的行动方式来证明自己，来获取主体的命名；而作为一个历史的客体，则意味着他／她必须以被动消极的方式来负荷、承受一切，反之则是一种不可饶恕的僭越。"① 而纵观"十七年"小说知识分子叙事，这种僭越其实并不少见，并直接影响到知识分子对人民文艺和自身人民政治身份的期待和建构。

---

① 戴锦华：《〈青春之歌〉——历史视域中的重读》，唐小兵《再解读：大众文艺与意识形态》（增订版），北京大学出版社2007年版，第201页。

第二章

情归革命

——知识分子改造的新时代寓言

由于处身不同的时代语境以及文学自身所具有的阶段性发展规律特点,二三十年代的革命文学与"十七年"文学两者的内涵与外延有一定的区别。前者显示了无产阶级革命开创时期左翼文学的雏形,后者显示了无产阶级革命胜利后左翼文学的成熟形态。但就左翼革命文学这一点而言,两者还是有很大的相通处和很强的可比性。本着有比较才有鉴别的观念,本章拟从这两者有关知识分子"革命+爱情"的共同创作模式入手,就它们的相通之处在创作主体、创作理念、创作特点及其发展脉络等层面作一探讨,以期明了这两者内在的一致与不同、联系与区别,在比较分析的基础上,加深对"十七年"小说知识分子叙事及其内在发生机制的认识,理解当时知识分子身份归属上的政治诉求。

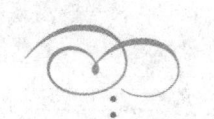

第一节 身份意识与创作姿态

一 救世

左翼文学以革命的名义从事知识分子的爱情书写早在革命文学时期就已开始。当时,"革命+爱情"成为革命文学风行一时的重要创作套路。这股浪漫谛克小说的创作风潮是由蒋光慈1927年11月在上海现代书局出版的中篇小说《野祭》引发,影响所及,1927—1930年,许多左翼作家创作了大量这种类型的作品,如茅盾的《蚀》(《幻灭》《动摇》《追求》三部曲),洪灵菲的《转换》《前线》《流亡》,丁玲的《韦护》《一九三〇年春上海(一、二)》,胡也频的《到莫斯科去》《光明就在我们前面》,阳翰笙(华汉)的《地泉》(《深入》《转换》《复兴》三部曲),蒋光慈的《冲出云围的月亮》《咆哮了的土地》等。

应该说,这类小说的出现和当时的时代环境有很大的关系。1927年大革命的失败引起了广大作家兼革命者深刻的心灵震撼。在那些斗志顽强的革命作家那里,过往的一切除了促使他们痛定思痛地认真反思和对往昔光辉战斗岁月深切缅怀外,还激起了他们更加顽强的革命斗志和更加旺盛的革命激情。为了重新凝聚人心,振奋士气,他们继承了早期普罗文学的初衷,热衷于以历史代言人和未来预言家的姿态把文学尤其是小说当作革命的号角和留声机,号召人们起来反抗。革命文学的鼓吹者与先行实践者蒋光慈以"东亚革命的歌者"姿态这样表述他对革命和革命文学以及革命文学家的理解与期盼:"中国现代的社会再黑暗没有了,所谓一般的民众受两重的压迫——军阀和帝国主义,再进一层说所谓一般劳苦的群众们之受压迫,更不可以想象。在这一种黑暗状态之下,倘若我们听见几个文学家的革命之歌,则我们将引以为荣幸,因为文学家是代表社会的情绪的(我始终是这样的主张),并且文学家负有鼓动社会的情绪之职任,我们听见了文学家的高呼狂喊,可以证明社会的情绪不是死的,并且有奋兴的希望。"① 内心的崇高信仰和不屈的斗争精神促使这些知识精英、文化英雄继续以小说作为唤起大众革命斗争精神的武器。嗅觉灵敏的他们紧紧抓住广大青年对自由爱情的向往和对革命的真切期盼,在对革命的描绘中注入爱情的元素,"在悲惨的过去与美好的未来间,……写作小说,……见证历史,并且反映历史的终极目标。"② 他们以革命者自居,自认是代表历史前进方向的大众革命的引导者、号召者和鼓舞者。在大众面前充满优越感的姿态使他们的作品体现出强烈的主体意识和鲜明的自我认同感,甚至带有"五四"时候知识分子的启蒙姿态和自恋倾向。

二 救 赎

而伴随着时空的改变,"十七年"文学创作主体的身份、创

---

① 蒋光慈:《蒋光慈文集》第4卷,上海文艺出版社1988年版,第150页。
② 王德威:《现代中国小说十讲》,复旦大学出版社2003年版,第65页。

作理念和出发点都与此发生了很大的变化。为了演绎新中国出现的历史必然性、合法性和来之不易，为了表达对往昔峥嵘岁月的深切缅怀并以革命精神教育下一代，为了体现在当时复杂而又充满艰难困苦的环境中，人民在筚路蓝缕的新中国建设道路上的战斗豪情、乐观自信，为了更加能够凝聚人心，鼓舞士气，团结一致向前建设美好现代民族国家，希望满怀的新中国的作者以历史胜利者的姿态充满激情地对历史和现实进行了深情的书写。从一切历史都是当代史的角度看，就这些小说的创作目的及过程而言，包括农村、工业这些现实题材和革命历史题材在内的整个"十七年"小说都可以说是对于革命历史的讲述，饱含了创作者强烈的历史主体性诉求，就如黄子平在论述革命历史小说的讲述原则、内容、意义及目的时所说："这些作品在既定意识形态的规限内讲述既定的历史题材，以达成既定的意识形态目的：它们承担了将刚刚过去的'革命历史'经典化的功能，讲述革命起源的神话、英雄传奇和终极承诺，以此维系当代国人的大希望与大恐惧，证明当代现实的合理性，通过全国范围内的讲述与阅读实践，建构国人在这革命所建立的新秩序中的主体意识。"[①] 应该说，这里的"国人"的"主体意识"理所当然地包括作为知识分子的作者改造后的主体意识。

延安整风以后，在新的社会政治秩序面前，在新的权力话语时空规约下，知识分子日渐迫切地面临一个对自身社会地位和政治身份重新认识和重新定位的问题。特别是新中国成立后，知识分子被逐出权力中心，成为需要被大众（工农兵）改

[①] 黄子平：《"灰阑"中的叙述》，上海文艺出版社2001年版，第2页。

超越他者　成为主体
——人民文艺视野下中国当代作家知识分子叙事研究（1949—1966）

造的充满罪恶感的他者。他们带着普遍的原罪感与忏悔意识忐忑不安地彷徨于新社会，以前革命文学时以自己为中心的自我意识现在变成以别人为中心的自我意识，以自己为主体变成以别人为主体。他者变成了主体，自己变成了他者，革命文学时候的文坛状况在此发生了逆转。知识分子以前那种一呼百应，应者云集的救世主般的英雄气概和强烈的自我主体意识受到致命的打击，被他者的自卑感所取代，被"操纵在他的自我已淹没于其中的强有力的整体中"①。在现实生活中洗去罪恶，实现救赎是他们唯一的选择，而对于这些在实际生活中除了写作别无所长的作家而言，在现实创作中积极响应并认真实践主流意识形态所提倡的知识分子必须与工农兵结合、接受工农大众改造的号召，同时将之上升为言为心声程度的写作成了这些谦卑的作家最好的救赎之道。文学不再只是革命的炼金术，更多地成了身份的炼金术。而体现人与人之间浑然一体、灵肉身心完全交融的爱情、婚姻，仿佛题中应有之义般，作为一项重要手段，成为"十七年"知识分子作家阐释知识分子与工农兵相结合思想的最重要见证和最典型体现——当然，这里面不排除不少文艺工作者对知识分子与工农兵相结合的思想做了本质主义、实用主义、教条主义想当然的保险理解。他们把标志知识分子与工农兵相结合的爱情描写作为一项重要的修辞策略参与到这种总体化、一元论的宏大叙事进程中。所以，尽管"十七年"小说完全以知识分子为描写对象的作品很少，但关于知识分子的爱情叙事却是在革命的星空照耀下星星点点地播撒在绝大多

---

① ［美］埃里希·弗洛姆：《逃避自由》，陈学明译，中国工人出版社1987年版，第270页。

数作品中，成为"十七年"作家的一种普遍创作现象，同时也有意无意地构成一道迷人靓丽的风景线，成为后来者阐释和阅读的兴奋点。

从革命文学到"十七年"文学，创作主体从积极主动地自我救世转为积极主动地自我救赎，反映了两个不同时期的知识分子政治地位和角色功能的巨大差异。在此情况之下，基于时代语境的变迁带来的作家政治身份、自我意识、创作理念和创作出发点等的变化使得革命文学与"十七年"文学尽管在"革命+爱情"创作模式上有着明确而共同的革命目标指向，但两者在具体的主题意涵、审美表现以及叙事形态上还是有着各自的特点，因而在同中有异的基础上呈现出多重阐释内涵。

第二节　情归革命
——回响与呼应

在左翼革命文学"革命+恋爱"的小说创作模式浪潮平息后的1935年，茅盾在《"革命"与"恋爱"的公式》一文中，以时过境迁的冷静客观态度将这种创作模式分为三类："为了革命而牺牲恋爱"、"革命与恋爱"相辅相成（"革命决定了恋爱"）、"革命产生了恋爱"[①]。迄今为止，学界对茅盾的上述关于革命文学"革命+恋爱"创作模式的总体性评价似

---

① 茅盾：《茅盾全集》第20卷，人民文学出版社1990年版，第337—338页。

乎并无异议。尽管这种创作模式在30年代受到左联的猛烈批评与清算，但并没有因此而在文学史上绝迹。只要仔细分析一下就可以发现，同属左翼革命文学，两类文学的作者在身份意识和创作姿态上的差异并没有妨碍他们在爱情描写上所共有的革命指向。二三十年代革命文学"革命+恋爱"的三种具体叙事形态全部在"十七年"文学中的"革命+爱情"叙事模式的现实存在中得到了遥远的回响与呼应。

一　"为了革命而牺牲恋爱"

"生命诚可贵，爱情价更高，若为自由故，两者皆可抛。"这是一百多年前匈牙利著名爱国主义战士兼诗人裴多菲·山陀尔在反对奥国统治者的民族压迫时写下的一首日后为人广为传颂的爱国主义诗歌。诗人在革命、自由、集体与生命、爱情、个体之间所作出的生死抉择，体现了他为实现民族解放奋斗不已的坚强决心。诚然，爱情自有不容否定的价值。但是，爱情所具有的私密性，同时意味着爱情追求的只是一己的幸福享乐，而革命所具有的公共性，意味着革命是为大众的崇高事业。在阶级斗争日趋激烈、民族存亡的关键时刻，当沉醉于温柔乡的一己享乐成为革命的羁绊时，那些不革命或者反革命者，注定要在爱情上遭到革命者的无情放逐。如丁玲《韦护》《一九三〇年春上海（二）》里描写的爱情，"没有一丝一毫是对于生命的进取，而全是充满着淫荡、佚乐。一种肉欲的追求和享受。"[①]

[①] 丁玲：《丁玲文集》第2卷，湖南人民出版社1982年版，第290页。

革命知识分子在欲望本能与理念信仰之间、在爱情佚乐与革命追求之间经常首鼠两端，疲于奔命，以致荒疏了革命工作。此时，革命者"警告的暗示"让韦护警醒，"他再回到丽嘉的面前时，他已有铁的意志的决断"①，最后留下一封信，离开丽嘉到代表希望的南方参加革命工作去了。望微最终也没有放弃自己的革命信仰。由于无法调和革命与爱情之间的冲突，他毅然选择了与玛丽分手。

由于爱情没有建立在与革命一致的价值理念基础上，为了革命，在所不惜地牺牲生命、牺牲爱情的价值取向同样体现在"十七年"小说创作中。宗璞的《红豆》中，女大学生江玫，在革命者萧素的政治引导下，在小爱与大爱之间选择了后者——抛却了与银行家的公子、自由主义知识分子齐弘缠绵不决的爱恋，积极投身于阶级解放的宏伟事业。《青春之歌》中的小资产阶级知识分子林道静，在最终成长为无产阶级革命战士的历程中，遭遇了与此类似的抉择。

小说体现了革命压倒一切的价值理念，表达了一种深切的革命认同感：在革命面前，失去了存在价值的不仅是生命，还有建立在私人意义上的爱情。在《一九三〇年春上海（之二）》中，作者刻意安排望微在放弃爱情后从事革命工作时被捕，并细腻描绘了主人公复杂的内心世界，《红豆》《青春之歌》等对人物心灵悸动的揭示同样如此。所有这些都显示了作者的良苦用心，同时也是作者坚定的革命理念、明确的政治立场和急切的身份诉求的反映。

---

① 丁玲：《丁玲文集》第 2 卷，湖南人民出版社 1982 年版，第 116 页。

二 "革命与恋爱"相辅相成

如果说上述作品体现了革命与爱情不可调和之处，那么，更多的时候，当革命与爱情因建立在目标一致的价值理念基础上而有了共同的契合点时，两者则并行不悖。正如洪灵菲《流亡》里的男主人公沈之菲所说："因为恋爱和吃饭这两件大事，都被资本制度弄坏了，使得大家不能安心恋爱和安心吃饭，所以需要革命。"① 还如《前线》里霍之远与林妙婵为纪念他们的爱情在照片上的题词："为革命而恋爱，不以恋爱牺牲革命！革命的意义在谋人类的解放；恋爱的意义在寻求两性的谐和，两者都一样有不死的真价！"② 这其实也是作者的心音。这种呼声在"十七年"小说里得到了回应。《红岩》中坚毅的女革命者江姐，面对和她有着共同革命信仰的爱人的牺牲，强抑悲愤，化悲痛为力量，把对爱人的怀念与对敌人的仇恨当作一种激励，投入了更为坚决的为实现共产主义理想而奋斗的革命事业中。《山乡巨变》里被派往清溪乡搞合作化的县团委副书记邓秀梅，与丈夫同是生产建设的革命者。两人很少在一起，在平时的通信中能够互相鼓励互相支持。可以说，革命是为了爱情，爱情也是为了革命。

也就是说，很多情况下，革命与爱情互为援手互为促进同时也互为表征：爱情成就了革命，革命在保证爱情实现的同时也使爱情摆脱一己的小我，变得崇高伟大。国民党官僚的太太

---

① 乐齐：《洪灵菲小说精品》，中国文联出版公司1997年版，第163页。
② 同上书，第52页。

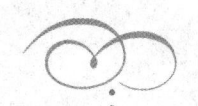

张素裳与共产党员施洵白是胡也频中篇《到莫斯科去》里的两个主人公。在共同的交往中，对方显示出来的人格魅力让他们彼此相爱。在知悉施洵白因为革命为其丈夫杀害之后，她并没有退缩，而是毅然离家出走，去追随施洵白"到莫斯科去"的遗志，即使牺牲生命也在所不惜。他的长篇《光明在我们的前面》中，信仰无政府主义思想的白华和信仰共产主义思想的男友刘希坚因为信仰不同而出现感情危机。五卅惨案血的教训和轰轰烈烈的实际革命抵抗运动让白华改变了原先的看法，转而信仰共产主义。两人之间的感情又和好如初。同样，"十七年"小说里面，如《红旗谱》里的春兰与严萍，她们所以走上革命道路，就是因为她们的爱人都是革命者。她们是作为追随者，在爱人的革命引导下走上革命道路的。以下对话典型地反映了爱情对革命的催化作用：

严萍迟疑着，走了五十步远，才说："我嘛，想革命。"
江涛问："为什么？"
严萍说："因为你革命。"①

在以后的革命事业中，春兰与严萍积极帮助运涛与江涛从事革命活动，即使他们身陷囹圄，生死未卜，两人对他们也是不离不弃。在共同的革命中，她们的爱情经受住了严酷的考验，同时也见证了她们对爱情的忠贞。

---

① 梁斌：《红旗谱》，人民文学出版社 1959 年版，第 327 页。

三 "革命产生了恋爱"

也就是说，知识分子爱情的选择其实就是革命的选择。《冲出云围的月亮》中，革命知识青年王曼英在初恋情人投降变节之后毅然与之决裂。悲观失望之际，革命青年李尚志的鼓舞催生了她继续革命的坚定意志和乐观精神。在共同的战斗中，两人产生了真挚的爱情。《野祭》同样展开了以革命为导向的爱情叙事。革命文学家陈季侠始而迷惑于小学教员郑玉弦漂亮的外表，很快与之热恋，而对对他体贴备至、"心皎洁得如同明月"但相貌平常的房东女儿章淑君的追求视而不见。但"四·一二"反革命政变的发生让他猛然惊醒。当此危急关头，因担心受到牵连，郑玉弦以"情性不合"为托辞与之划清界限。陈季侠鄙视她这种怯懦自私的举动和渺小阴暗的心理，转而怀念因求爱不成而全身投入革命工作的章淑君。他越来越觉得只有章淑君才是自己的知心爱人。可惜斯人已去，悔之晚矣。小说"从爱情的角度透视革命，以革命的选择来解剖爱情，写成了一个含时代性、甚至可以说带时代病的恋爱作品"，"在现在流行的恋爱小说中，可以说是别开生面。"① 相似的语境，同样的追求，让后来的革命者做出了同样的选择。

这种情况在"十七年"文学中比比皆是。《青春之歌》中的林道静所以抛弃余永泽选择了卢嘉川、江华，《红旗谱》里的严萍所以选择江涛而不选择冯登龙，就是因为卢嘉川、江

---

① 杨义：《中国现代小说史》第2卷，人民文学出版社1986年版，第71页。

华、江涛所持的共产主义信仰和英勇无私的革命精神以及由此而生发出来的人格魅力契合了时代要求，顺应了历史潮流。在此，自私短视的余永泽和国家主义者冯登龙显然是无法与之相抗衡的。《创业史》中，梁生宝的妹妹置自己的青春于不顾，执意要与从朝鲜战场复员回来的受伤军人结合，而不是找个正常人托付终身，同样是为了响应时代的召唤，基于信仰上的考虑。

"从本质上说，政治决定家庭的选择走向，任何家庭都是政治逻辑的体现，但政治和家庭不是直接的决定和被决定关系，二者之间有着文化、习俗等等中介，当文学忽视这种中介而将家庭和政治直接挂钩，家庭就会开始从个体的生活空间变成政治斗争的领地，政治由家庭的拯救者变成了家庭生活的干预者。"① 由于有着明确而共同的革命理念为指引，爱情叙事始终以革命为旨归，浪漫的激情始终要受到政治理性的约束和引导，这是革命文学与"十七年"小说"革命+爱情"叙事模式的共同特点。二元对立的思维模式是支配这些小说叙事的内在机制，对比是常用的叙事手法，正如杰姆逊所说："只要出现一个二项对立的形式的东西，就出现了意识形态，可以说二项对立是意识形态的主要形式。"② 正是基于这种理念，围绕"革命+恋爱"的叙事路向，关于知识分子的书写衍生出多种相同的创作范式，如反映知识分子前后变化的成长小说（如李杰由地主家的少爷转变为一个革命者，何月素由地主家的侄

---

① 蓝爱国：《解构十七年》，华东师范大学出版社 2008 年版，第 230—231 页。
② [美] 杰姆逊：《后现代主义与文化理论》，唐小兵译，陕西师范大学出版社 1987 年版，第 21 页。

女变为革命的追随者，素裳的转变过程和林道静、张嘉庆的转变过程极其相似）、革命过程中主角与配角的结构配置（革命者为主角、追随者为副手）、知识分子的工农兵思想改造等等。这一系列相同的创作模式反映出"十七年"小说和革命文学"革命与爱情"书写上的共有特征。

第三节　叙事与差异

历史告诉我们，文学史就是文学发展变迁的历史。前代文学的写作模式与审美风格并非都能在后来的现实中得以原封不动的保留，它的持存与流变受制于多种复杂因素的制约。时代历史语境、主流意识形态、社会审美风尚、大众伦理道德、受众的接受水平和文学好尚以及创作者的诉求等都会对文学的发展产生重要影响。基于此，"十七年"文学和革命文学尽管有以上相同之处，但革命与爱情毕竟是一个复杂的语义结构。和社会环境与人类情感的密切关联，使得这种创作模式成了形势变化的晴雨表和微妙情思的症候表达。从充满狂热激情的二三十年代，到历史的天空已斗转星移的"十七年"，即使是同一种叙事方式，也有不同的表现形态。

一　主观意图和客观效果

以上叙事模式无一例外地反映了作者的主观意图：通过爱

情话语建构革命叙事，让爱情的书写"作为对革命起到或正或反的证明"①，从而表明创作者自己无产阶级革命者阶级立场和政治身份的现实诉求。

愿望固然美好，但在具体的叙述过程中，由于多种因素的影响，革命文学与"十七年"文学关于知识分子的爱情书写还是存在较大的差异。

就革命与爱情分配在两类小说里的叙事篇幅而言，两者并不相同。"十七年"小说由于受到20世纪二三十年代以来建立在集体解放基础之上的、以建立现代民族国家为追求目标的左翼政治启蒙思潮的巨大影响，比较强调革命的目标追求而相对忽视与之关系不很密切的其他叙事。爱情叙事就是其一。因担心对爱情的过多描写会冲淡叙事的目的和效果而对爱情叙事时刻保持警惕。爱情话语在此受到无产阶级意识形态内在语法规则的制约，只能以一种象征的修辞方式作为革命话语的陪衬而存在，缺乏自己存在的独立品格。而革命文学虽然也强调以革命的手段达成革命的目的，也认识到爱情叙事在表征创作意图上的作用，但由于距离"五四"启蒙运动还很切近，受到"五四"建立在个性解放基础之上的、以现代性自我为追求目标的启蒙思潮的巨大影响，加之传统文人心态的主导，对爱情叙事普遍表现出迷恋的姿态，甚至因此而成为一种不自觉的独立存在，爱情叙事的篇幅普遍超过革命叙事。钱杏邨曾经如此谈过："'革命+恋爱'小说作家们照例地把四分之三的地位专写恋爱，最后的四分之一把

---

① 洪子诚：《中国当代文学史》，北京大学出版社1999年版，第134页。

革命硬插进去，与初期的前八本无声，后两本有声的有声电影一样的东西。"①

1. 放纵与节制，分裂与缝合

同样是站在现在回顾过去展望未来，两者对待爱情的不同态度带出不同的叙事效果。尽管革命文学注意到了爱情叙事在革命表达中的重要意义，但由于缺乏"十七年"那样的强有力的严格纪律约束和太多的政治禁忌，革命文学关于爱情的叙事明显缺乏一种理性和节制。由于创作者过于注重个性的解放、主体情感的宣泄和自我意识的张扬，使小说关于爱情的书写陷入一种欲望的迷恋，性的作用不仅被夸大，而且堕入一种卑俗的自然主义式的书写，并在事实上将"革命＋恋爱"的浪漫谛克叙事陷入一种主观与客观构成的悖论之中。蒋光慈《咆哮了的土地》显示出这方面的迹象。单就小说的结尾来讲。革命失败后，何月素"她的右腿略受了一点微伤"，在革命者看来本没什么大事。但具有小资情调的她却很渴望得到爱人张进德的抚慰，于是颤颤地对他说："张同志！我右腿受了点伤。"张进德投其所好，公众场合也不避嫌，毅然"走上前去，用着两只有力的臂腕将她的微小的身躯抱起来"。于是，"何月素也不反抗，两手圈起张进德的颈项。两眼闭着，她在张进德的怀抱里开始了新的生活的梦……"②矫情的叙事、露骨的挑逗，这种情况之下，革命者"新的生活的梦"到底是怎样的？确实耐人寻味。这样的小说结尾，也许只能存在于革命形势还不明朗、

---

① 钱杏邨：《地泉序》，华汉（阳翰笙）《地泉》，上海湖风书局 1932 年版，第 23 页。

② 蒋光慈：《蒋光慈文集》第 2 卷，上海文艺出版社 1983 年版，第 421 页。

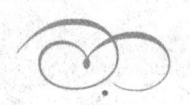

胜利的希望依稀渺茫的大革命失败后人心惶惶的革命低潮期。茅盾的《蚀》三部曲被认为是这方面的典型。搂抱随处可见，同居家常便饭，性爱毫无顾忌，爱情的情欲化叙事使对与性有关的描写十分传神、逼真、露骨，富有挑逗意味，不愧是得了商业文化环境中成长起来的擅长性爱描写的海派文学的真传。特别是三部曲的后两部（《动摇》和《追求》），里面充斥大量与女性乳房有关的性描写。作者本想在悲观失望的革命低潮时以性作为革命的手段激起革命者的斗志，借此体现一种人欲的解放思想和性爱之于革命的积极意义，但放在革命的语境下，却多少显得过犹不及、矫枉过正。放纵的笔墨彰显出爱情的趣味是世俗的、肉体的、物质的，甚至有点病态卑下的低级庸俗气，显然和严肃、健康而神圣的革命不相一致。当革命者因把性当作革命的唯一无奈之举的时候，这种革命被人讥为是乳房的革命、色情的革命，而非暴力的革命。在革命者看来，革命应该是暴力的才对，这种乳房、色情的革命无疑因与之相悖而失去正当性。特别是当革命者因此而患上梅毒的时候，一切的一切也就幻化成了泡影，宣告革命的滑稽与破产。于是，一种阴郁、悲观、虚无的绝望情调如同一股挥之不去的阴影笼罩全文，笼罩在大革命失败后荫翳的天空，像一个幽灵一样，萦绕在革命者的心里。这对试图以性爱作为革命手段的茅盾来讲不啻是一个嘲讽。

　　事实上，革命文学的作者也意识到以这种方式进行革命书写确实不妥。为了表示革命高于一切的主导地位，最后总要往其中添上几笔，通过主人公对爱情的扬弃，让爱情叙事对革命叙事做出或正或反的证明，以弥补男女情爱大书特书造成的因情爱叙事对革命叙事的严重不平衡带来的喧宾夺主现象。而这又在某种程度上可以部分解释主人公在革命上的突变现象。尽管如此，这里爱情叙事的篇幅仍然要超过革命叙事的篇幅。且由于对爱情意义的过于执着，使得革命文学陷入欲望的迷恋而难以自拔，造成对革命神圣性的消解，尤其是颓废幻灭没落情调的出现，加剧了作者的主观创作意图与作品的客观叙事效果之间的分裂。在此过程中，革命文学的作者自觉不自觉地显示出明清以来古代士大夫风流狎狭的情调，在性上流连忘返诗酒爱情的举止更让他们具有一种高蹈于革命之上的名士风流气度，这无疑构成对他们的革命意图和革命者身份诉求的深刻矛盾。

"十七年"文学则竭力扼制了这一点，在作者的主观创作意图与作品的客观叙事效果之间，在个体与历史、浪漫激情与政治理性之间进行了有效缝合。如果说革命文学放纵的笔墨彰显出的爱情趣味是世俗的、肉体的、物质的，甚至有点病态卑下的低级庸俗气，和严肃、健康而神圣的革命不仅不相一致，而且，所激起的色欲、性放纵感反而部分抵消了革命所激起的崇高感，爱情也跟着相应贬值，那么，"十七年"文学则用节制的笔墨避免了革命文学过于放纵的情欲描写，彰显出的爱情趣味是观念的、精神的、理念的和含蓄的，脱离了革命文学那种病态卑下的低级庸俗气而和严肃、健康而神圣的革命相得益彰。而且，"十七年"文学那种盘马弯弓、引而不发的写作姿态所激起的情感也恰到好处地从一个重要方面衬托了革命的崇高和伟大，爱情最终也因此显得美好圣洁高尚。《创业史》里作为知识分子的徐改霞在与农村合作化运动中的领头人梁生宝

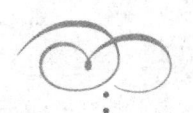

的恋情中总是表现出一种主动的态势。在一次两人的约会中，徐改霞"她的两只长眼毛的大眼睛一闭，做出一种公然挑逗的样子。然后，她把身子靠得离生宝更贴近些……"①而梁生宝在这一霎时只是心动了几动，对这种引诱表现出了极大的克制：

> 他真想伸开强有力的臂膀，把这个对自己倾心相爱的闺女搂在怀中，亲她的嘴，但他没有这样做。第一次亲吻一个女人，这对任何正直的人，都是一件人生重大的事情！共产党员的理智，在生宝身上克制了人类每每容易放纵感情的弱点。他一想：一搂抱，一亲吻，定使两人的关系急趋直转，搞得火热。今生还没有真正过过两性生活的生宝，准定有一个空子，就渴望着和改霞在一块。要是在冬闲天，夜又很长，甜蜜的两性生活有什么关系？共产党员也是人嘛！但现在眨眼就是夏收和插秧的忙季，他必须拿崇高的精神来控制人类的初级本能和初级感情。……考虑到对事业的责任心，和党在群众中的威信，他不能使私人生活影响事业。他没有权利任性！他是一个企图改造蛤蟆滩社会的人！②

小说对爱情进行了谑而不虐的叙事，在一种轻松的喜剧气氛中表达了对意识形态的认同，并借此对受众（特别是对需要改造的知识分子）进行潜移默化的教化：革命者并非好色之

---

① 柳青：《创业史》第1部，中国青年出版社1960年版，第487页。
② 同上书，第487—488页。

徒，一切当以革命为重，沉溺儿女私情会妨碍党的伟大事业。这种寓教于乐的方式避免了过于严肃的说教带来的枯燥与呆板，所能引起读者的好奇心和宣示效果更又是革命文学爱情描写所不及的。正因为强调爱情是革命理念载体的意识形态观念，在权力话语的规约下，自我意识强烈的小资徐改霞最后还是在梁生宝的冷落中无奈地选择了离开，以致越到后来越淡出读者的视线。角色承载的功能完成之后，必然要遭到放逐。而梁生宝对此倒很坦然洒脱，对革命事业的专注冲淡了与此无关的一切。悲剧的爱情很快为自己事业上的阶段性成功和另一段志同道合的爱情喜剧所替代，中和的审美元素带来的乐观坚定否定了革命文学的颓废幻灭情调，也避免了《咆哮的土地》中的矫情暧昧的气息。"革命尚未成功，同志仍需努力"（孙中山语），爱情的美满应该出现在革命成功之时，在此成功之前，怎么能有心思谈情说爱呢？在个人的私欲成为公共禁忌的时候，这样沉溺儿女私情无疑是对革命崇高事业和革命者光辉形象的亵渎。"十七年"文学无论如何不会这样。

2. 从改造者到被改造者

所以如此，这牵涉到"十七年"小说与革命文学革命主体的身份问题。

革命文学是一个过去正在进行时，只给了人关于"革命是美好"的承诺和愿景。它可以壮怀激烈地书写革命，可以让勇敢的革命者享受性爱的短暂幸福（韦护与丽嘉、章秋柳与史循），体会爱情的慰藉与激励（如张进德与何月素的亲密拥抱），但在大革命已经失败、革命前景还很不明朗的时代，这个期待还谈不上是充满希望的期待，更不要说是美好的期待。

它始终缺乏书写革命与爱情完满的勇气，甚至连预言革命最终能够取得胜利都有所保留，更谈不上刻画完美的革命知识分子了。因此关于革命，关于爱情，关于革命与爱情，关于知识分子，它永远是一个未完成时，一个值得期待的期待。最终的结局只能定格在"十七年"，只能在这个革命取得最终胜利、无产阶级话语一统天下的语境里寻找到正确而完满的答案。在这个语境里，知识分子由启蒙者变成了被启蒙者，由改造者变成了被改造者，"普罗小说的革命动员转化为红色小说中革命成功的自豪和对革命英雄的缅怀，意识形态层面的革命叙事转入强势书写。普罗小说爱情想象的小资情调在红色小说中被过滤，爱情想象的方向朝着革命的方位寻找生长点。"① 而这个生长点就是，无论是革命文学还是"十七年"小说，革命与爱情都具有同构性。主客体对革命的态度构成婚恋成败的契机。也就是，在伟大的革命事业中，如果革命客体不接受革命主体的引导，那么在主体与客体的婚恋中就要出现危机，甚至革命的客体注定要被革命的主体抛弃。反之，主客体的婚恋就会焕发出勃勃生机。

由于语境的不同，革命文学与"十七年"小说"革命+恋爱"叙事模式中主客体的身份并不相同。在对爱情的革命化想象中，或者在对革命的爱情化想象中，革命文学的作者以革命的启蒙者自居，为了便于达到对大众进行政治启蒙的目的，往往将小资产阶级革命知识分子设置为革命的主体，以为自己的代言人，而客体的身份不拘，可以是小资产阶级知识分子，

---

① 谭学纯：《想象爱情：文学修辞的意识形态介入》，《福建师范大学学报》（哲学社会科学版）2006年第6期。

也可以是工农兵（革命者），如《韦护》中韦护之于丽嘉，《冲出云围的月亮》中李尚志之于王曼英，《到莫斯科去》中施洵白之于张素裳，《光明在我们的前面》中刘希坚之于白华，《追求》中章秋柳之于史循，等等。作者的出发点可谓用心良苦，但是现实实存与小说虚构中具有同构色彩的革命知识分子还未汰除的"小资气质，部分地支持了以他们为对象的爱情想象的小资情调"①。主观与客观的背离造就出来的四不像的"革命"自然要遭到质疑。而"十七年"小说的作者是作为无产阶级革命意识形态语境中的被启蒙者、被改造者的身份出现的，赎罪的心态让他们的作品往往将小资产阶级知识分子设置为革命的客体，以为自己的代言人，而主体的身份则一定是工农大众或已经革命化的知识分子。这样，现实实存与小说虚构中具有同构色彩的知识分子为了表明自己的革命性，就必须让自己在与工农革命者的爱情过程中处于从属的、被引导的、被支配的地位。任何潜越都被认为是对革命权威的冒犯，是自己不认真接受革命改造的表现。爱情的取向就是革命的取向，知识分子常以能够得到革命者的青睐而骄傲，对革命有一种为了信仰，青春无怨无悔的献祭精神。爱情的距离就是革命的距离，爱情的道德就是革命的道德。任何小资情调的不恰当表现都会受到鄙视（李佩钟）。革命者驱使情欲，不革命或者反革命者被情欲驱使（《战斗的青春》中革命者许凤与叛徒胡文玉）。尽管由于共同的人性，"十七年"小说显示出对欲望的迷恋，如萧也牧的《我们夫妇之间》、邓友梅的《在悬崖

---

① 谭学纯：《想象爱情：文学修辞的意识形态介入》，《福建师范大学学报》（哲学社会科学版）2006年第6期。

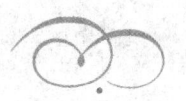

上》、丰村的《美丽》、李威仑的《爱情》、柳青的《创业史》等，爱情的一方（有时兼为革命者）也喜新厌旧，但最终还是悬崖勒马，能够像其他革命者那样以理节情，及时地重新回到革命象征秩序的轨道。特别是在描写小资产阶级知识分子艰难抉择于爱情与革命、情感与理性的人生十字路口时，小说显示出真实而丰富的人性内涵，如《红豆》中江玫与齐虹的分手，《三家巷》周炳与区桃的诀别，凄美的爱情（细腻、柔婉）构成了对同时代爱情描写（克制、僵硬）的超越，但已不是彼时革命文学"革命+爱情"的一一对应的简单回响，而是及时地控制在了革命的道德伦理范围之内。

3. 疾病、革命与合法性

叙事者明白："在权力、德行、合法性三者之间，革命者能选择的常常是德行，有德有行者才能具有顺应人心的可能，才能进行革命运动的考虑，才有可能以暴力革命夺取政权，最后说明这场革命的合法意义。"[1] 也就是说，身体、爱情、道德与革命、信仰、精神互相喻示。病态的身体、爱情、道德喻示病态的革命、信仰、精神。反之亦然。所以，这里的革命者不会再像王曼英那样因为革命的暂时遇挫导致误入歧途而误以为自己得了梅毒，也不会像章秋柳那样实实在在的被革命的虚无主义者、怀疑主义者传染梅毒，更不会像曾经的革命者王诗陶那样，在她的革命者丈夫牺牲之后不但没有激发起更强烈的仇恨情绪和报复行动，反而为了生存而卖淫苟活（即使像王诗陶这样，得梅毒也是早晚的事）。在俗世看来，甚至在整个社

---

[1] 李向平：《信仰、革命与权力秩序：中国宗教社会学研究》，上海人民出版社出版2006年版，第668页。

会的文化阐释系统里面,梅毒无疑是一种不光彩不道德的疾病,隐喻着深刻的消极文化内涵。有论者注意到了性病的隐喻作用:"性病,是小说最为有效的隐喻,表明了幻灭的传染作用。一旦秋柳被感染,它的破坏性便全部展现,至少在比喻的层面,她是所有人心中最后的希望。"① 随着革命者梅毒的感染,革命者最后的希望也破灭,从而表明了革命的最终幻灭。目的与手段的背离,构成对革命的深刻嘲讽,也是革命者病态精神与信仰病态的喻示。所以,身体的疾病源于病态的革命导致的深刻精神危机,病态的精神与病态的信仰也让身体的放纵造成对革命的伤害。诚如黄子平所说:"身体在革命中的得到解放,也可能被革命所伤害,她们的放浪形骸既是对旧道德的一种革命,亦可能危害革命本身。"② 而在"十七年",无产阶级革命意识形态的政治理性具有了对人的非理性私欲的巨大征服力量和询唤功能。革命伦理所提倡的勤劳、节俭、勇敢、道德、乐观、理性、专一有效地克制住了情感的泛滥和人欲的放纵,革命文学由于婚恋上的不严肃导致革命神圣性的消解,到建国后这种模式发生了转变,在此意义上,"十七年"小说也意味着以前那种任性的写作姿态要被新的叙事方式取代。诚然,"十七年"文学也有关于革命者的疾病书写,但革命者的患病再也不是因为情爱上的放浪形骸,而是因为强烈的革命敬业精神。革命的天然正当性以及在不久的将来必然取得胜利的美好期待让革命者具有坚定的革命信念。不利的革命工作环境

---

① [美] 安敏成:《现实主义的限制——革命时代的中国小说》,江涛译,江苏人民出版社 2001 年版,第 148 页。

② 黄子平:《"灰阑"中的叙述》,上海文艺出版社 2001 年版,第 55 页。

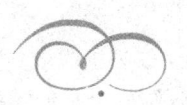

和忘我的革命干劲让信心十足且充满期待的革命者即使因此罹患疾病甚至牺牲生命也在所不惜。革命者所患之病不再是什么不道德的性病之类，而是高尚之病，比如肺病，它不像梅毒。梅毒引人恐惧、憎恨、厌恶、逃避，意味着溃散、失败、幻灭、绝望，代表着一种对革命的质疑和革命神圣性的消解；肺病意味着一种情绪的感染、革命的感召、正义的诉求、一种积极进取力量的凝聚、一种九死不悔的精神追求，代表同情、感染、鼓舞、希望、光明。这类"疾病给人带来尊严，那是因为它展现了人的精神品质；它使人庄重、使人威严、使人崇高"①，充分显示了革命者崇高的革命献身精神和高尚的人格力量。比如《小城春秋》里的知识分子四敏、《战斗的青春》里的知识分子周明，坚贞的革命信念和对革命工作忘我的献身精神所焕发出来的同仇敌忾的气势和高尚的人格力量成为其他革命者的力量之源和行动的灯塔。他们所患的肺病隐喻了对革命的热诚与激情，坚贞与不屈，即使遭受敌人的严刑拷打，甚至牺牲生命也在所不惜。他们在爱情上不再游移，对革命的态度成为他们抉择爱情的唯一尺度。他们在性爱上也不再放纵，对情爱的克制就意味着服从一种崇高的革命理性。游移与放纵只配给那些不革命或者反革命者。受这种革命精神力量的感召，林道静、周炳、运涛、江涛、张嘉庆、许凤、银环、焦淑红、江玫等一大批知识分子走上了革命道路。高尚的疾病喻示高尚的爱情和高尚的道德，也喻示了革命者高尚的人格，是对革命正义的重申，从而使神圣的革命获得合法的坚

---

① [美]杰弗里·梅耶斯：《疾病与艺术》，顾闻译，《文艺理论研究》1995 年第 6 期。

实道德伦理基础。

二 旧瓶新酒的策略与意图

一般认为，二三十年代的革命文学与"十七年"工农兵文学中的革命与爱情的小说叙事模式是古代通俗小说才子佳人、英雄美女等情节、结构的现代翻版。人物的脸谱化、结构的模式化、情节的公式化与主题思想的概念化已为大众公认同时也为大众诟病。当然，我们既要看到这种叙事范式的局限，但也看到它出现的必然，甚至在某种意义上可以认为，出于受众接受效果的考虑，局限也是长处，成了达到上述目的的有效手段。

应该说，在不同的语境下，左翼文学所扮演的角色并不相同。在二三十年代，左翼文学的代表——革命文学与主流意识形态是对抗的，承担起的是社会政治批判的功能，扮演的是精英文学的角色，而在"十七年"，作为左翼文学代表之一的工农兵小说则承担起民族国家合法性证明和现实权力政治秩序建构、加强与巩固的功能，扮演的是主流意识形态文学的角色。不管如何，文学的政治功能是其本质，作家的身份意识是其诉求，它们均是从教化的角度对无产阶级政治意识形态的深度演绎。但是，无论是教化还是演绎，都要注重一种表意的策略。毕竟，政治不如多彩的生活那么生动有趣，板着脸孔的说教最终只能让人觉得枯燥乏味。所以，以通俗文学的形式承载严肃文学的主题表达当然成了一种不容忽视的文学创作趋向，革命与爱情就是其中一种重要的创作手段。如梁斌所说："书是那

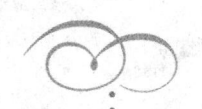

样长，都是写的阶级斗争，主题思想是站得住的，但是要读者从头到尾读下去，就得加强生活的部分，于是安排了运涛和春兰、江涛和严萍的爱情故事，扩充了生活的内容。"①

最重要的一点是，这种叙事模式通过对人本能的一种现实重构，满足了人们内心对暴力与情欲的期待。从本质上讲，存在（活着）就是对快乐的追求。这种对快乐的追求包括两个方面，两种爱欲。一是性本能的满足，"性本能就是生命本能，因为想根据发展着的生命需要来控制自然以保存和丰富生命的冲动，本来就是一种爱欲冲动。"② 二是"生存斗争"的需要，"'生存斗争'最初也是一场争取快乐的斗争，因为文化一开始就集体地贯彻着这种目标。"③

所以，这种对性本能与生存斗争本能的书写就成了受众的阅读兴奋点，也正是古代才子佳人、英雄美女通俗小说为大众欢迎的所在。革命文学与工农兵文学作家无疑深谙这一点，二三十年代从上海十里洋场过来的左翼作家更是如此。他们知道，大众文化、通俗文化本来就是大众喜欢的文化，大众喜欢什么就生产什么这是大众文化的普遍规律，只有这样大众文化才有生命力，才能流行。但是，他们同时也知道，这只能作为手段而不是目的，只是"出于一个特定的目的在一个特定的场合给一个特定的听（读）者讲的一个特定的故事"④。在无产

---

① 梁斌：《漫谈〈红旗谱〉的创作》，《人民文学》1959年第6期。
② ［美］赫伯特·马尔库塞：《爱欲与文明——对弗洛伊德思想的哲学探讨》，黄勇、薛民译，上海译文出版社1987年版，第90页。
③ 同上。
④ ［美］詹姆斯·费伦：《作为修辞的叙事：技巧、读者、伦理、意识形态·前言》，陈永国译，北京大学出版社2002年版。

阶级意识形态的权力话语规约下，此时的生命本能并非存在的本质，在马尔库塞看来，"人类理性从其功能上说乃是压抑性的。"①"被压抑的解放在理念和理想中得到提倡。"② 也就是，生命本能的书写无疑要受到政治理性的约束。马克思主义也认为，一部人类史就是一部阶级斗争的历史，一部革命史。在个人与集体、个体与人民大众、肉体与精神、激情与理性、情欲与革命、浪漫与政治这些组合的每组关系里面，前者无疑要受到后者的规训，不能为所欲为。比如集体的自由解放是个体获得自由解放的前提。后者（集体、人民大众、精神、理性、革命、政治）作为马克思主义哲学的存在本质，已然成为一种强大的权力话语，一种强大的政治逻各斯。于是，"当哲学把逻各斯看做存在的本质时，这种逻各斯就已经是统治的逻各斯了，已经是人和自然必须服从的理性，这种逻各斯不仅发号施令、为所欲为而且还确定方向。"③ 这种情况下，本能的爱欲注定要被抑制本能的理性逻各斯所吸收④，所以，集价值判断、革命教育、思想认识以及可读、通俗、娱乐功能于一身的革命爱情小说的叙事模式，恰好满足了双方的需求：一方面让大众获得一种虚拟的想象性满足，另一方面也使大众在这种虚拟的想象性满足中完成对大众的意识形态教化，最终通过对大众潜移默化的思想改造，把大众纳入权力政治象征秩序。这样，具有革命与爱情叙事范式的小说（文学）无疑就成了"一个领导权的生

---

① ［美］赫伯特·马尔库塞：《爱欲与文明——对弗洛伊德思想的哲学探讨》，黄勇、薛民译，上海译文出版社1987年版，第78页。
② 同上书，第84页。
③ 同上书，第90页。
④ 同上。

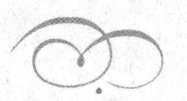

产和再生产的核心场所"①。但是，由于大众文化有一个特点，它是"一种统治集团利益和从属集团利益之间、统治集团利益的强加与从属集团利益的抵制之间的斗争和谈判"②，所以这种叙事范式对大众文化的借用有一个弊端，那就是，对大众文化的过于倚重反而会削弱作品的政治意识形态效果。出于特定的创作目的，这只能作为一种意识形态修辞的需要，文本的一种叙述策略，而且，这种修辞、这种策略的主次轻重不能逾越一定的规范，必须与作品的整体构架形成和谐的比例布局，而这，也正是"十七年"小说与二三十年代革命文学关于革命与爱情叙事范式的一大区别所在（上文对此已作出分析），源于不同主流意识形态话语体系下他者对自身身份归属的不同诉求。

---

① ［英］保罗·史密斯等：《文化研究精粹读本》，陶东风译，中国人民大学出版社2006年版，第13页。

② 同上。

第三章

从信服到"成圣"

——知识分子主体再造的仪式化书写

"十七年"小说，无论是革命历史题材，还是社会主义革命和建设题材，几乎都是以喜剧的形式结尾，以胜利的结局告终，即使反映了革命和建设过程所遭遇到的困难，那也只是暂时的挫折，随后所取得的更大胜利或者对胜利前景的符合历史唯物主义发展规律的乐观展望，会对此作出相应的补偿。在革命历史小说里面，前者如《战斗的青春》《林海雪原》等，后者如《红岩》《红旗谱》《三家巷》等，那些视死如归的共产主义革命战士，总是以自己英勇赴难的慷慨豪情，以自己对革命理念的坚定执着和对反动势力永不屈服的斗争精神最终获得了历史的正义感召。即使是反映社会主义革命和建设事业的小说也是如此。《艳阳天》里萧长春无辜的儿子小石头被地主杀害无疑是火上浇油，激起了贫下中农强烈的阶级仇恨。以革命知识青年焦淑红为代表的广大人民群众，在农业社支书兼主任萧长春的带领下，最终挫败了阶级敌人的阴谋，取得阶级斗争的最终胜利。更不要说《三里湾》《创业史》《乘风破浪》等

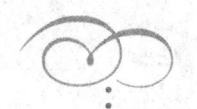

小说了。遭遇挫折时候的悲情渲染烘托出悲壮的情怀，战斗的豪情孕育出同仇敌忾的气势。在革命的高歌猛进中，体现出一种历史发展的必然趋势。

而这又与人物的塑造分不开。在诸多具有上述描写特点的小说中，人物形象只要具有了坚定的共产主义信念，一定会练就金刚不坏之躯和洞穿秋毫的火眼金睛，在革命理念的支配下，焕发出无穷的战斗力。他们就如战无不胜攻无不克的战神，成为不可征服的对象。即使有所牺牲，但他们高尚的人格精神一直如巍巍昆仑般矗立，令人景仰，催人奋进。这种情况之下，意识形态成了革命的利器。革命者所取得的成功与其说是革命的胜利，不如说是意识形态的胜利。意识形态被赋予了崇高的地位，具有极大的神圣性且威力无比。在意识形态光环笼罩之下，革命者除了觉得渺小，就是对之充满一种带有宗教色彩的敬畏与崇拜。特别是对于小说中处于资产阶级、小资产阶级阵营里需要改造的知识分子而言，他们对意识形态的臣服，为他们指明了一条摆脱奴役、实现身份再造和灵魂新生之路。

这种现象，与现实中党对意识形态的看重有很大关系。"没有革命的理论就没有革命的实践"，随着新民主主义革命的胜利和社会主义革命和建设的逐步进行，执政党越来越认识到，坚定而统一的革命信仰对于现代民族国家的建立、巩固和发展无疑具有重要作用。毛泽东曾说："不管自己是唯心主义者或是唯物主义者，都应该积极赞助和不要反对现在进行着马克思主义的思想运动，因为这是关系到我们国家和民族命运的运动，是我国社会主义建设和社会主义改造工作中不可缺少的一部分。"① 于是，革命成为一种"心"事，革"心"成了革命的先决条件。当然这个过程并非一蹴而就，轻而易举，正如古斯塔夫·勒庞所说，发动一场革命容易，但是要改造或者是再次构造一个民族的信仰、精神，却是难上加难的事。② 在小说文本中最好的方法，就是塑造出具有意识形态典型示范意义的革命知识分子形象，通过对他们由革命信徒走向革命圣徒的过程进行叙事，体现出无产阶级意识形态的巨大威力。有论者认为："在人类历史上，革命具有多种形式。但是，其中一个最主要的东西，就是革命的意识形态必会对其成员在意识中加强巩固，而当所有社会阶层成为它的提携者的时候，革命的意识形态就变得巨大而不可抗拒。"③ 于是，凭借这种巨大而不可抗拒的威力，小说叙事不但奠立起意识形态话语体系牢不可破的真理地位，而且重塑了人们的信念，也巩固了新的社会秩序。

应该说，这种叙事往往"采取了'宗教修辞'的方式和途径"④，知识分子走向革命的朝圣历程很契合宗教仪式所具有的特点："与从一种社会地位到另一种社会地位（从活人到已死的祖先、从少女到妻子、从有病和肮脏的到健康洁净的等等）的社会界限跨越运动相联系。"⑤ 黄子平就曾提到"十七

---

① 《建国以来毛泽东文稿》第5册，中央文献出版社1991年版，第216—217页。
② ［法］古斯塔夫·勒庞：《革命心理学》，佟德志、刘训练译，吉林人民出版社2004年版，第35页。
③ 李向平：《信仰、革命与权力秩序：中国宗教社会学研究》，上海人民出版社出版2006年版，第665页。
④ 黄子平：《"灰阑"中的叙述》，上海文艺出版社2001年版，第88页。
⑤ ［英］埃蒙德·利奇：《文化与交流》，郭凡、邹和译，上海人民出版社2000年版，第88页。

年"小说与宗教文化之间的关系:"宗教文化中的形象、仪式、神话情节、命题,被抽离了与其原始教义上下文的具体联系,灵活多变地纳入文学作品自成一体的叙述世界之中,以服从小说所希望达到的叙述效果。"① 具体而言,"十七年"小说知识分子叙事的仪式化主要体现在以下几个方面。

第一节 告别旧我

应该说,知识分子并非天然的革命者。隶属于资产阶级或小资产阶级阵营的他们(作为需要改造的对象),要想实现身份的转变——成为革命者,就必须与他们原有的异质身份发生剥离。林道静(《青春之歌》)成为共产主义革命战士的过程,经历了三个阶段的飞跃:为求得个人解放,与封建家庭决裂;为求得民族解放,与小家庭决裂;为求得整个无产阶级的解放,与"旧我"决裂。张嘉庆(《红旗谱》)由地主家唯一的儿子转变为革命者也并非一帆风顺,等等。正如利奇所说:"正经历着身份变化的新加入者首先必须与他(她)的最初角色分离。"② 这一分离过程的完成同时也就意味着无产阶级意识形态神圣地位的确立。在此过程中,作为意识形态(革命理论)代表的人、言、行、物等方面所体现出来的吸引力与契合

---

① 黄子平:《"灰阑"中的叙述》,上海文艺出版社2001年版,第89页。
② [英]埃蒙德·利奇:《文化与交流》,郭凡、邹和译,上海人民出版社2000年版,第80页。

力对知识分子的蜕变具有先在而强大的启蒙、示范和引导作用。

一 异常时间内的异常人

应该说，知识分子的成长离不开具有卡里斯玛特质的革命者。王一川认为："卡里斯玛典型是艺术符号系统创造的、位于人物结构中心的与神圣历史动力源相接触的、富于原创性和感召力的人物。"① 作为一种普遍的人物类型，他们所具有的特点是"象征性""中心性""神圣性""原创性"，极富"感召力或感染性"②。伴随着主流意识形态对工农兵英雄人物形象塑造的强调，"十七年"小说的人物画廊上出现了一系列这样的典型。他们不仅思想崇高、品质纯正，占据革命与道德的优势，而且形体强健，气质和仪表不凡，很有革命者人格魅力。毫无疑问，他们是作为无产阶级意识形态的历史代言人和时代潮流的引导者的形象而存在。他们真理在握的姿态满足了社会转型期知识分子对于革命真理、光明未来的普遍追求，扮演的是知识分子革命化成长道路上精神导师的角色。

对于处在革命化成长道路上的知识分子而言，"朴素阶级观点和阶级本能带来的反抗"③，是他们自觉接受革命理念的逻辑起点。林道静、张嘉庆，两人均对自己出身的地主阶级家庭有着本能的反抗，对自己身上的白骨头现象深恶痛绝。运

---

① 王一川：《中国现代卡里斯马典型——二十世纪小说人物的修辞论阐释》，云南人民出版社1995年版，第12页。
② 同上书，第12—15页。
③ 梁斌：《漫谈〈红旗谱〉的创作》，《人民文学》1959年第6期。

涛、江涛、周炳出身于贫苦家庭，低下的社会地位加上纯洁天真、正直善良、倔强叛逆的品性让他们屡遭黑暗社会的打击。这群"黑暗中的舞者"，一经接触革命理论，便如醍醐灌顶，不仅对革命的思想认识迅速获得巨大的提升，还对精神导师顶礼膜拜，从此便开始了与自身原有角色的分离并对新的信仰、新的身份进行锲而不舍的寻求。

比如林道静。在杨庄小学，初遇卢嘉川的她很快就被对方有关抗战形势的精辟分析和高涨的民族热情激发起强烈的爱国主义思想，引对方以为知己。大年三十晚上知识分子聚会，林道静与卢嘉川意外相逢于白丽萍的寓所。卢嘉川充满激情的革命演说，对当前社会形势、国家民族命运、知识分子出路、革命道理富有见地的阐述，让林道静有股痛快淋漓的革命快感。特别是，对于"卢嘉川给她的仅仅是四本用马克思列宁主义理论写成的一般社会科学的书籍"，

> 道静一个人藏在屋子里专心致志地读了五天。可是想不到这五天对于她的一生却起了巨大的作用——从这里，她看出了人类社会的发展前途；从这里，她看见了真理的光芒和她个人所应走的道路；从这里，她明白了"朱门酒肉臭，路有冻死骨"的原因，明白了她妈因为什么而死去。……于是，她常常感受的那种绝望的看不见光明的悲观情绪突然消逝了；于是，在她心里开始升腾起一种渴望前进的、澎湃的革命热情……①

---

① 杨沫：《青春之歌》，人民文学出版社1962年版，第215页。

超越他者○成为主体——人民文艺视野下中国当代作家知识分子叙事研究（1949—1966）

所有这些都向她敞开了一个新的世界。林道静被以卢嘉川为代表的革命知识青年所从事的革命活动深深吸引，在卢嘉川的启发引导下，她认识到党和革命事业的崇高伟大，并把自己的理想、出路、要求，同民族的解放事业，同党紧密联系在一起。这是关键的一步，是她成长道路上的重要转折点，也是她人生的新起点。卢嘉川被捕之后，引导她走上革命道路的另一个启蒙者、领导者江华及时出现。江华富有实践经验的革命启蒙与教导，让林道静脱离了以前对革命的浪漫幻想，认识到革命的理论要付诸成功的革命实践，首先必须要对现实的具体问题有正确清醒的认识，并同时掌握开展革命斗争的有效方式方法。甚至，作者干脆让林道静被捕，让她在监狱里亲身经历血淋淋的残酷事实，亲耳聆听共产党员林红语重心长的革命教诲。革命者切身的言传身教进一步增强了林道静作为一个革命青年的责任感与使命感。从卢嘉川—江华—林红，林道静由革命理念的理论学习到革命经验技巧的直接获取，最后到实际的感受锻炼，革命的教化越来越深入、具体、实际。这使得她对自身身份有更加清醒的认识，知道"我从哪里来要到哪里去"，知道"我要干什么该怎么做"。随着她的革命信仰越来越坚定，原有异质身份逐渐发生剥离。可以说，不仅《青春之歌》，革命言论的散播和宣传在"十七年"其他小说中也随处可见，不管它是集会时激情四射的演讲还是私下里两人的倾心交谈，是开会时严肃的政治报告还是同学少年般的讨论争辩，是言之以理还是动之以情，革命崇高伟大与正义必胜的理念通过多种方式的话语狂欢不断播撒，最后定格在每一个有革命追求的知识青年乃至大众的心里。

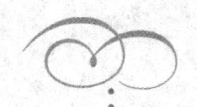

就和宗教布道一样，所有这些革命理论的传播都与引导者的人格魅力分不开。充满魅力的人格也是知识分子信服并接受革命理论的前提之一。作为无产阶级革命英雄的卢嘉川，从他身上所放射出来的卡里斯玛特质，如超群的谈吐、一呼百应的革命领袖魅力、崇高的理想、忧国忧民的情怀、倔强不屈的革命意志等，深深地将林道静折服。在林道静眼里，卢嘉川无疑是潇洒英俊的。他那"爽朗的谈吐和潇洒不羁的风姿""那高高的挺秀身材，那聪明英俊的大眼睛，那浓密的黑发，和那和善的端正的面孔"显示出无产阶级意识形态的神圣特质，完全是革命真理的化身。相较之下，有着"黑瘦的脸""不安的小眼睛""亮晶晶的小眼睛""薄薄的嘴唇"外貌，一心追求名利，自私势利的个人主义知识分子余永泽自然注定要被林道静抛弃。江华与卢嘉川有着同样澎湃的革命热情，但却老练成熟稳重许多，是工人阶级出身的党的地下革命工作者，和《红旗谱》里面的贾湘农无论是在外表还是内在气质以及身份构成上都具有极大的相似性。林红则是一位"坚强的老布尔什维克"，即使遭受严刑拷打，仍然焕发出高贵的革命品质：脸色尽管苍白而仍带光泽，"仿佛大理石似的"；大而黑的双眼"在黯淡的囚房中，宝石似的闪着晶莹的光"。林道静禁不住惊叹她就是"希腊女神"，"真像块大理石的浮雕——我要是能把这样的人雕刻出来该多好！"特别是她勇赴刑场、视死如归的壮举更加是深深地激励着林道静。革命者人格的伟大与崇高让她切身感受到革命事业的伟大与崇高。这些被神化了的革命者就像舍身饲虎的释迦牟尼、被钉十字架的耶稣，构成林道静革命成长的巨大动力。

周炳的情况与此类似。在他由自发的复仇（为区桃）进入自觉的革命斗争并最终成为共产主义革命战士的过程中，革命者的言论以及理论书籍起了重要作用，而革命领导者的人格魅力更不容忽视。小说多次写到他对《共产主义宣言》《布尔什维克》杂志的创刊号等革命理论书籍的深入学习和认真领会。像金端、张太雷、包括他大哥周金在内的多名共产党人的言传身教也与他的成长息息相关。在广州起义过程中，周炳聆听了起义领导人、共产党员张太雷的报告之后，深受鼓舞，同时也被他的人格魅力所折服：

他望一望台上的张太雷同志，看见他那股振奋和快乐的心情从明朗的阳光里流露出来，穿过那副没有框子的眼镜透进群众的心坎里，和千千万万解放了的人们那股振奋和快乐的心情融和在一起。

……

这时候，周炳觉得张太雷同志这个人，十分的伟大与崇高。他竟在大庭广众之中，说了一些从来没有人说过的话。这些话又说得那么好，那么有分量，那么中人的意。昨天早上，在工农民主政府的楼上办公室里，他第一次看见这个人，他就对这个人的醇厚的风度生出了一种敬慕爱戴的念头，如今这敬慕爱戴的念头更加深了。①

像杨晓冬之于银环（《野火春风斗古城》）、高庆山之于李

---

① 欧阳山：《三家巷》，作家出版社1960年版，第296页。

佩钟（《风云初记》）、萧素之于江玫（《红豆》）、李少祥之于小兰（《乘风破浪》）、《红旗谱》里贾湘农之于运涛、江涛、张嘉庆，运涛之于春兰，江涛之于严萍均是如此。在引导者人物谱系上，具有极大的相似性，所散发出来的魅力构成对知识分子的强力吸引。就是这些有着伟大人格的革命者的"布道"，使知识分子获得神圣而庄严的革命信仰，成为一个异常时间内的异常人。

二　自我意识的放逐

当然，在接受革命理论成长为革命战士并获得历史主体身份的过程中，知识分子首先必须放弃自己的个体意志，彻底虔服于无产阶级革命信仰，否则，就会与无产阶级的集体意志（革命理念）发生抵触而遭到放逐。在《创业史》中，作为"新时代的女性"知识分子徐改霞就是因为不肯放弃自身过于强烈的、可能会对梁生宝所代表的历史主体本质造成潜在威胁的自主意识而被拒于革命与爱情的门外。她"有点浮""自负太甚"的个性被认为无益于胸襟磊落、大公无私的梁生宝的革命事业。相反，《艳阳天》里中学一毕业就坚决回乡致力于农村社会主义建设的焦淑红由于一开始就对革命充满认同感而最终获得历史主体的本质地位。"闪烁着共产主义思想光辉"，领导才能、斗争策略、理论水平、革命意志俱佳的萧长春对她的成长起了十分关键的作用。在他的帮助下，她逐渐克服了自身知识分子的弱点，认清了斗争形势及阶级敌人的本来面目，变得成熟、稳重，无论是对敌斗争还是生产劳动更具有战斗力，最终以萧长春的好帮手和好恋人身份被纳入了政治权力的象征秩序。

《红旗谱》中的张嘉庆被作者描绘成张飞似的革命者。有勇无谋的革命者形象恰恰意味着他对革命的绝对忠诚，这点也可以从他对革命导师贾湘农强烈的信赖感中看出。反割头税之后，国民党当局要抓捕闹事的人。迫于形势，贾湘农要与张嘉庆分离，

> 张嘉庆听得说，立时眨了眼睛，说："贾老师！我不能离开你。……我跟你在一起，你就是我的父亲，我也不再像我的母亲。贾老师！你把我引上革命的道路，我就依靠你。我愿为党、为无产阶级事业奋斗到底。我绝不犹豫、动摇，也没有第二条路走！……"说着，他把纽扣噌的捋开，用手挖着心窝，说："把我的心叫你看看！……"
> ……
> "生我的是母亲，教养我成长起来的是党。"张嘉庆是个硬性子的人，向来没哭过，为了这件事情，再也肯不住眼泪了。①

言语、动作、表情并举，典型具体而又生动形象地反映了知识分子已经彻底放弃了对自我意识的持守，从灵魂深处无条件地虔服于意识形态的教化，并与之融为一体。

---

① 梁斌：《红旗谱》，人民文学出版社1959年版，第330—331页。

三　寻找新的替代

爱屋及乌。在革命者离开的情况下，与革命者有关的器物在成长知识分子眼里，就成了革命者人格的化身和具有神圣意味的图腾，表征了崇高的革命理念，集中体现了意识形态的权威与庄严，与革命者一样被赋予了至高无上的地位。这些有着不同寻常意义的圣物可以替代革命者对知识分子进行意识形态的布道、施洗。知识分子对这些圣物的敬畏与虔诚就是对崇高的革命理念的崇拜与虔服，睹物思人的过程就是思想情感转移的过程，是对神圣力量的祈望与感染，由此构成对知识分子再一次的精神与灵魂的洗礼。

广州起义失败之后，迷茫不知所措地周炳"站在张太雷同志出事的地方，停了下来，装成掏出手帕来擦眼睛的样子，低着头，默默地悼念了一会儿，心里祷告着道：'张太雷同志呀！你曾经说，从那天起，全世界的路都让我自由自在地走，我喜欢怎样走就怎样走！告诉我吧，我现在应该怎样办？'"应该说，张太雷牺牲的地方具有特别的布道意识形态意义。当此之时，他并不会真的复活或显灵来告诉周炳该怎么办。悼念与祷告是对革命者深切的哀思、怀念与崇拜，是誓死不忘血海深仇革命信念的寄托，也是对精神性力量与革命信心的获得性祈求。

卢嘉川最后一次留在林道静家里的革命宣传单对林道静而言具有同样的意义：

超越他者○成为主体——人民文艺视野下中国当代作家知识分子叙事研究（1949—1966）

道静望着这几个字（传单上"中国共产党"字样——笔者注），紧紧捏着这些红绿纸片，一种沉醉般的崇高的激情，把她多日来压在心里的愁郁一下子冲开了！好像看见了久别的亲人，她可舍不得烧掉这些珍贵的物品。她抱住这些纸片激动地想着，忽然想到她的命运经过这些红绿纸片、经过这些招惹反动派的字迹，已经和中国共产党的命运联结在一起了！他们已经不可分割了！她感到能够被信任保存这些东西乃是她无上的光荣和幸福。……想到这里，她高兴了，她又有了生活的希望了。①

可以看到，"十七年"小说中知识分子对与卡里斯马典型人物有关的东西（圣物）表示亲昵之举随处可见。《艳阳天》里焦淑红望着萧长春的照片，会害羞地笑，喜欢把他的照片按在她那激烈跳动的胸口②。萧长春衣服上浓重的汗酸味在焦淑红闻起来竟然成了香气："焦淑红瞥了萧长春一样，心头一热，抱起衣服（萧长春扔给她的脏衣服——笔者注）跑进院子；她闻到一股子香气，不知道是从石榴树上洒下来的，还是从衣裳上散出来的；更不知道真的有香气，还是她的感觉……"③草明《乘风破浪》中炼钢厂厂长宋紫峰火热的革命干劲和崇高的革命精神和独特的人格魅力深深地感染了他的妻子邵云端。无法控制的崇拜之情让她躺在宋紫峰的床上，当嗅到宋紫峰那股熟悉的气味时，忍不住"翻过身去，把头伏在枕头

---

① 杨沫：《青春之歌》，人民文学出版社1962年版，第215页。
② 浩然：《艳阳天》第1卷，人民文学出版社1964年版，第471页。
③ 浩然：《艳阳天》第2卷，人民文学出版社1966年版，第757页。

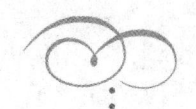

上，两臂抱住它，在它那枕巾上吻了个遍"①。恋物癖似的举止表达了她们对卡里斯玛革命精神导师深深的崇拜之情。特别是萧长春，文中多次写到他香气四溢且通体放光："焦淑红抬起头来了。他觉得身边这个人放了光，屋子里放了光，她的心里也放了光。"②"萧长春听着听着，脸上又放出红光。"③圣灵偶像般的形象吸引着他的虔诚的朝圣者不断地对他顶礼膜拜和精神献祭。而正是这种不断的顶礼膜拜和精神献祭强化了焦淑红、林道静、张嘉庆等知识分子的无产阶级革命信念，构成他们成为真正意义上的无产阶级革命战士的深刻动力。

第二节 话在肉身显现

当然，知识分子掌握了理论并不意味着自己就获得了真正的主体身份命名。纸上谈兵终究不能解决实际问题。革命，本身就是意识形态的实践。知识分子要想抛弃旧我成就新我还需要渡过一个延宕的状态，必须在他们成为革命者的天路历程中经受许多磨难，抵制各种诱惑。他们只有怀着对无产阶级革命事业的无限忠诚，对崇高的革命信仰无限执着，亲身参与革命，在实际中经受各种锻炼，才能真正剔除身上的异质，成就

---

① 草明：《乘风破浪》，作家出版社1959年版，第105页。
② 浩然：《艳阳天》第3卷，人民文学出版社1966年版，第1543页。
③ 同上书，第1784页。

自己的无产阶级历史主体性地位。

一　日常生活的政治化

　　同宗教里被施洗者要想获得新的身份命名常有的情形一样，"新加入者与社会的分离通过在饮食、衣着和一般活动等方面的各种特殊规定和禁忌而得到进一步的强调。"① 此时，新加入者（接受革命启蒙的知识分子）"处于一段非时间性的间隙中"，一种时间长短不一的"边际状态"里，"与一般人保持实际的距离，或离开正常的家庭环境，或者暂时居住于与一般人隔开的封闭的地方。"② 这意味着革命者首先必须对各种世俗化的日常生活加以拒绝。包括衣食住行在内的日常生活毕竟有凡俗、功利、安逸、享乐、感性、温情、世俗欲望等形而下特点，在知识分子而言就是小资情调。它与革命理念的神圣、理性、观念、精神的崇高追求无疑是相龃龉的。在无产阶级意识形态话语阶序里，革命者沉迷于个人情感、小资情调只会使自己变得脆弱，导致革命缺乏动力，甚至因此给革命带来重大损失。这样的人物在革命的洗礼过程中注定要被淘汰，是无法最终进入共产主义革命战士的行列的。所以，在作者的安排之下，注重个人生活享受、讲究生活情调、只顾小家不顾大家的甫志高最后不仅叛变投敌还使许多革命者遭遇不幸。有论者认为："甫志高的'变节'并非从他被捕才开始，而是从他

---

① ［英］埃蒙德·利奇：《文化与交流》，郭凡、邹和译，上海人民出版社2000年版，第80页。
② 同上。

陷入家庭而不能自拔的那一天开始的。"①《战斗的青春》里的区委书记胡文玉、《青春之歌》里的中共北平地区地下组织的区委书记戴愉、《野火春风斗古城》中的高自萍、《敌后武工队》的马鸣、《平原枪声》的苏建才等均是如此,由于自己身上的小资思想还没彻底清除,还没完全转变到无产阶级意识形态信仰上面来,还存有顽强的自我意识,加上小资产阶级知识分子易于软弱动摇的特性,一遇风吹草动,便禁不住各种威逼利诱而变节。《上海的早晨》中的苏北行署张科长是位毫无城市经验的乡村知识分子。在为志愿军到城里采购药品的过程中,由于革命意志不够坚强,革命警惕性不高,被投机商哄骗,禁不住腐化生活的诱惑被拉下水,导致采购的药品都是假药,从而给革命带来重大损失。正如毛泽东指出的:"中国的广大的革命知识分子虽然有先锋的和桥梁的作用,但不是所有这些知识分子都能革命到底的。其中一部分,到了革命的紧急关头,就会脱离革命队伍,采取消极态度;其中少数人,就会变成革命的敌人。"②

成长过程中知识分子必须经受住各种包括日常生活在内的各种诱惑是基本要求。《礼记·礼运》云:"饮食男女,人之大欲存焉。"就人类最基本的需求——着装和食物来讲,知识分子要想成为革命者就必须在这方面表现得与众不同。服装史学家詹姆斯·莱福(James Laver)认为"着

---

① 李杨:《50—70年代中国文学经典再解读》,山东教育出版社2003年版,第187页。

② 毛泽东:《中国革命和中国共产党》,《毛泽东选集》第2卷,人民出版社1991年版,第642页。

装行为的动力来自三个基本原则",其中一个就是"等级化原则"①。一些功能主义社会学家也有类似的观点,认为服装具有"象征功能（所有服装可能多少都暗示穿者的社会地位）"②。确实,在"十七年"小说里面,端庄、朴素、简洁甚至满是补丁的衣服往往就是无产阶级的象征。知识分子心甘情愿地穿上无产阶级阶级的服装,也就意味着自己受到服装所代表的阶级力量的感染,赞成服装所体现出来的理念（意识形态）并愿意继续接受服装所体现的理念的改造,从实质上实现身份、思想、立场的改变。所以,小说《青春之歌》一开场,林道静就以浑身上下的白出现在公众的视野。这种白既可以说象征有着不羁个性、追求自由的"五四"青年的形象,也可以说体现出来一个有待各方意识形态力量争夺铭刻的纯洁无辜的少女形象,同时更可以意味着她的白骨头地主家庭的阶级身份出身。她自己承认自己的身上除了有黑骨头之外还有白骨头,为此她自责忏悔不已:"原来,我的身上已经被那个地主阶级、那个剥削阶级打下了白色的印记,而且,打得这样深——深入到我的灵魂里。所以我受不了郑德富的白眼仁。"③正因为她潜意识里的白骨头罪恶感,在天生的黑骨头作用下,林道静小时候经常喜欢到佃户郑德富家和他的女儿黑妮玩。林道静觉得"在那个低矮的茅屋里,不光是黑妮可爱,连黑妮的爸妈也全都那么可爱","吃她家的东西觉得分外香甜"④,表现出朴素

---

① ［英］阿雷恩·鲍尔德温等：《文化研究导论》，陶东风等译，高等教育出版社 2004 年版，第 297 页。
② 同上。
③ 杨沫：《青春之歌》，人民文学出版社 1962 年版，第 331 页。
④ 同上书，第 325 页。

朦胧而又神圣的阶级情感意识。随着林道静逐渐革命化，白色的衣服也只是一闪而过。而且，当初林道静为了反抗封建包办婚姻，毅然离家出走，其后又多次拒绝北平特务头子胡梦安的纠缠，中间对白莉萍想把她作为一件礼物送给阔佬的做法气愤至极。林道静这个过程中的情爱取向，反映了革命者对非本阶级"衣食色"的警惕。

二 受虐、洗礼与跨越

而这，还远远不够，知识分子还必须以主动的态势勇敢面对各种考验，承受各种苦难。他们要革命就必须使自己的情感变得粗砺，意志变得刚强，将个人所有的一切纳入政治生活的公共空间，交给党，交给无产阶级革命事业，只有这样才能强化自己的信仰；而自己的坚强意志又是从信仰中获得，由此构成互为援手互相强化的良性循环。

"十七年"小说描写知识分子深入工厂车间、田间地头、各种革命战场与工农兵同吃同住同劳动（战斗）接受改造的现象比比皆是。他们在实际的锻炼中不断克服自己软弱、动摇、怯弱、爱幻想等小资产阶级思想而逐步变得实际、果敢、坚强、有勇有谋。林道静不仅积极参加"三·一八"纪念集会和"五·一"示威游行，还到深泽县农村接受工农改造，"从性格层面讲，她经历了从多愁善感、脆弱、浪漫、好幻想到刚强、镇定、务实的变化过程。"[①]

---

① 金宏宇：《中国现代长篇小说名著版本校评》，人民文学出版社2004年版，第267页。

超越他者 成为主体
——人民文艺视野下中国当代作家知识分子叙事研究（1949—1966）

陆地的《美丽的南方》是一部以知识分子群体为描写主体，反映土改运动的小说。他在后记里自述，要通过这个故事"让大家看到在这资本主义日趋衰亡，社会主义正在兴起的新旧交替的时代，一部分知识分子，由于肯与工农群众共尝甘苦，肯投身于这场阶级斗争和生产劳动而得到真理的启示，终于修正了从资产阶级带来的偏见，精神上获得了新生"。① 里面的女大学生傅全昭就是在这场亲身参与的土改运动中，不断经受斗争的考验，最终成为一名成熟、坚定的革命者。

接受改造的他们对粗劣的饭食甘之如饴，对艰苦的劳动视为理所当然，面临复杂残酷的斗争形势从容应对，即使面临生死抉择、严刑拷打也是毫无畏惧，甚至可以说有一种普遍的受虐化倾向。这既是对需要改造的知识分子革命意志的考验，也是体现革命者崇高品质和人格魅力的所在。就如马克思所说："劳动者耗费在劳动中的力量越多，他亲手创造的、与自身相对立的、异己的对象世界的力量便越强大，他本身、他的内部世界便越贫乏，归他所有的东西便越少。宗教方面的情况也是如此。人把自己奉献给上帝越多，他保留给自身的就越少。"② 这句话对于需要改造成为无产阶级革命者的知识分子来讲同样适合。在此革命的洗礼、锻炼过程中，如果知识分子将自己的生命灌注到为之奋斗的理想事业当中越多，他身上被汰除的非无产阶级思想越多，那么获得无产阶级革命（意识形态）的本质力量也就越多。信念，成为克服一切困难的精神力量，困难

---

① 陆地：《美丽的南方·后记》，作家出版社1960年版。
② ［德］卡尔·马克思：《1844年经济学—哲学手稿》，人民出版社1979年版，第45页。

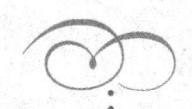

越大，反抗性越强。因此，伴随着这个过程的结束，"这个生命已不再属于他，而是属于对象了。"① 革命的洗礼既是对自己革命信念的考验也是一种塑造和强化。而肉体的受难（严刑拷打甚至是死亡）这种最极端的考验在"十七年"作家而言就是达到此目的最好最有效最常用的表达方式。这是知识分子由量变到质变的临界点，"它意味着'准英雄'实现了从凡俗性到'卡里斯玛'式英雄的神圣性那具有决定性意义的跨越。也就是说，设置在英雄成长道路上的种种极限情境，具有隐喻和象征意义，起着把'准英雄'从普通人提升为卡里斯玛式的英雄的神话仪式功能的作用。"② 所以在"十七年"小说里面，特别是革命历史小说里面，各种惨烈激昂、充满浓重血腥味的行刑场景随处可见。

和"五四"时代的知识分子所常有的工人情结（"我很惭愧，我现在还不是个工人"③）让他们经常为自己的知识分子身份慨叹自己无用且有罪一样，这里的知识分子也有普遍的工农兵情结、革命情结，也常常为自己还不是一个真正的无产阶级革命战士而自卑，颇有在实践中跃跃欲试之意。《红岩》中的资产阶级出身的刘思扬就为自己没有经受肉体的折磨而充满焦虑："多时以来，他始终感到歉疚，因为自己不像其他战友那样，受过毒刑的考验。他觉得经不起刑讯，就不配成为不屈

---

① ［德］卡尔·马克思：《1844年经济学—哲学手稿》，人民出版社1979年版，第45页。
② 赵启鹏：《论中国当代文学两类英雄叙事中的"极限情境"模式》，《东岳论丛》2006年第4期。
③ 王汎森：《近代知识分子自我形象的转变》，许纪霖编《20世纪中国知识分子史论》，新星出版社2005年版，第116页。

的战士。"在这种心态的支配下,他为自己在尖锐的斗争中能和其他战友一样经受住了绝食的考验而且戴上了重镣而感到无比自豪。在他们看来,这是成为革命者必需的最为关键的一张入场券。特别是对于小资产阶级知识分子而言,要想获得他人、获得其他革命者(无产阶级意识形态)的认同,就必须承受更多更残酷的磨砺。"生命诚可贵,爱情价更高,若为自由故,两者皆可抛。"自由意味着解放,自由意味着敌人的失败,对自由的渴望传达出了革命者坚决、彻底、决绝的革命姿态与决心。用吃一堑长一智也许可以很好地概括出革命者现实经历与经验感受、肉体和精神之间的关系。只有亲身经历革命,才能知道斗争的残酷,彻底抛弃对敌人不切实际的幻想,获得斗争的经验,摆脱小资产阶级的主观主义、个人主义,让自己的思想不再空虚,行动不再动摇。对信仰的坚定执着、为革命不惜牺牲生命的崇高献祭精神,使他们在此过程中有一种普遍的受虐快感。"痛并快乐着"是对他们此时肉体与精神的感受最为恰当不过的描述。身陷囹圄的他们没有丝毫的恐惧与悲观,特别是他们经受酷刑时那种视死如归的英雄气概、革命豪情,那种激昂、向上、乐观、坚定、自信的崇高气魄,以及由此而体现出来的革命兴奋感和对敌人无情的蔑视与嘲弄,常常让穷凶极恶的施虐者因无计可施而气急败坏。他们不惧怕承受这种酷刑。身体的铭刻意味着知识分子获得新的真正身份命名。在此过程中,革命者的本质力量得到了对象化的深刻体现,敌人没能征服自己,那么也就意味着自己征服了敌人。强烈的革命欲望让他们从精神上获得了意识形态的崇高快感。这既是对自己信念与意志的确信,也是对自己和其他革命者的巨大激励。

第三节 超凡脱俗

所谓仪式，就是为了脱离某一身份获得另一身份。在此经受住的包括身体铭刻在内的所有考验中，在知识分子作为一个准革命者的本质力量得到了对象化的深刻体现并获得意识形态崇高快感的过程中，知识分子弃绝原来的身份特征，突破了由量变带质变的临界点，彻底被意识形态询唤为革命的主体。这意味着此时的知识分子已经"成人"，甚或"成圣"，已经成为真正的无产阶级革命战士。但是，所谓万事俱备，只欠东风，这里面还差一个他们为之心动的确认仪式。仪式的确认，就是党的正式承认和接纳。经过了仪式的确认，就意味着知识分子出身的无产阶级革命战士融入了无产阶级集体，获得了珍贵的身份命名，成为了革命的圣者，"这就公开地确定她是什么，她必须是什么。"① 这身份命名，在生者而言最高境界就是党员，在牺牲者而言就是革命烈士，当然，让自己最终成为无产阶级革命战士的伴侣也是这种命名的最好表达方式之一。就像古代勇于进谏的大臣为了成就自己忠勇一世的英名不惜以身殉国一样，这些命名会让以献身共产主义理想为最终奋斗目标的他们觉得无比地荣耀和自豪。而这种确认仪式在"十七年"小说，尤其是革命历史小说中大量存在，与上述对应，主

---

① [法]皮埃尔·布迪厄、[美]华康德：《实践与反思》，李猛、李康译，中央编译出版社1998年版，第302页。

要有三类：入党（主要是对生者）、牺牲和婚恋（或许可以总称之为献身仪式）。所以"十七年"的典型红色小说里面，无论是入党仪式还是牺牲场景，都显得神圣而庄严。

一　入党

比如林道静的入党仪式。入党是林道静梦寐以求的愿望，几经考验，在数次延宕之后，林道静终获批准：

>"林道静同志，组织上看了你的自传，审查了你的全部历史，今天正式批准你入党了。"大姐握着道静的手，细眯着眼睛，郑重而热烈地低声说。①

在这严肃的时刻，林道静"心跳得厉害"，"紧张得不知说什么好"，"她扬起头来，南面灰黯的墙壁上挂着几幅山水画，她望着这些画，神色庄严，呼吸急迫。一霎间，那些迷蒙的山水画变了，它变成一面巨大的红色旗帜——上面有着镰刀铁锤的红色旗帜。"神圣而庄严的入党仪式对她产生了巨大的心灵震撼，一种从未有过的巨大幸福感喜悦感袭扰她的全身：

>"从今天起，我将把我整个的生命无条件地交给党，交给世界上最伟大崇高的事业……"她的低低的刚刚可以听到的声音说到这儿再也不能继续下去，眼泪终于掉了下

---

① 杨沫：《青春之歌》，人民文学出版社1962年版，第476页。

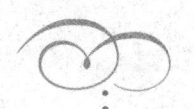

来……世界上还有比这更高贵、更幸福的眼泪吗？每个共产党员，当他回忆他入党宣誓的那一霎间，当他深深地意识到，从这一刻起，他再不是一个普通的人了；当他深深地意识到，他已经高高地举起了共产主义的大旗，他已经在解放人民、解放祖国的战场上成了最英勇最前列的战士时，这是何等的幸福啊；当他深深地意识到，他的命运将和千百万人民的命运紧密地联结在一起，他的生命将贡献给千百万人民的解放和欢乐，这又是何等的幸福呵！①

同样，当江涛听到贾湘农要给他举行入团仪式时，他的心理和林道静相似，"由于过分喜悦，心在跳个不停。猛地又觉得呼吸短促"，眼角上也津出"快乐的泪，感激的泪"，此时：

> 贾老师握住江涛的手，说："孩子，举起你的拳头吧！"
> 江涛把手攥得紧紧，举到头顶上，随着贾老师一句句唱完了《国际歌》。这时候，周围非常静寂，静得连心跳的声音都听得出来。他的心情是那样激动，身上的血液在急促奔流……他举起右手，对着党旗，对着贾老师，颤着嘴唇说出誓词。用坚决的语言，答复了党，答复了无产阶级以及灾难深重的中国人民。他说："我下定决心，为党、为工人阶级和中国人民的革命事业，战斗一生……"②

---

① 杨沫：《青春之歌》，人民文学出版社1962年版，第476页。
② 梁斌：《红旗谱》，中国青年出版社1957年版，第183页。

可以说，入团和入党具有相同的性质。作者借贾湘农之口特意强调这一点："在中国北方的客观条件下，青年团员就是年轻的党员啊！"① 它的神圣、庄严以及给江涛带来的灵魂激励与身心震颤就像洗礼一般剧烈庄严，一点都不亚于林道静的入党仪式：

他回到宿舍里，一时睡不着觉，失眠了，浑身热呀，热呀……他伸出滚烫的手，象是对革命事业的招唤。心里想着：北伐战争，革命的洪流，激烈的人群，热火朝天的场景，就象映在他的眼前。在梦境里，他向着斗争的远景奔跑……②

所有这些，都是一种超验价值的现实体认，"就像道成肉身的上帝一般，从神圣的彼岸垂降到污浊卑微之此岸，给此岸的存在带来神圣的真，同时，这种真也是善与美。"③

二 牺牲

牺牲仪式尤其如此。

《红岩》中资产阶级出身的知识分子刘思扬在江姐、许云峰等狱中无数先烈的感召下，在亲身经受住血与火的考验之

---

① 梁斌：《红旗谱》，中国青年出版社1957年版，第183页。
② 同上。
③ 樊国宾：《主体的生成：50年成长小说研究》，中国戏剧出版社2003年版，第67页。

后，终于完成了他的成长历程。作者刻意在小说的结尾处安排他在白公馆的监狱暴动中不幸被看守击中而英勇牺牲。生命弥留之际：

> 他的手慢慢移近胸口，触到了一股热呼呼的液体，身子略微抖了一下，可是，他立刻想起了成岗，老许，江姐，想起了许许多多不知下落的战友，还有那共同战斗的孙明霞……荆棘刺破了他的囚衣，齐晓轩的手臂扶着他躺倒下来。刘思扬难忘成岗跨出牢门时高呼口号的情景，他也渴望大声呐喊。可是，他不能高呼，不能在这时候暴露尚未脱险的战友们。他只重复地低声说道："快走，快走，不要管我……"他的手，在黑暗中摸索着，终于把一支钢笔递到齐晓轩手里。"这是老许……的遗物……用它来……写……写……"

此时：

> 隆隆的炮声似乎愈来愈近。刘思扬躺卧在血泊中，望见了山那边熊熊的火焰，来自渣滓洞的火光，一阵阵映红了他苍白的脸。他仿佛听见，从那烈火与热血中升起了庄严的高歌……刘思扬的嘴唇微微开合，吐出了喃喃的声音——"像春雷爆炸的"。[①]

[①] 罗广斌、杨益言：《红岩》，中国青年出版社1963年版，第609页。

牺牲，本就是一种源远流长的献祭仪式，加上炮声、火焰、火光、烈火、热血、高歌、春雷、"我们"，这些极富光明、胜利、集体、崇高、神圣等隐喻、象征意味的意象，渲染出了刘思扬坚定的革命信念、必胜的革命信心以及九死不悔的悲壮情怀。壮丽的牺牲场景，同时通过齐晓轩感动和见证，完成了对刘思扬作为一个真正无产阶级革命战士的正式确认和命名。这种描写在"十七年"文学中很有代表性。不过，牺牲场景的确认仪式更多的出现在那些已经革命化了且被确认了的知识分子身上。比如林红、陈四敏、许凤、卢嘉川等。他们已经是成熟了的合格的无产阶级革命战士，由被引导者成了精神导师，可以亲自领导革命斗争。为了凸显对成长中的知识分子所起的精神楷模和榜样示范作用，许多革命化了的他们往往以大无畏的崇高精神身殉革命，牺牲的场面极其壮烈，并伴有强烈的抒情渲染。且他们的牺牲还伴有一个普遍的特点，就是让成长中的知识分子亲眼看见他们牺牲时的场景，让成长中的知识分子从中受到共产主义革命战士崇高的革命精神和高尚人格力量的鼓舞和感染。从这种意义上说，肉体的死亡换来了精神的不朽，体现了向死而生的辩证法。说他们是革命的圣徒一点也不为过。

三　婚恋

让无产阶级革命战士、楷模在爱情上接纳已完成成长历程的知识分子也是比较常用的确认仪式。这个时候，工农兵化了的知识分子正式获得双重命名，不仅是革命同志还是志

同道合的革命伴侣，关系更加亲密。这也同时意味着知识分子摆脱了旧我，作为一个无产阶级战士的圣者身份获得了意识形态的最终认可。如《乘风破浪》中知识分子出身的炼钢厂厂长宋紫峰，充满为祖国社会主义生产建设的冲天豪情，但同时也有骄傲、自满、好大喜功、脱离群众的个人主义缺点。正是这些缺点使他听不进作为组织部长的妻子邵云端的好意劝告与中肯批评，为此，他闹着要离婚，但在事实的教训下，并经过伍书记的谈话，他最终幡然醒悟。一个夜晚他来到邵云端的房间忏悔，其间见妻子在铺床，以为没被谅解，扫兴地抬腿想离开。而此时邵云端略微有些焦急，回过头去制止他说："你上哪儿去？""这儿不是你的房间？"她"一边生气一边撒娇地说"，最后"轻快地就走过去把房门锁起来"①。"锁"字意味着宋紫峰的革命者身份被代表无产阶级意识形态的党组织正式确认为并接纳。《三里湾》里的知识青年马有翼所以会被积极、上进、聪明、肯干的范灵芝抛弃，就是因为他性格的软弱、窝囊让他迟迟不能与走资本主义道路的家庭决裂。当缺点克服之后，他重新获得了勤劳、上进的青年王玉梅的爱情。国庆前夕，中秋佳节之际，他们和其他两对新人（玉生和灵芝、满喜和小俊）一起成就了美好的姻缘。这是一个很富意识形态象征意味的标志性确认、接纳仪式。当焦淑红协助萧长春最终战胜阶级敌人并取得生产建设的大丰收之后，人们开始讨论他们应该什么时候结婚，而萧长春也予以默认。康濯《春种秋收》中的高小毕业生、农村姑娘

---

① 草明：《乘风破浪》，作家出版社1959年版，第378页。

超越他者⦁成为主体——人民文艺视野下中国当代作家知识分子叙事研究（1949—1966）

刘玉翠在劳动锻炼中，在岭前庄青年团副书记兼农业社技术委员周昌林的影响下，克服了自己小资产阶级的享乐思想，改变了对于农村不正确的看法，在热情地投入农村生产建设的同时，也被周昌林的人格魅力吸引，投入了他的怀抱，可谓爱情事业双丰收。可以看到，工农兵化了的知识分子的一切，受特定时空的话语体系主导，特别是当爱情的选择成为无产阶级革命事业献身的标志时，什么都无法阻挡。所以，尽管林道静真正爱的人不是江华（"而她所深深爱着的、几年来时常萦绕梦怀的人，可又并不是他呀……"），可是，面对江华的求爱，她却无法拒绝，反而觉得无比的荣耀，"她不再犹豫。真的，像江华这样的布尔塞维克同志是值得她深深热爱的，她有什么理由拒绝这个早已深爱自己的人呢？"[①] 这个时候，既是小说的高潮，也往往是小说的结尾。当然，"十七年"小说很少有关于他们婚庆的正式描写，但这并不妨碍我们把周立波《山那面人家》里写到的劳动者之间充满喜庆和象征意味的结婚仪式作为他们完满结合的最终想象。毕竟，在知识分子工农兵化的语境里，在一种模式化写作的前提下，"十七年"小说之间存在很大的互文性和普适性。

---

① 杨沫：《青春之歌》，人民文学出版社1962年版，第610页。

第四节 仪式化叙事与身份诉求

这样,"十七年"小说通过带有宗教修辞性质的仪式化叙事,向人们形象地展示了知识分子如何在无产阶级意识形态的询唤下,被彻底改造为有名有实、名实相符的无产阶级革命战士的。它从实践的角度、以一种现身说法的方式,实现了对无产阶级意识形态正义、合理、合法、必然、权威、神圣、威力无比等诸多性质特点的体认、强化与建构。正如杨沫在谈到创作《青春之歌》的动机时说:"我塑造林道静这个人物形象,目的和动机不是颂扬小资产阶级的革命性,和她的罗曼蒂克式的情感,或是对小资产阶级的自我欣赏。而是想通过她——林道静这个人物,从一个个人主义者的知识分子变为无产阶级革命战士的过程,来表现党的伟大、党的深入人心、党对于中国革命的领导作用。"① 但这还只是手段,而不是最终目的。最终目的是通过对无产阶级意识形态的这种体认、强化与建构,向人们"提出了一些评价事物的标准,根据这些标准,人们能够知道什么事情是可以做的,什么事情是不可以做的"②,从而实现社会秩序的有效整合。所以说,"社会秩序的再生产远

---

① 牛运清主编:《长篇小说研究专集》(中册),山东大学出版社1990年版,第143页。
② 余晓明:《土改小说:意识形态与仪式》,《浙江师范大学学报》(社会科学版)2006年第2期。

不是什么机械过程的自动产品，它只是通过行动者的各种策略和实践来实现自身。"①

"十七年"期间的知识分子群体不再像在二三十年代时那么风光。作为需要改造的对象，已被边缘化了的他们在现实中的政治遭遇（包括文学创作）被认为是"驱邪治病"的过程。应该说，"十七年"小说对知识分子形象的塑造，自我指涉地寄托了现实知识分子群体人民化的政治诉求和人生理想。作为知识分子的作家，他们试图以自己的人民化创作实践，既体现对意识形态的认同与趋附，也实现意识形态的建构与生成，通过他们理想中所必经的改造方式，来对自己的创作进行政治意义的最大诠释。而"十七年"小说知识分子叙事的仪式化书写，则是他们为达成上述目标所普遍乐意采用的一种方式。

---

① ［法］皮埃尔·布迪厄、［美］华康德：《实践与反思》，李猛、李康译，中央编译出版社1998年版，第184页。

第四章

他性与神话

——知识分子形象的差序化塑造

如果说无产阶级革命品质、共产主义远大思想体现了历史的主体性，那么小资思想、小资情调无疑就是一种他性。正因为这种他性的存在，才使小资产阶级知识分子在无产阶级革命话语受到极大重视和强调的"十七年"成了需要改造的对象。由于革命话语是一种元话语，革命叙事是一种元叙事，受二元对立思维模式的影响，加之为了体现知识分子改造的现实主题，"十七年"文学关于知识分子的形象（包括其他人物形象）塑造在差序化处理的基础上主要从两个向度展开，一是警示化，一是榜样化。

显然，主流话语（如毛泽东的《中国社会各阶级分析》《在延安文艺座谈会上的讲话》等）关于中国社会各阶级、阶层的划分特别是对知识分子性质和出路的界定，是作家如此塑造人物形象的重要依据，也决定了这些作品的价值取向。如同《青春之歌》通过对林道静这一成长型人物形象的塑造，来对革命理念（"我塑造林道静这个人物形象，目的和动机……是想通过她——林道静这个人物，从一个个人主义者的知识分子变为无产阶级革命战士的过程，来表现党的伟大、党的深入人心、党对于中国革命的领导作用"①）进行演绎，从而论证无产阶级意识形态颠扑不破的真理性和权力政治秩序无可否认的合法性、必然性一样，通过塑造具有政治寓意的知识分子形象来对主流意识形态进行呼应、认同、建构，从而实现自己无产阶级革命者——人民主体的身份诉求，是"十七年"作家的重要写作策略。富有意味的文学叙事方式和表意策略蕴含了作家潜在的政治渴求。

第一节　警示化

一　反面人物形象

一个普遍的创作特点是，在"十七年"小说里面，尤其是在革命历史小说以及1962年阶级斗争扩大化之后反映阶级斗争的小说里，总少不了那些反动知识分子形象的出现。如《红岩》里的甫志高，《小城春秋》里的周森和赵雄，《青春之歌》里的余永泽、戴愉和白莉苹，《野火春风斗古城》里的高自萍和孟小姐，《战斗的青春》里的胡文玉，《三家巷》里的陈文雄、何守仁，《红旗谱》里的冯贵堂，《风云初记》里的田耀

---

① 牛运清主编：《长篇小说研究专集》（中册），山东大学出版社1990年版，第143页。

武,《艳阳天》里乡村会计马立本,反映大学生生活的小说《勇往直前》里的反动大学生张人杰,等等。

从小说叙事所体现出来的这些人的政治起点来看,他们中有的由于剥削阶级出身,在"十七年"阶级论意识形态文学理论模式的设定下,具有反革命分子的天然属性,并将这种反革命性一直贯穿到底,如余永泽、冯贵堂、张人杰;而有些人一出场则已是革命者(甫志高、周森、戴愉、胡文玉等)或有着积极向上的追求(白莉苹、赵雄、马立本、陈文雄、何守仁等),远非大奸大恶之徒。但是,由于后者曾经在革命阵营里待过,熟悉革命队伍的内部情况,特别是在革命历史小说里面,这些人对革命军队的战略部署、战术安排、作战习惯非常了解,所以一旦叛变投敌,危害性反而比天生的反革命分子更大。从无产阶级政治意识形态的角度来衡量,如果说前类人物给人的感觉是厌恶,那么叛变投敌的知识分子给人的感觉则是憎恨。就小说人物所承载的叙事功能而言,后者不像前类知识分子与故事主题有所游离,而是具有贯穿小说始终、整体结构小说的功能,如可以引发故事的发生发展,催生故事情节等等。从人物形象塑造的成熟度、完整性、形象性、复杂性、典型性来看,前类人物的性格单一,形象单薄,缺少变化,往往是最后堕落为反革命的知识分子倒是可圈可点,如叛徒甫志高已成为现当代文学人物画廊里反面知识分子典型,至今不敢说仍然老幼皆知,但至少也是家喻户晓。前类人物体现了其所属阶级本质上的反动性,与自身的知识不一定关系很大;后类人物则从知识性上凸显了小资产阶级知识分子政治上的反动性,有知识越多越反动之嫌。相较而言，后者具有更丰富的阐释空间。从历时的角度综合后类知识分子形象的变迁整体考虑，如果说叙事者对林道静们采用了成长叙事、意识形态的仪式化书写，那么对后类知识分子则采用了反成长叙事，意识形态的反仪式化表达。

首先一点，大概是受传统文化的影响，这些小说很注重对人物进行脸谱化政治语义表征。为了寓意反面知识分子的他者性、反动性和自己坚定地站在无产阶级政治立场，反省、批判自身的小资产阶级思想，作者竭力凸显出反面知识分子截然不同于革命知识分子的他性特征：身材矮小，面貌庸俗，举止猥琐，油头粉面，尖嘴猴腮等不一而足，特别是他们的眼睛，虽小却又游移不定，显露出心理阴暗，目光短浅，阴险狠毒且又骑墙的性格特点。如，戴愉（叛徒）有着"金鱼般的鼓眼睛""矮矮的个子，黄黄的圆脸""突出的金鱼眼睛，浮肿的暗黄色的脸"；胡文玉（叛徒）"油光可憎的白脸上眼睛周围一团青气"；高自萍（叛徒）"身材瘦小"，"有一对不断眨动的杏核般的小眼睛"；马立本（由小资堕落为阶级敌人）则是"长方脸，淡眉细眼，留着分头"，等等。

与被丑化的外表相适应，他们现实生活中的各种表现（比如讲究生活情调、举止轻浮、政治投机等）也很难体现出他们具有革命者所应有的特质。比如甫志高的书房，尽管小说交代说是地下革命工作的掩护道具，但从小说叙事所渲染出来的雅致自然的氛围以及他喜欢喝"龙井"或者"香片"而不是像工人余新江那样有着喜欢喝"冷水"的饮食习惯来看，甫志高无疑很依赖小资情调的生活方式。高自萍更甚，用革命者银环

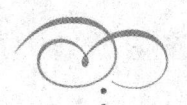

的眼光来看，他的卧室"不象公子哥儿的书斋，倒像是小姐的绣房"①。《艳阳天》里的乡村会计马立本不但不力所能及地参加广大群众热火朝天的劳动生活，反而是"下身是一条蓝制服裤，上身是一件洗得很白净的尖领汗衫。他靠在卷起来的行李上躺着，两只手垫着后脑勺，头上戴着耳机子，闭着眼，颤着脚，听得入神"②。悠闲自得的神态，与热烈的革命气氛很不协调，甚至可以说与劳动人民的本色背道而驰。显然，在他们身上，艰苦奋斗的革命精神已被抛弃，男性的阳刚气概也已缺失。阅读作品就会发现，安逸享乐的生活已让他们女性化了，而且，他们还有着强烈的情欲渴求。甫志高为了讨好他的妻子，竟然置组织劝告于不顾擅自回家。高自萍每次约银环见面，不是为了谈革命，而是为了所谓的爱情。马立本之于焦淑红同样如此，最后竟至于想生米煮成熟饭，哪知闹出偷鸡不成反蚀米的笑话。胡文玉之于许凤更甚，每次见面，"突然拥抱起来""狂热地亲她"的现象时有发生。

道德的政治化是"十七年"小说叙事的普遍模式。除了缺乏革命者应有的道德品质，政治上惯于投机也是这类知识分子的另一特征。《野火春风斗古城》里的高自萍就很典型。此人出场给人的印象是胆小怕事，谨慎有余，勇敢不足。为求自保，他对银环约定：一旦有事只准他到银环工作的医院去找银环，或者银环到他工作的地方去找他，任凭是谁，无论何种紧急情况下都不能到他家里去。这样做美其名曰是为了革命考虑，实际是怕惹火烧身，所以他对银环有一次为杨晓冬的事万

---

① 李英儒：《野火春风斗古城》，作家出版社1958年版，第41页。
② 浩然：《艳阳天》第1卷，人民文学出版社1964年版，第37页。

不得已到他家里去很是恼火。随着叙事的深入，这个人还暴露出好高骛远，贪大喜功的缺点——名利思想严重，缺乏大公无私的革命牺牲精神。上级要他转移受伤同志，他觉得这是小事，以自己在争取伪省长投诚为由拒绝执行；杨晓冬革命经费紧缺，银环希望经济宽裕的他能支援一点，也遭到他的严厉拒绝。而且，此人还表现虚伪，喜好夸夸其谈。他经常在银环面前大唱革命高调，吹嘘他的所谓革命理想、革命看法，狂妄自大，不屑于与韩燕来、韩晓燕这些工农群众接触，个人主义自我意识相当严重。马立本、张人杰、甫志高等也是如此。唯一不同的是，甫志高作为党的领导干部，经常以革命功臣自居，不仅骄傲轻敌，办事大大咧咧，且不听劝告，受到批评之后还产生强烈的抵触情绪。身份暴露后党组织令其马上撤离，在何去何从的问题上他几经权衡，最后决定回自己的家乡——川北根据地。他觉得这样对其个人发展有利："如果回去搞点武装，在全国胜利的形势下，一两年苦过去了，到胜利那天，安知自己混不到个游击队司令员？"①

很明显，沽名钓誉的他们是在挂羊头卖狗肉——假借革命的名义徇小资产阶级个人之私。这种情况下，他们哪里还谈得上有坚强的革命意志，所以一到革命考验的关头，无不投降变节。地主兼官僚家庭出身的戴愉被特务抓到国民党市党部，在敌人的劝诱下，革命意志马上崩溃，当即叛变投敌。东山坞农业社会计、乡村知识分子马立本起初有入党入团的向上追求，但又吃不了劳动之苦。贪图享受的他被现行反革命分子

---

① 罗广斌、杨益言：《红岩》，中国青年出版社1963年版，第135页。

马之悦设计利用，一步步走向人民的反面。与许云峰、江姐、成岗、刘思扬等坚贞不屈的革命志士相反，小资趣味十足、革命意志薄弱的甫志高终因忍受不了敌人老虎凳和辣椒水的折磨，也叛变投敌。《野火春风斗古城》里的高自萍即使参加了革命也没有坚定的革命目标，把命看得比什么都重要。被捕后反动特务刚一吊起他来，他就喊："只要饶命什么都招。"① 而"叛徒的破坏，比敌人危险十倍"②，投敌后的他们，为了邀功请赏，大搞反革命破坏活动，不仅出卖曾经的同志，还与敌人沆瀣一气合力清剿革命力量，或者处心积虑地破坏工农业生产建设。

至此，两类反面知识分子在会对革命造成危害的意义上达到了合流。不过，正如前文所言，他们的为害程度其实并不相同。如果说卢嘉川的被捕是余永泽小资意识的无意之举，那么江姐、林道静、许凤、杨晓冬等一大批革命者或被捕或被杀害则是革命叛徒的有意为之。如果说一般知识分子只是从其贪图享乐、爱慕虚荣上体现其反面意义，那么投降变节者的反动性则是从严肃的大是大非的政治问题上来体现。正所谓上帝欲让其灭亡，必先使其疯狂，坏到了极点的人，他们的下场往往是最为可悲的：或者成为专政对象，如《勇往直前》隐藏在团内的阶级异己分子张人杰被所在的团支委清洗出团，《艳阳天》里的马立本被撤销会计职务，最后因为参与抢粮沦为阶级敌人受到关押；要么只有死路一条，如《青春之歌》里的戴愉。无论是在1958年初版还是在1961年修改版，他都难逃一死，只不过

---

① 李英儒：《野火春风斗古城》，作家出版社1958年版，第332页。
② 罗广斌、杨益言：《红岩》，中国青年出版社1963年版，第153页。

死法并不相同。1958年初版的戴愉经革命者正义的宣判后被处死，1961年版则被同居的女特务杀死。甫志高在《红岩》小说中的死法交代得比较含糊，在改编的影视剧中被双枪老太婆结果了性命。《野火春风斗古城》里的叛徒高自萍被反动特务当替死鬼毙掉，拿去搪塞日本人，等等。

人物是意识形态的载体与符号，揭批反面人物就是为了揭批与之对应的意识形态。小说以脸谱化、类型化的手法，塑造出一批具有极大危害性的反面知识分子形象，通过他们最终的命运，从相当严肃的政治高度揭示出非/反无产阶级思想的谬误性，同时也是为了告诫现实知识分子——顽固坚持小资产阶级思想没有任何出路，从而提出了现实知识分子必须尽快接受工农兵思想改造的历史命题。从作品对反面知识分子贬低、丑化、斥责与鞭挞的态度可以看出，作者的政治观念无疑是鲜明的，阶级立场无疑是坚定的，而这，也正是现实知识分子作者所希望达到的叙事效果。

二　边际人物形象

当然，就和小资产阶级知识分子并非天生的革命者，有一个变化成长的过程一样，并不是所有的知识分子都会堕落到反动知识分子的地步。更多的时候是，小资产阶级特有的他性特征，经常让他们首鼠两端，在革命、不革命或者反革命三者之间徘徊，处于一种可好可坏的边际化状态。边际"意味着特定事物的存在特性与时空秩序，是一个事物区别于其他事物，一个状态转向另一个状态的临界点与转换机制，以及一个事物与

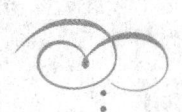

其他事物相互作用及其发展变化的转换途径与连接点"①。处于这种状态的知识分子，是最不稳定的因素，他们的言行举止所体现出来的思想、情感、审美趣味预示了这种人具有多种发展趋向的可能。

比如萧也牧《我们夫妇之间》中知识分子出身的革命干部李克、王蒙《组织部新来的青年人》里面组织部第一副部长刘世吾，都存有革命战争胜利后革命意志衰退，对工作冷淡麻木不作为，脱离群众，缺乏革命进取心的问题。他们是神性与魔性、个体思想、自我意识与集体理念、革命精神同时附体的矛盾复合体。刘世吾的口头禅"就那么回事"，就是对此现象的形象概括。应该说，这句口头禅除了体现出他对把握和处理本职工作的自信乐观、游刃有余和对初来乍到惴惴不安、对工作还不熟悉的林震予以鼓励支持之外，还可能蕴含多重复杂的意味：或者是对革命工作的发泄、不满、怨愤，或者是以世事通达、看破红尘似的世外高人自居，觉得一切都无所谓。总之，不分是非、自私散漫、和稀泥的工作作风和人生态度多少显示出他的革命老油子的心态、形象等。正如他自己所说："我们，党工作者，我们创造了新生活，结果，生活反倒不能激动我们。"②新的生活应该给人以新的希望，许多人都在心底编织自己对未来生活的美好梦想，可为什么还只是在生机勃勃的新中国成立之初，刘世吾就觉得"生活反倒不能激动我们"？是什么原因造成他的这种麻木不仁、暮气沉沉而又老气

---

① 张伟德：《边际理论及其在语文教学研究领域的应用》，http://www.zbjsjy.cn/wangkan.asp?articleid=190&catalogid=55，2010-12-15。

② 上海文艺出版社编：《重放的鲜花》，上海文艺出版社1979年版，第192页。

横秋的心态呢？他没有对年轻、单纯、对未来充满憧憬、对工作充满热情的林震作出任何解释。如果说小说只是从工作态度与方式方法上对刘世吾的小资产阶级特性进行刻画，那么萧也牧《我们夫妇之间》对李克形象的塑造则主要是从能充分体现其小资产阶级趣味的日常生活的各个方面入手。在革命战争年代作为"知识分子和工农相结合的典范"之一的李克，进城之后禁不住充满小资情调的城市生活的诱惑，遂发生了一系列的变化，用他农民出身的妻子张同志的话说就是："你的心大大地变了！"表现就是：生活上开始出现铺张浪费的苗头，艰苦奋斗、简单朴素的作风发生动摇，把广大农民忘之脑后，置家庭责任不顾，喜欢跳舞解闷，不敢见义勇为，变得懦弱自私；最重要的一点，是对工农出身、缺乏浪漫生活情趣的工农干部妻子越来越看不惯，感情有了裂痕。而对于那些还不是革命者的知识分子而言，小资趣味更甚，在个人主义的道路上滑得更远。邓友梅的《在悬崖上》与萧也牧《我们夫妇之间》在叙事模式、情节结构、人物设置上相似，也是典型反映知识分子与工农出身的妻子相结合的作品。小说里出现了一个小资产阶级知识分子形象典型——女雕塑师加丽亚。她美丽而"轻浮"，浪漫而"温情"，喜欢周旋于男人之间，经常"在感情上打游击"。"我"被她迷得团团转，认为工农出身的妻子与之相差十万八千里，觉得很自卑，不禁在半路上贪恋起这株"新异的花草，忘了路标的指示"，以至于设计出来的医院建筑草图浮华而不实用，而且，不顾领导、同事的多次警告，提出要与妻子"一刀两断"，从而走到了人生的悬崖边上。

所有这些都是小资产阶级思想在作祟。应该说，刘世吾被

动的处事态度、消极的心理状态对于组织部新来的、有着积极革命追求的年轻人来讲，无疑会给他们的内心投射太多的阴影。如果解决得不好，或许，若干年之后，新来的林震、赵慧文也会同今日的刘世吾一样，成为革命队伍里的老油子：得过且过，事情只有到万不得已的时候才去处理。事实证明，这样的担心是有道理的。如李克的妻子张同志在李克的影响下，自觉不自觉地认同了他的小资趣味，对涂粉抹口红、脑袋像个"草鸡窝"的女工也不讨厌了，还给自己买了一双皮鞋，劳动人民身上朴素的阶级本色在慢慢失去。这正好应验了这句话："在日常话语中，边际通常不是一个积极的肯定性概念。这是因为边际往往意味着远离中心，故处于边际状态的事物，总会令人不安。"[①] 所以，上一节所分析的反动知识分子的政治蜕变、心路历程、人生遭际、命运下场对这些处于边际状态的知识分子有很好的警示作用。反面知识分子的昨天就是现时李克、刘世吾、技术员这些知识分子的今天，在变坏之前与他们相似，也处在他性化特征十分明显的边际状态：讲究吃穿、追求时尚、个人温情、感伤主义、是非意识不明显、感情用事、性格急躁、个人主义、自由主义等，不一而足。应该说，站在今天的角度，所有这些并非都是政治问题，但是在一切都以阶级斗争为纲的政治语境下，小资产阶级知识分子所暴露出来的上述各个方面的缺陷无疑都有了政治寓意和警示效应：小资产阶级知识分子在日常生活各个方面，尤其是道德方面，如果不能端正自己的态度并自觉抵制非/反无产阶级思想的侵蚀，将

[①] 张伟德：《边际理论及其在语文教学研究领域的应用》，http：//www．zbjsjy．cn/wangkan．asp？articleid=190&catalogid=55，2010－12－15。

可能直接危害革命事业。

　　小说为凸显对此类知识分子的讽刺与批判，普遍采用对比手法，隐含了作者对小资产阶级知识分子未来发展趋向的内在焦灼。话剧《千万不要忘记》对此作出了十分明确的喻示。工人阶级出身的丁少纯原是一个有理想有抱负的青年，工作上积极、热情、负责任，曾多次被选为先进生产者。但自从结婚之后，受资产阶级思想腐蚀，他开始爱慕虚荣，经常到郊外打野鸭子卖钱，对工作心不在焉，险些给工厂酿成重大事故。最后，在其父丁海宽及爷爷、母亲、妹妹、姐夫等众多亲朋好友的帮助启发下，认识到资产阶级思想的危害，决心痛改前非，坚决做无产阶级革命事业可靠的接班人。林道静也是如此。假如林道静没有遇到卢嘉川、江华、林红等共产党员并接受他们的启蒙引导，那就永远摆脱不了自私的个人主义者余永泽的羁绊。也就是说，小说通过塑造这些具有多种发展趋向可能的、处身边际状态的知识分子，形象地诠释了主流意识形态的设定和预想："在日常性的社会生活和组织的层面上，怎样维持新兴社会政治权力的正常性，并且确保既定社会关系及体制的再生产。"① 从中可以看出，知识分子在工作、生活上的一些在今天看似无伤大雅的问题，在"十七年"小说里面往往被以小寓大地上升到亡党亡国的政治高度。恰如1949年3月，全国解放前夕，毛泽东在中共七届二中全会上对全党同志所告诫的："因为胜利，党内的骄傲情绪，以功臣自居的情绪，停顿起来不求进步的情绪，贪图享乐不愿再艰苦生活的情绪，可能

---

① 唐小兵：《英雄与凡人的时代：解读20世纪》，上海文艺出版社2001年版，第144页。

生长。因为胜利，人民感谢我们，资产阶级也会出来捧场。敌人的武力是不能征服我们的，这点已经得到证明了。资产阶级的捧场则可能征服我们队伍中的意志薄弱者。可能有这样一些共产党人，他们是不曾被拿枪的敌人征服过的，他们在这些敌人面前不愧英雄的称号；但是经不起人们用糖衣裹着炮弹的攻击，他们在糖弹面前要打败仗。我们必须预防这种情况。"①革命的功臣尚且还要戒骄戒躁，那么对于这些天然具有小资产阶级他性特征的知识分子而言，改造则更是自不待言。

第二节 榜样化

一 成长型革命知识分子形象

事实上，在社会历史的转型期，在时代发生巨大变革的关键时刻，尤其是在无产阶级革命意识形态二元对立的思维模式下，处于边际状态的知识分子是不可能作为独立而又合法的力量存在的，更不可能获得叙事上的自身完满性。正如革命文学所倡导的："我们如果还挑起'印贴利更追亚'的责任起来，我们还得再把自己否定一遍（否定的否定），我们要努力获得阶级意识，我们要使我们的媒质接近农工大众的用语，我们以农工为我们的对象。""谁也不许站在中间。你到这边来，或者

---

① 毛泽东：《继续保持艰苦奋斗的作风》，《毛泽东选集》第 4 卷，人民出版社 1991 年版，第 1438 页。

到那边去！"① 知识分子顽固坚持不左不右既左又右的中间立场是不可能的，也是没有出路的。正如李杨所说："在以阶级斗争名义进行的现代革命中，个体行为受到两种内在力量的影响：一方面是起超越作用的'神性'的提升力量，另一方面则是'惯性'的下拉力量，后者所起的作用在某种程度上意味着沉沦。于是，个体在革命中始终经历着超越与沉沦两种力量的争夺，这就是革命中的个体身上存在的'巨大的张力'，决定着'革命'与'反革命'的分野。"② 正因为如此，此时的资产阶级或小资产阶级知识分子只有两条道路可走，或者如以上分析的那样，受日常生活"惯性"力量的下拉，日渐沉沦并趋于反动，最终与人民为敌，或者接受无产阶级革命思想的改造，在"神性"力量的鼓舞引导下，精神境界获得提升，逐渐人民（工农兵）化。除此之外，知识分子没有第三条道路可走。"十七年"小说就是基于这一理念塑造了一批最终成长为无产阶级革命者的知识分子形象，以此凸显无产阶级革命意识形态的先验正确性。如果说警示化人物形象提出了知识分子改造的必要性与必然性问题，那么，这些最终成长为无产阶级革命战士或者最终人民（工农兵）化了的知识分子则明确回答了知识分子应该如何改造、如何成长的问题。

　　在"十七年"小说里面，只要一提到反映知识分子成长的小说，普遍的例举首先就是《青春之歌》，然后就是《红旗

---

① 中南区七所高等院校合编：《中国现代文学资料汇编》（上册），河南人民出版社1979年版，第295—296页。
② 李杨：《50—70年代中国文学经典再解读》，山东教育出版社2003年版，第190页。

谱》《三家巷》《红岩》等。一个有趣的现象是，所有这些小说恰好都忝列于革命历史小说的行列。是什么因素让革命历史小说而不是其他非革命历史小说成为这类小说的代表？以下方面的原因可能不容忽视。所谓"艰难困苦，玉汝于成"，从环境越艰苦越能考验人、磨炼人的层面来讲，比起其他题材的小说，最适合演绎你死我活、惊心动魄阶级斗争、民族斗争的革命历史小说，无疑更能从人物成长所经历的危险性、磨难性、尖锐性、复杂性、完整性程度上，塑造出典型的革命知识分子形象：社会的、个人的因素构成其成长的契机，强烈的反抗意识、朴素的阶级情感是其成长的逻辑起点，成熟而稳重的革命者的引导是其成长的关键，肉体的受难是对其革命意志的考验，精神的磨炼则意味着其思想的成熟，所有这些构成他们成长的必要条件。

应该说，这些人在成长之前，就种下了成长的基因。

幼稚、不成熟，是他们开始时的普遍样态。比如林道静，为了逃婚，在前途未卜的情况下，毅然离家出走，尔后投亲未遇，不堪歹人捉弄，决绝投海自尽，显示出小资产阶级知识分子冲动、脆弱的个性以及强烈的个人自我意识。在接受革命理论后，热情有余，理性不足，对革命的困难程度、复杂性、艰巨性缺乏深入、具体、实际的认知与思考。《三家巷》里的周炳在其恋人区桃牺牲前，单纯、天真、温情，缺乏阶级意识，对阶级敌人抱有幻想，这种状态甚至一直延续到得知其大哥牺牲的时刻。《红旗谱》里运涛在参加革命以前圆滑、软弱，儿女情长；江涛革命以前性格急躁，脱离实际，急于求成；地主家庭少爷出身的张嘉庆鲁莽冲动，在未参加革命时思想迷惘，行动盲目，参加革命后对革命引路人贾湘农有强烈的依赖感。《艳阳天》与革命历史小说具有同构性。中学生焦淑红一毕业就想在农村社会主义建设的广阔天地中大展革命宏图，但是面对马之悦等中农别有用心的土地分红方案一筹莫展，原因是自己缺乏阶级意识。他们的这些缺陷预示了这么一个问题——知识分子的思想必须改造，认识必须提高，小说由此为他们定下了成长的基调。

与此同时，在这些人身上，还生长着这么一些优点：正直的品行、反抗的个性、善良的人性、对劳动人民不幸遭遇的同情等。例如，林道静不满家庭的压迫，毅然离家出走；风雪之夜对走投无路的余家老佃户魏老汉大力接济，同时魏老汉的悲惨际遇让她忍不住流下了眼泪，并由此"忽然想起了她那白发苍苍的外祖父"，焦虑地发出"穷人、佃户，世界上有多少受苦受难的人呵"的感慨，与余永泽的怠慢和冷血形成鲜明对比。此外如周炳、运涛、江涛、张嘉庆等，均具有正直善良、疾恶如仇的性格特征。周炳给富有的姨妈当干儿子，出于同情而帮使女说了话；去乡间看牛，不忍心佃户的穷苦而经常接济他们。运涛、江涛对地主冯老兰充满仇恨。张嘉庆带领村人抢摘自家地里的棉花等。但是，往往就是这些善良的弱者，在黑暗的社会无一不受到强势的歧视与欺压。

因此，小资产阶级知识分子所具有的这些朴素的阶级品质、阶级情感配以他们被压迫、被侮辱、被损害的阶级地位，就产生一种反抗与批判的本能，预示了他们具有良好的可改造性。这构成他们成长的基点，文本意识形态叙事的逻辑起点。而充满卡里斯玛特质的无产阶级革命者的适时出现，则将他们

这种反抗与批判的精神升华为积极向上的自觉历史诉求。起初，小资产阶级知识分子反抗与批判的精神往往只停留在个人的、物质的与感性的层面，流于一种自发的个人英雄主义意识形式，还不是自觉的有目的的集体性行为，缺乏明确而积极向上的理念观照。齐泽克指出，话语体系要真正发挥作用，一定要黏附到主体身上"创伤性的、非理性和无意义的残留，剩余和污点"①。革命者的出现、启发与引导，催生了他们对自身不断反省甚至忏悔的意识，使他们对无产阶级意识形态无比崇拜，朴素的阶级情感上升为对无产阶级革命理念的政治认同。理念是行动的指南。他们的行为也由此汇入了合目的性的历史发展的必然轨道。

当然，并不是说有了革命者的引导他们就能够一帆风顺的完成成长，肉体的受难与精神的磨炼是对他们必不可缺少的考验。只不过基于崇高的革命信仰所获得的百折不挠的顽强意志与斗争精神具有强大的战斗力、摧毁力和理性的穿透力，成为他们成长道路上对各种困难战无不胜的法宝。林道静的成长过程最富典型性。应该说，林道静开始对家庭的反抗，是基于小资产阶级知识分子"我是我自己的"个体主义、自由主义理念所产生的个人对自身幸福的强烈追求，这种状态一直持续到与余永泽同居、卢嘉川出现为止。卢嘉川、江华、林红等共产党人的卡里斯玛特质使她的思想境界得以迅速提升，让她觉今是而昨非，不断为自己的白骨头现象忏悔、自卑，为黑骨头现象欣慰与自豪，从而彻底斩断与官僚大地主家庭的血缘关系并与

---

① 刘世衡：《主体批判与意识形态幻象》，《作家》2010 年第 4 期。

小资产阶级知识分子的代表余永泽决裂。特别是卢嘉川、林红勇于牺牲的革命精神，对她的心灵造成强烈的震撼，使她获得了无产阶级理所当然的崇高的"历史与阶级意识"，而这，成了她两次入狱都能够顽强不屈的原因。这就造成人物成长过程中各个方面的巨大反差。从《青春之歌》的开头和结尾关于林道静的描写就可以发现，成长前后林道静在形象气质上发生了很大的变化。前面说过，"十七年"小说有一大特点，为了突出某一类型人物的特质，往往会在外貌上对其有意的意识形态设定。与反面或边际状态的知识分子相似，成长类型的知识分子的相貌也具有意识形态的符码功能，只不过比起前者来，他们的相貌已大为改观。如周炳，相貌上的特点是"漂亮"而非男性气质的"英俊"，这种带有女性气质的相貌喻示了他的需要改造性。而对于女性来讲，漂亮、柔弱则是其普遍形态。出场时的林道静便显得凄艳、孤苦、无助而柔弱，浑身素白（脸也"略显苍白"）不说，孤单一个人的她还携带了一大堆的乐器，如小说中提到的："一个小小的行李卷上，那上面插着用漂亮的白绸子包起来的南胡、箫、笛，旁边还放着整洁的琵琶、月琴、竹笙。"而她此时的样态是："在寂寞地守着这些幽雅的玩意儿。"所谓"寂寞"、所谓"幽雅"以及所谓的"玩意儿"，按照"艺术里总是沉积着某些女性的东西"[①]的标准看，所有这些特征、情调无疑综合地凸显出了她阴柔的小资产阶级知识女性的形象与气质。这种意象与"十七年"无产阶级权力话语关于革命者"时代不同了，男女都一样"的雄性化审

---

① 罗钢、刘象愚主编：《文化研究读本》，中国社会科学出版社2000年版，第330页。

美观念是格格不入的。因此，在小说的结尾，我们看到了一个与之截然不同的林道静。此时的她彻底弃绝了各种小资产阶级他性特质，成为了一名意志坚定的优秀布尔什维克，变得粗犷、阳刚、豪放、大胆，以无产阶级革命领导者的形象身先士卒地率领游行队伍不断前进，"和千千万万的人群一起，更加激昂地喊出整个中华民族的声音"，在她看来，"在激烈的斗争中，个人的一切显得那么渺小和微不足道。"① 从柔弱气质的拒绝到坚毅刚强的同化，从血缘关系的决裂到阶级情感的认同，从日常世俗生活的鄙视到神圣、崇高理念的追求，从小资产阶级的个人主义、自由主义到无产阶级的集体主义、英雄主义，在无产阶级革命意识形态的有效询唤下，伴随着思想、身份、形象、气质的变动，林道静最终由小资产阶级知识分子自我意识的主体转变为无产阶级历史的"构成性主体"②。林道静走过的道路形象而富真理性地诠释了知识分子革命成长的历程。

从思想入手，反映小资产阶级知识分子成长的作品不仅出现在革命历史题材小说中，也出现在反映两条路线斗争的工农业题材小说里面，只不过，事情远没有如此复杂，小资产阶级知识分子转变所要经历的门槛要比这少得多，也简单得多。比如《春种秋收》里的知识女青年刘玉翠。她是一个没有考上中学的高小毕业生，受小资产阶级思想影响，爱慕虚荣，看不起农村，轻视农民，对浮华的城市生活充满了向往，不安心农村

---

① 杨沫：《青春之歌》，人民文学出版社1962年版，第668页。
② ［美］赫伯特·马尔库塞：《单向度的人》，刘继译，上海译文出版社1989年版，第134页。

里的劳动和生产，整天幻想找一个城市对象以求得个人前途。作者尽管就此对她进行了辛辣地批判，但是无意否定这个人物，因为在她身上还生长有劳动者的一些美好品质，如肯劳动、真诚、坦白，没有某些知识分子那种矫揉造作的思想感情等。作者以此为突破口，把这作为她转变的契机。最终，在劳动过程中，在团的教育下，在社会主义农村好青年周昌林的模范带动下，她摒弃了自己的小资产阶级个人主义错误思想，将自己的个人前途融入农村社会主义集体事业的共同前途中，从而让自己的爱情与事业获得了双丰收。这是"十七年"非革命历史题材小说知识分子成长叙事的典型，类似的还有《艳阳天》里的韩道满、《三里湾》中的马有翼等。如果说非革命历史题材的知识分子成长历程体现出简单的喜剧格调，相较而言，在革命历史题材小说里面，知识分子的成长历程要复杂得多，且普遍显示出惨烈、悲壮的诉求，知识分子形象也因此显得更高、更集中、更强烈、更具有普遍性和典型性。著名哲学、社会科学家伯恩斯认为："意识形态的主要特点是它把人们信仰什么和人们怎样得到某种信仰结合起来。前者包括人们的信仰体系、价值结构和世界观；后者指人们通过什么样的透镜去看世界，以及人们是基于什么样的思想、经验和动机来选择和评价他们所看到的一系列现象。"[①] 应该说，塑造人物形象不是"十七年"小说的最终目的。人物作为意识形态的符码，成长型革命知识分子不仅指出了知识青年前进的必然方向，而且论证了无产阶级意识形态巨大的真理性和询唤力，所

---

① ［美］詹姆斯·麦格雷戈·伯恩斯：《领袖论》，刘李胜等译，中国社会科学出版社1996年版，第19页。

产生的意识形态叙事效果相当明显。

二 领袖型革命知识分子形象

所谓百川入海,林道静由小资产阶级知识分子转变为无产阶级革命引领者的成长历程充分说明,成长型知识分子最初作为在个体与集体之间、世俗与神圣之间、个人与阶级之间自由漂浮的能指,最终必定定格为富有卡里斯玛魅力的领袖型知识分子革命者形象。这样的形象在"十七年"小说里面可谓不胜枚举。《红岩》中的许云峰、江姐,《红旗谱》中的贾湘农,《野火春风斗古城》中的杨晓冬,《青春之歌》中的卢嘉川、江华、林红,《小城春秋》中的吴坚、陈四敏等,《三家巷》里的金端、张太雷,《红豆》中的萧素,《山乡巨变》里二十多岁的到清溪乡指导农业合作化运动的团县委副书记邓秀梅,《美丽的南方》中"工作非常出色,对党非常忠诚"的土改工作队队长杜为人等。

这些符号化、领袖型的知识分子革命者,作为弃绝了小资产阶级他性思想的无产阶级意识形态的符码和终极幻象,具有常人所不具备的神性特质,坚定的共产主义信仰在其中起了十分关键的支撑作用。最起码一点,无论是战火纷飞的革命战争年代,还是强调生产劳动、阶级斗争的和平时期,面对困难,他们均呈现出有胆有识、大公无私的英雄气魄和勇于牺牲、百折不挠、对党无限忠诚的钢铁意志。在所有这些人物里面,《红岩》里面的第一、第二号人物许云峰和江雪琴最具说明意义。作为一名革命经验十分丰富的成熟共产党员,许云峰凭着敏锐的政治嗅觉，及时发现了叛徒甫志高对沙坪坝交通站的不当处理，从而避免了更大的革命损失。面对敌人的胁迫利诱，许云峰丝毫不为之所动，表现得相当机智、沉稳，不仅对敌人冷嘲热讽，还紧抓这个机会对他们进行革命的鼓动宣传，显示出共产主义英雄非同一般的革命品质。入狱前，为了掩护自己的同志安全撤退而英勇被捕，入狱后，他以惊人的毅力凭借自己的手指穿过地牢的石壁挖出了一条生命的绿色通道，时刻准备着供同志们集体越狱之用。对此，小说写道："许多日子过去了，他手指早已磨破，滴着鲜血，但他没有停止过挖掘。石灰的接缝，愈挖得深，他的进度愈慢。脚镣手铐妨碍着他的动作，那狭窄的接缝也使他难于伸手进去。困难，但是困难不能使他停止这场特殊的战斗。"① 在监狱里带领同志们和敌人斗智斗勇的过程中，他起到了他人难以替代的革命领导者的作用。江雪琴被革命同志亲切地称为江姐，不仅仅因为她热爱、关心自己的同志，还因为她成熟稳重，以及在对敌斗争中所展现出来的共产主义战士高贵的精神品格。"一根，两根！……竹签深深地撕裂着血肉……左手，右手，两只手钉满了粗长的竹签……一阵，又一阵泼水的声音……"无论经受什么样的酷刑，无论敌人怎样狠毒地逼问，江姐的回答始终是："上级的姓名、住址，我知道。下级的姓名、住址，我也知道。这些都是我们党的秘密，你们休想从我口中得到任何材料。"无畏的话语，反衬出敌人的心虚、恐惧与徒劳。

他们是革命的灵魂，是高高飘扬在同志们心目中鲜艳的五

---

① 罗广斌、杨益言：《红岩》，中国青年出版社1963年版，第495页。

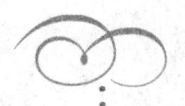

星红旗，在他们的心中，只有同志，只有集体，只有伟大的无产阶级革命事业，除了信仰之外从不考虑其他任何事。正如许云峰告诫成岗时说的："私人感情应该服从党的利益。我们共产党人有更丰富、更高尚的感情，那就是毛主席讲的：'全心全意为人民服务！'如何对待党分配的工作，正是一种考验……"许云峰是这样说的，也以自己的实际行动严于律己地践行着自己的诺言，"他是那样勤勤恳恳地为自己的阶级兄弟工作，每逢听到哪个工厂发生工人斗争，他都要亲自前去，为工人策划，部署，忘记了疲劳和休息……"江姐也是如此。在离开重庆赴川北革命根据地工作的途中，她蓦然发现自己久违的丈夫、华蓥山游击队政委彭松涛同志的头颅被敌人高挂于城楼，不禁悲痛万分，但她以极大的革命理性克制住了自己的悲伤，面对双枪老太婆，她"轻轻吐出心坎里的声音：'我怎能流着眼泪革命？'"举重若轻之感，顾全大局的精神，不禁让人叹服她的坚毅与执着。可以说，他们可以没有丈夫（包括林红、萧素等），没有妻子（包括成岗、贾湘农、杨晓冬、吴坚、陈四敏、金端、张太雷、卢嘉川、江华等），没有个人的小家庭，但却不能没有革命的信念。尤其是在生命的最后时刻，面对死亡，他们显得那般泰然自若。且看许云峰："死亡，对于一个革命者，是多么无用的威胁。他神色自若地蹒跚地移动脚步，拖着锈蚀的铁镣，不再回顾鹄立两旁的特务，径自跨向石阶，向敞开的地窖铁门走去。他站在高高的石阶上，忽然回过头来，面对跟随在后的特务匪徒，朗声命令道：'走！前面带路。'"江姐则"带着永恒的微笑，像平日一样从容地梳理她的头发"，"异常平静，没有激动，更没有恐惧与悲戚"，留下著名的格言："如果需要为共产主义的理想而牺牲，我们每一个人，都应该、也可以做到——脸不变色，心不跳。"大义凛然的姿态显示出共产主义革命战士视死如归的胆量气魄以及英雄无悔的崇高精神和悲壮情怀，更为重要的是，如果说"激情只能支持信念，而不能创造信念"的话，那么"他们借助语言和口号的魔力，用新的神祇取代了旧的上帝"①。

作为用特种材料制成的"革命理念的布道者和革命理论的宣传者"②，以上所有这些，均体现出他们是神而不是人的特性。如果把小资产阶级知识分子的成长历程比作唐僧师徒西天取经的话，那么，这些领袖型革命知识分子就是助他们于困难之际完成此一过程的万能之神：没有私人意义上的家室负累，倏忽而至，飘然而逝，法力无穷，崇高而又威严。可以说，整个"十七年"小说领袖型革命知识分子基本上都具有这样的共性。这一方面说明了他们的神圣性，更由此而生发出一种肯定性神秘感。这点在《三家巷》被直接点了出来。比如对于革命领导者金端，周榕的感觉是："这是一个三十多岁的江苏人，长条身材，皮黄肌瘦，方脸孔，高颧骨，浑身热情，带着一种神秘的味道。"事实上，金端确实很神秘。作为从事地下工作的革命者，他忽而广州，忽而上海，行踪飘忽不定，小说对此很少交代。而神秘感则是保持神圣感的必需。有论者认为："要'在心中保持神圣的东西'，就意味着要以一种特殊的畏

---

① ［法］古斯塔夫·勒庞：《革命心理学》，佟德志、刘训练译，吉林人民出版社 2004 年版，第 69—70 页。
② 吴秀明：《"十七年"文学历史评价与人文阐释》，浙江大学出版社 2007 年版，第 363 页。

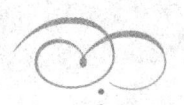

惧之情（不可错当任何普通的害怕）去把它隔离开来，就是说要用'神秘'这个范畴去评价它。"① 也就是说，他们不仅仅以进化论历史唯物主义的革命理念和对未来共产主义社会的美好愿景，迎合了小资产阶级知识分子基于自身不平的社会遭际和个性化自我意识所引发出来的反抗性、叛逆性和对理想社会、光明未来的期待和向往（典型的如贾湘农之于运涛、江涛，江华之于林道静等），更以崇高的共产主义超人格的力量存在激情四射地彻底征服了他们，造就了成长中的知识分子对他们深刻的敬与畏。勒庞指出："神秘主义精神是所有宗教和绝大多数政治信仰的基础，如果我们祛除了宗教和政治信仰赖以为基础的神秘主义因素，那么这些信仰通常就要土崩瓦解。"② 受这种人格力量的鼓舞、感染与教育，理性的认知加上非理性的敬畏，领袖型革命知识分子往往成为成长型小资产阶级知识分子追捧的对象、崇拜的楷模，而他们的言行则成了小资产阶级知识分子的向导和范式。成岗就明确表示"把老许当作自己的榜样，从他那里不断吸取斗争经验和力量"。基于这一理念，他不仅弃绝了成家的念头（在他看来，"因为恋爱、结婚，很快就掉进庸俗窄小的'家庭'中去了。一点可怜的'温暖'和'幸福'，轻易地代替了革命和理想"），还凭着令人不可思议的坚强毅力，不但经受住了敌人的严刑拷打，更没有屈服于敌人的化学药剂，并以革命英雄主义的磅礴气势，通

---

① ［德］鲁道夫·奥托：《论神圣》，成穷、周邦宪译，四川人民出版社1995年版，第16页。
② ［法］古斯塔夫·勒庞：《革命心理学》，佟德志、刘训练译，吉林人民出版社2004年版，第63页。

过一首《我的自白》，表达了自己对胜利的确信、敌人的蔑视和九死未悔的革命献身精神。事实上，他是坚强的，也是乐观的，这种信念在他身上产生了绝地反弹般非凡的神奇效果：

> 谁也想象不到，隔壁新来的战友，竟有这样超人的顽强意志，被担架抬进牢房时，已经是奄奄一息，才过了短短的几天，谁能想到他竟挺身站起，哪怕拖着满身刑具，哪怕将到临更残酷的摧残，哪怕那沉重的铁镣钢锯似的磨锯着皮开肉绽沾满脓血的踝骨，那充溢着胜利信心的脚步，正带着对敌人的极度轻蔑，迎着初升的红日，从容不迫地在魔窟中顽强地散步。他用硬朗的脚步声，铁镣碰响的当啷声，慰问着战友们的关切；并且用钢铁的声音磨砺着他自己的，和每一个人的顽强斗争的意志。①

同样，在江姐超人格力量的影响下，"渣滓洞"集中营里面"时刻准备为自己所崇拜的神秘偶像而献身的人比比皆是"②。且看楼下二室全体同志给江姐写的带有强烈宣誓性质的信：

> 亲爱的江姐：
> 一个多月来的严刑拷问，更显示出你对革命的坚贞。
> 我们深深地知道，一切毒刑，只有对那些懦夫和软弱动摇

---

① 罗广斌、杨益言：《红岩》，中国青年出版社1963年版，第225—226页。
② ［法］古斯塔夫·勒庞：《革命心理学》，佟德志、刘训练译，吉林人民出版社2004年版，第63页。

的人，才会有效；对于一个真正的共产党员，它是不会起任何作用的。

　　当我们被提出去审问的时候，当我们咀嚼着两餐霉米饭的时候，当我们半夜里被竹梆声惊醒过来，听着歌乐山上狂风呼啸的时候，我们想起了你，亲爱的江姐！

　　我们向党保证：在敌人面前不软弱，不动摇，决不投降，像你一样勇敢，坚强——①

　　这就意味着一个强大而稳固的精神统一体（Mental Unity）宣告诞生。而一个精神上的统一体之所以能够形成，勒庞认为："其主要原因就在于群体中的态度和行为极富感染力，仇恨、狂怒或是热爱之类的情感在叫嚣声中很快就会得到支持，并反复强化。这种共同的情感与意志源自哪里？它们通过感染而传播，但在这种感染发生作用之前肯定要有一个出发点。如果没有一个领袖，大众就是一盘散沙，它们将寸步难行。"②榜样的力量是无穷的，就是这种精神，这种信仰，以及由此而焕发出来的感染力支撑着他们迎来了革命的最终胜利。由此，无产阶级革命领袖强大的秩序赋予能力不仅得到充分体现，而且在此过程中，他们的重要性和榜样作用也得到充分发挥。

---

① 罗广斌、杨益言：《红岩》，中国青年出版社1963年版，第287页。
② ［法］古斯塔夫·勒庞：《革命心理学》，佟德志、刘训练译，吉林人民出版社2004年版，第77—78页。

第五章

统一的真实性与倾向性的建构

——以知识分子第一人称叙述为例兼及第三人称

有论者指出:"叙述人的主体定位是一个'前语言'问题,它决定作者的写作行为将以何种角度向人、向生活、向经验切入,决定着作者对叙事方式的选择(语式、语态等),也决定文本的组织结构方式,并最终制约意识形态的表达。"① 确实,作家以何种角度切入小说叙事,不仅关乎主流意识形态的表达方式,更关乎主流意识形态的表达效果,最终体现了作家的主体定位——创作姿态与身份意识。

为了"有效防止交往活动中发生意义的曲解"②,"十七年"期间,毛泽东文艺思想的重要阐释者和宣传者周扬,于1952年就引进我国的苏联文艺理论"社会主义现实主义",结合我国当时文艺的具体实际,做了如下具有"重要的理论指导

---

① 孙先科:《颂祷与自诉——新时期小说的叙述特征和文化意识》,上海文艺出版社1997年版,第15页。
② [英]齐格蒙·鲍曼:《立法者与阐释者》,洪涛译,上海人民出版社2000年版,第6页。

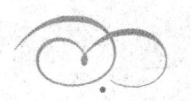

意义的"① 阐述："社会主义现实主义首先要求作家在现实的革命的发展中真实地去表现现实。……作家应当深刻地去揭露生活中的矛盾，清楚地看出现实发展的主导倾向，因而坚决地去拥护新的东西，而反对旧的东西。"② 可以说，在社会主义现实主义创作方法受到极大推崇和强调的当时，主流意识形态关于文学真实性与倾向性（党性、人民性）的强调与设定，经过不同时段针对作家的各种形式的批评之后，不断内化为作家最为基本的创作要求和最为重要的创作目标。作为需要改造的被启蒙者，能够在小说中竭力体现出这一特点——强烈而统一的真实性与倾向性（党性、人民性），既是自身对权力话语关于知识分子改造政治诉求的迎合，也是自身急切的工农兵身份转变的话语建构的凸显。为了达到这样的叙事效果，"十七年"知识分子作家往往以一种谦卑的叙述姿态，通过有意味的小说形式，展开知识分子叙事。

第一节　文如其人与修辞立诚

文如其人与修辞立诚是"十七年"文学创作和文学批评的重要关键词。

如果说"文如其人"这个颇具争议的古老命题可以成立

---

① 朱寨主编：《中国当代文学思潮史》，人民文学出版社1987年版，第131页。
② 周扬：《社会主义现实主义——中国文学前进的道路》，《周扬文集》第2卷，人民文学出版社1985年版，第188页。

超越他者●成为主体——人民文艺视野下中国当代作家知识分子叙事研究（1949—1966）

的话，"十七年"时期无疑是它得以成立最为恰切的语境之一。对于对新中国的成立怀着由衷的喜悦，对美好的未来（祖国的、个人的）充满向往的"十七年"绝大多数作家来说，不管他们创作的艺术成就如何，在创作中竭力以文如其人的方式体现自己对主流意识形态的认同，是他们普遍的创作态度。当然，这之中不乏主流意识形态的规训。纵观这一阶段的文学批评，将创作者与叙述者等同、将作品思想与作者思想等同，进行一对一比附性批评时有发生。如新中国成立初，针对《我们夫妇之间》所体现出来的小资产阶级思想，读者李定中在《反对玩弄人民的态度，反对新的低级趣味》一文中"文如其人"（作者自语）地认为，小说作者萧也牧的创作态度是"轻浮的、不诚实的、玩弄人物的"；对于里面的女主人公——"一个革命的个人""战斗多年的干部""一个共产党员"，"作者就只是拿来玩弄，并且用歪曲的办法不合理地扩大她的缺点来让他自己和读者欣赏"；进而认为萧也牧是"玩世主义者"，"对劳动人民没有爱和热情"，这是一种低级趣味①。所以会这样，作者认为这是因为萧也牧具有"很坚定"的"小资产阶级""阶级立场"，当此之时应该悬崖勒马。很难说这里面就没有庸俗社会学批评的成分，有论者就认为："这篇'读者来信'以一种没有多少文化的工农大众的口吻，对《我们夫妇之间》和萧也牧本人进行了责骂。"② 这样的批评，在"十七年"

---

① 李定中（冯雪峰）：《反对玩弄人民的态度，反对新的低级趣味》，《文艺报》1953年第4卷第5期。
② 董健、丁帆、王彬彬主编：《中国当代文学史新稿》，人民文学出版社2005年版，第87页。

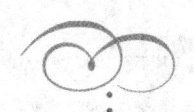

可谓不乏其数,至"文革"前夕随着姚文元等人就《陶渊明写"挽歌"》和《海瑞罢官》等文学作品所展开的影射性攻击和比附性批判达到"十七年"文学批评的极致。但是,也很难说这里面的影射性攻击和比附性批判就全是捕风捉影。有论者就认为:"'影射',如果不一定指人物、细节与'时事'的直接对应和比附,而指作品的取材集中点,指整体的情绪、意向的话,这种说法,也不是没有道理。"① 应该说,论者不仅在作品的整体意绪上肯定了影射的真实性存在,而且论者话语中模棱两可的"不一定"同时反映出论者本人对"人物、细节与'时事'的直接对应和比附"也持一定的保留态度。讲究比附,讲究映射,讲究文如其人,将创作者与叙述者之间的距离缩小为零,或者说将创作者、叙述者、隐含作者三者等同,是"十七年"文学批评的重要特点(当然不一定是实体层面的比附,也可以是指精神、思想等内在层面上的)。由是,在作家创作和主流意识形态之间,关于文如其人的创作标准就如同鸡生蛋,蛋孵鸡一样,构成循环不断,相互生发的关系过程,讨论谁先谁后其实已没有多大必要。创作《蔡文姬》的郭沫若就直言:"《蔡文姬》我是用心血写出来的,因为蔡文姬就是我!"② 它或是作家对主流意识形态的一种迎合,或是权力话语对作家创作的一种要求,或者两者兼而有之。如关于革命历史小说的写作,出于意识形态的考虑("以对历史'本质'的规范化叙述,为新的社会的真理性作出证明,以具象的方式,推动对历史的既定叙述的合法化,也为处于社会转折时

第五章 统一的真实性与倾向性的建构

---

① 洪子诚:《中国当代文学史》,北京大学出版社1999年版,第146页。
② 曹禺:《郭老给予我们的教育》,《人民戏剧》1978年第7期。

期中的民众,提供生活准则和思想依据"①),革命历史小说的写作"会在'真实性'上受到严格的指摘;这就不是任谁都有'资格'和'条件'涉足这一题材领域"。它"不仅是作者个体经验的表达,还是对于'革命'的'经典化'进程的参与",所以,革命历史小说的作者"大都是他们所讲述的事件、情境的'亲历者'","自然极愿意回顾这段光荣的'历史'"。②如作者罗广斌、杨益言在《红岩》的写作过程中,既受到主流意识形态的规范和指导,也结合了自身狱中斗争的切实体验。作为事件的亲历者,在革命取得胜利之后,能够将那段光荣的革命历史写出来,固然是一种荣耀和自豪,一种对往昔峥嵘岁月的独特缅怀,最关键的是,在政治意识形态上有更为重要的历史和现实意义。

这样,"十七年"文如其人的语境和对文章真实性效果的强调,使得"十七年"作家特别注重在小说创作中运用修辞立诚的写作策略。所谓修辞立诚,原指整顿文教,树立诚信,两者相辅相成,共同成就功业。早在《易·乾》里面提道:"修辞立其诚,所以居业也。"孔颖达疏:"辞谓文教,诚谓诚实也。外则修理文教,内则立其诚实,内外相成,则有功业可居。"③随着语义的变迁,后多用以指写文章要表达作者的真实意图,不可作虚饰浮文。修辞立诚的现代语义与之起初时候的语义由此发生了一定的变化。最起码一点,"修辞"与"立

---

① 洪子诚:《中国当代文学史》,北京大学出版社 1999 年版,第 107 页。
② 同上。
③ (唐)孔颖达:《周易正义》,(清)阮元校刻《十三经注疏》(上册),中华书局 1980 年版,第 15—16 页。

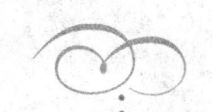

诚"之间由原来的并列关系，变成了现在的目的关系。

第二节　第一人称叙述

应该说，在叙事学里面，最能够体现出叙述的逼真性效果和叙述人价值取向的，非第一人称叙述莫属。作为故事的讲述着，或者具有亲历性，或者为事件的旁观者、见证人，叙事者能够就自己的所见、所闻、所思、所想生动形象地向读者讲述和传达。对"十七年"作家而言，出于自身的身份诉求目的，在小说中采用第一人称知识分子叙事就是最为明显的修辞立诚（真实）。不过，这样的作品并不多，主要有萧也牧的《我们夫妇之间》、邓友梅的《在悬崖上》、丰村的《美丽》、俞林的《我和我的妻子》、方纪的《来访者》、马烽的《我的第一个上级》、海默的《我的引路人》、左佑民的《烟的故事》、朱定的《关连长》、王西彦的《艰辛的日子》、毕麟的《前进的道路》、王蒙的《冬雨》、萧也牧的《锻炼》等。

一　真实性效果

1. 叙述姿态的谦卑化

上述作品的前五篇主要是从爱情、婚姻、家庭等道德伦理层面展开叙事。

在《我们夫妇之间》《美丽》《在悬崖上》这三篇小说中，

小说的主人公即自述者"我",由于多种因素的影响,他们的婚姻都出现了不应有的波折。《美丽》的自述人季玉洁在长期的工作中,与首长发生了不应有的恋情,并波及首长的家庭和自己与首长妻子的关系,对自己此后的人生(尤其婚姻)也有深刻影响。《我们夫妇之间》中的叙述人"我"(李克),受城市资产阶级、小资产阶级思想的影响,开始贪图享乐,工农兵思想开始动摇。《在悬崖上》的设计院技术员"我"被年轻美丽、浪漫而有情调却又不失轻浮的女同事加西亚吸引,从而"忘了路标的指示,走起弯路来了"①。所有这些都给当事人"我"带来了生活和情感的烦恼,并引起巨大的思想波动。如《在悬崖上》,"我"面对妻子时烦闷、厌倦、内疚、羞愧;面对加西亚时兴奋、自得、失意、悔恨②。第一人称叙述者"我"怀着沉重的心情以亲历者回忆的方式细致而又语重心长地讲述了这一切。特别是《来访者》和《我和我的妻子》,两篇小说的叙述者均以第一人称"我"的视角生动讲述了自己在两性关系上由平衡—失衡—平衡的动态变化过程,深刻袒露了自己的心路历程。如《来访者》中的大学助教康敏夫与《我和我的妻子》中的革命知识分子干部"我",为了所谓的爱情以及小家庭的温暖,将女性作为自己的私有物("像苍蝇见了蜜,赶也赶不开,把女人当做他行包里的玩艺,私有财产,占有人家的心,还自私,嫉妒,报复……"③)或者附属

---

① 邓友梅:《在悬崖上》,《文学月刊》1956 年第 9 期。
② 程文超、郭冰茹主编:《中国当代小说叙事演变史》,中国社会科学出版社 1999 年版,第 122 页。
③ 方纪:《来访者》,《收获》1958 年第 3 期。

品①，不断以各种借口剥夺她们参加各种社会活动的机会，阻扰、打压她们的革命激情。如康敏夫对艺人抱有歧见，瞧不起艺人，不让妻子上台表演，"我"不让妻子参加医学院学习，不让她参加"土改团"，对妻子说黑夜行军"有意思"不理解，等等。结果，前者的妻子最后离家出走，后者的妻子"经过了这几年'家庭'生活，原来的那股热情没有了，她既没有学会专门知识，也没有取得从事组织工作的政治锻炼，只能在机关里做一些轻便工作"，家庭也出现了危机。为此，作为丈夫的他们后悔不已，纷纷对自己的男权思想、家长作风进行了深刻的反省："是我把妻子当作自己的附属品，把她放在身边，不叫她学习，也不叫她工作。借口'照顾'她，其实却是为了自己有一个所谓'温暖'的家，让妻子成为照顾这个家的主妇。正是我这种可耻的思想窒息了她发出的火花，阻挡了她前进的道路。我有什么理由责怪她对不起自己，认为非离婚不可呢？我这种念头是多么庸俗和可耻呵！"② 康敏夫甚至主动要求去劳动改造。阅读小说可以深切地感受到，叙述者的强烈忏悔更多的是从自己的角度进行。

而《我的第一个上级》《我的引路人》《烟的故事》《关连长》《艰辛的日子》《前进的道路》《冬雨》等另外几篇小说，则主要从工作、生活、生产劳动、革命斗争等政治伦理层面凸显知识分子思想改造，叙述的真实性效果同样得到体现。

在《我的第一个上级》《我的引路人》《关连长》这些以第一人称"我"叙述他人为主的小说中，"我"不仅是事件的

---

① 俞林：《我和我的妻子》，《新视察》1956年第11期。
② 同上。

叙述者，更是事件的经历者和见证人。作品将主人公放在能够突出显现其意志品行的紧要关头，抓住他们在各种考验中的言谈举止，细腻地展现出他们崇高的革命精神和伟大的人格力量；通过非同一般的革命品质，有力地刻画出典型环境下的典型人物。这些主人公或是"我"的上级（老田），或是"我"的引路人（老马），或是"我"的领导兼朋友（关连长）。"我"平时与他们接触频繁，甚至交往很深。如关连长，"我"和他同吃同住同战斗，几乎无话不谈，由开始的惶恐到最后亲如一家，最后由衷地感到"关连长"就是"我们"的父亲。所以，尽管囿于第一人称叙事的局限（如不能直接展示别人的心理），但由于与叙述对象有着非同一般的接触、交往和了解，作为见证人的叙述同样具有真实性效果。如《我的第一个上级》结尾：

  两个月之后，老田出院了，我第一次又是在街上碰到他的。他还是老样子，驼着背，低着头，背着手，迈着八字步。只是步子迈得更慢了，背更驼了。我远远地望着他走过来，心里有一种说不出的情感。我知道走过来的并不是什么怪人，而是我的第一个上级。他是一个普普通通的领导干部，同时也是一个值得受人尊敬的人。①

应该说，此时的叙述人"我"已被老田置自己健康、安危于不顾的崇高品德和牺牲精神所深深感动和折服。其实，行文

---

① 马烽：《我的第一个上级》，《人民文学》1959年第6期。

至此，受感动的被折服的又何止"我"一人呢？朴实的文字由此升华出一种共同的崇高感。

如果说这三篇小说是以一种外在的视角呈现出叙述的真实性效果，从而引起广泛的共鸣话，那么在《艰难的日子》《前进的道路》《锻炼》和《冬雨》这些以叙述者自身为叙述对象的作品里面，作品叙述的真实性效果则是因为对外在因素所引起的人物内在心理的波动描摹得真实细腻而得以凸显。以王西彦《艰难的日子》为例。作品的主人公"我"（某大学历史系教授白晓天）醉心于学术研究，喜欢有小资情调的生活，对政治、对时事不仅漠不关心，甚至还带有莫名的抵触情绪。小说以第一人称自叙的方式，描写了知识分子在学术研究与思想改造之间的艰难选择，突出了知识分子改造的长期性与艰巨性。由于王西彦本身就是学院化的知识分子，平时对知识分子比较了解，且有切身的改造经历，对其中的酸甜苦辣深有体会，所以涉及这方面的题材自然得心应手，对知识分子思想转变的描写也就比较成功。

应该说，无论是从道德伦理层面，还是从政治伦理层面，整个叙事过程中叙述者都是以自谦、自鄙、自抑的姿态对知识分子的思想改造娓娓道来。所不同的是，《我们夫妇之间》《美丽》《在悬崖上》等从道德伦理层面切入的小说，叙述人的姿态更加谦卑，有一种发自内心的深切忏悔意识和赎罪思想，特别如《来访者》中的康敏夫，甚至有自虐的心态。叙述人冷静细致的描述让他的忏悔显得朴实真诚，易让人谅解且引以为戒。

如康敏夫对他自杀情形的自诉，态度是那么坦然诚恳。沉重的罪孽感使他对死亡没有了丝毫的恐惧，反而觉得以这种方式结束自己的生命不啻为自我的一种救赎，能够让灵魂得到放松和解脱。小说写到康敏夫好容易找到因为他而离家出走的妻子，却不承想他的满腔热情却遭到了妻子的无情拒绝。在绝望与歉疚心理的驱使下，他回到小旅店后开始预谋第二次自杀。过程讲述得相当完备。

准备自杀，交代后事："把所有的东西送了人，口袋里还剩三块钱。然后，我在灯下给我的母亲写了一封信——当我要告别人世的时候，自然应该首先告别她。她病在床上已经一年了，早要我回去看看她，我没有能这样做。现在，更不能了。接着，又给我的那教授写信，也向他告别，承认我的确不配做他的学生，并且也把他的哲学统统还给他，这点对我没有一点用处。"

行动过程："以后，天就亮了。我洗干净身体，上街吃早点，就到每一家药房里去买尽可能多的'巴苯比妥'。这样，到中午，我居然凑够了足以使我长眠的安眠药片。我走进一家大馆子——大概是'蓬莱春'吧？要了一瓶烧酒，两样菜。一边喝酒，把安眠药片偷偷的，全部送下肚子。从馆子里出来，叫了一辆三轮车，请他送我到下瓦房。"

行动结果："我开始吐血，大口大口的。起初我不出声，以后抑制不住地呻吟起来。车夫回过头，而且停下了。他的脸色很特别，显得憎恶而愤怒。我害怕了，又可怜起自己来了。想向他说点什么，已经不行了。一张口，血喷出来。我知道完了，用力睁着眼，看那车夫健壮的、显得憎恶而愤怒的脸……"

可以说，康敏夫对自己第二次自杀场景的描述相当冷静、细致，甚至不乏生动的心理描写：

> 车子穿过大沽路，两旁高大的建筑迅速闪过。商店橱窗里的陈设，这时候居然对我发生了诱惑——我从来也没有注意过这些；只在那次给她买大衣的时候。现在又是一件大衣，和她穿的那件一样颜色，式样会……但是已经来到郊区了。眼前是新建的工厂，工人宿舍，从那里面传来孩子的哭声——这多么好！可是来不及了。①

她、一样颜色式样的大衣、孩子的哭声，这些让他揪心的意象，叙述者也是自杀者在生命最后时刻刹那间最真实的心理感受形象地揭示了叙述者对生的留恋、对往事的悔恨以及对死的无奈，令人同情之余不禁让人惊悚万分。因为是叙述者本人亲身体验并且亲身叙述，所以格外具有震撼人心的叙事效果。不容置疑的真实性，让人产生心灵的悸动。

2. 故事讲述的细节化（具体化）

叙事效果的真实性也会因为一些细节的存在而得以强化。如康敏夫为了证明自己所言不虚以及向"我"（文中的受述者干部）表达他对妻子真诚而深刻的忏悔，在还没有向"我"讲述故事之前，首先将他卖掉东西的收据以及医院开的两张关于他自杀的住院证明和他与作为鼓书艺人的妻子的合照交给了"我"，从而最大可能地让"我"的转述也显得真实。并且，

---

① 方纪：《来访者》，《收获》1958年第3期。

这些小说（包括《我和我的妻子》《我们夫妇之间》《美丽》等）都将主要叙述层的故事置于三反运动的政治背景下。对于背景在小说叙述中的作用，有论者认为："从最基本的层面讲，小说对于背景的描述使得读者能够对人物及其行动进行视觉化理解，由此增强故事的可信度，同时使得人物生动真实。"① 如《我的引路人》开头：

  一九四一年春天，我们四个人，离开沦陷的北平到解放区去。
  那时我们都是育英中学的学生。临出发的前一天，地下党的一位同志把我们四个人找到一起，地址就是育英四院小楼后面那个夹道里。那时同学们正在操场上作游戏，我们的心早飞到那轰轰烈烈的抗日事业中去了。②

有论者认为，当叙述者叙述的内容中夹杂有某些具体可考的历史事件和明确的时空背景时，"小说有一种仿佛是某人真实生活经历的如实写照而不是一篇虚构故事的幻觉。"③ 上述包含着具体时间（"一九四一年春天""临出发的前一天"），具体地点（"育英四院小楼后面那个夹道里"），具体情境（"那时同学们正在操场上作游戏"），具体的故事发生"背景"（"轰轰烈烈的抗日事业"），具体见证人和参与者（还不止一

---

① 申丹、王丽亚：《西方叙事学：经典与后经典》，北京大学出版社2010年版，第131页。
② 人民文学出版社编辑部编选：《篱下百花 1957—1966》，人民文学出版社2009年版，第82页。
③ 徐岱：《小说叙事学》，中国社会科学出版社1992年版，第275页。

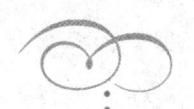

个，而是"我们四个"，"都是育英中学的学生"）以及具体事件（"离开沦陷的北平到解放区去"）的叙述话语，由于第一人称叙述者"我"的出场使得整个故事显得十分真实可信而且还有一种亲切感。这种叙事效果不但有利于凸显老马人格的伟大，革命理念规训下知识分子改造的潜在主题也得以加强。

3. 叙述结构的层级化

叙述分层也是使叙事达到真实性效果的重要手段之一。所谓叙述分层，是指由小说现有叙述结构中的小说叙述者叙述出来的人物充当另一个故事的叙述者，从而在现有叙述结构的基础上衍生出另一个叙述结构，以此类推，造成小说的叙述不止有一个层面的情况，这就是叙述分层。赵毅衡认为："当被叙述者转述出来的人物语言讲出另一个故事，从而自成一个叙述文本时，就出现叙述中的叙述，叙述就出现分层。此时，一层叙述中的人物变成另一层叙述的叙述者，也就是一个层次向另一个层次提供叙述者。"[①] 这种情况之下，上层的叙述者（原始叙述者）往往成为下一层的受述者，下一层的叙述者在上层中往往毫不起眼，性格模糊，只是作为缺乏深度内涵的配角以一种抽象的符码而存在，在文本中的作用还不是很大。但在下一层叙述中，伴随着叙述者的叙述不断走向深入具体，这一层的叙述者（衍生叙述层）变得有血有肉，形象丰满，成为实实在在的主体，对作品主题的突出有很大作用。《在悬崖上》就是典型的叙述分层小说。且看它的原始叙述层：

---

① 赵毅衡：《苦恼的叙述者》，北京十月文艺出版社1994年版，第117页。

超越他者○成为主体——人民文艺视野下中国当代作家知识分子叙事研究（1949—1966）

夏天的晚上，闷热的很，蚊子嗡嗡的。熄灯之后，谁也睡不着，就聊起天来。

大家轮流谈自己的恋爱生活。约好了，一定要坦白。

睡在最东面的，是设计院下来的一位技术员，是个挺善谈的人。轮到他说的时候，他却沉默了许久也不开始。

人们你一句我一句地催他。

终于，他叹了口气，说起来了。——①

原始叙述层只是粗略地交代了这么一个情况：夏夜无聊，大家轮流讲故事借以消磨时光。在这个现有叙述层里，我们除了知道第二层叙述中的"我"是个设计院的技术员之外，对他其余一无所知。而在第二个叙述层面里，随着叙述者不断深入地现身说法（如他的出身经历、婚恋状况以及他是如何喜新厌旧地被小资思想拖下水导致婚姻危机，最后如何走出这个困境，包括这期间自叙人的心理感受和思想变化等），叙述者的形象日渐清晰。这样，通过叙述者叙述的实体化、具体化从而实现了叙述者本人的具体化和实体化。由此，小说"以第一人称'我'的'现身说法'，增强了故事的切身感、自传性，从而强化了作品的真实性和感染力；考虑到事件本身的私密性与道德敏感（家丑不可外扬），这些'现身说法'还给人一种推心置腹的坦率与真诚的感觉（灵魂深处爆发的革命）"②。由于作品的主题本意是讲一个知识分子思想出轨悬崖勒马的故事，

---

① 邓友梅：《在悬崖上》，《文学月刊》1956年第9期。
② 孙先科：《爱情、道德、政治——对"百花"文学中爱情婚姻题材小说"深度模式"的话语分析》，《文艺理论研究》2004年第1期。

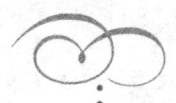

用以突出知识分子改造的必然性和重要性，且第一层的叙述者成了第二层的受述着，这种情况下，整篇小说的叙述便具有了针对性。由于"我"的身份不确定或者说具任意能指性（即使有特定的身份，也只是一个虚拟叙述人），小说便有了普遍的教育意义，因而也有了具体的政治倾向性，避免了空洞的道德伦理和政治思想说教。

应该说，这种叙述本质上是一种回顾性叙述。原始叙述层的故事时间普遍要晚于衍生叙述层的故事时间（当然不考虑科幻类小说等特殊情况），"现在—过去—现在"是叙述分层类小说的普遍结构模式。这样，就和表面不分层的第一人称一以贯之的回顾性叙述有了相同的叙述模式。或者说，一以贯之的第一人称回顾性叙述表面不分层，实际上也已分层。于是，在叙述的真实性、感染力、实体化、想象性以及教育意义上两者具有相同的叙述功能。如《我的引路人》《我的第一个上级》《前进的道路》等，在结构上有个共同的特点，开头是现在时态的叙述，中间是过去事件的顺时讲述，最后又回到叙述的现时。按照结构主义理论，这些故事尽管具体内容不同，但支撑小说的内在深层结构（语法）却是一致的，都反映了知识分子改造的主题。而且，这样的回顾性叙述带有很强的心理体验性，也即故事是以被追忆的"我"正在体验事件时的眼光来进行叙事的。这种视角很容易将读者直接引入"我"正在经历事件时的内心世界。如在《来访者》里面，"我"对自己的专制、自私、男权思想、家长作风所进行的还原当时情境的深刻讲述。对于这种情况，有论者就认为："在第一人称体验视角叙事中，由于我们通过人物正在经历事件时的眼光来观察，由此可以更自然地直接接触人物细致、复杂的内心活动。"① 同时，叙述者还将这种被追忆的正在体验事件时的眼光、感受，置于叙述者"我"现在追忆往事时的视域内进行观照。叙述者在对自身往事的追忆中，不断以现实的眼光对往事加以评述、印证，对自己的行为、心理或说明或辩解。如《美丽》中季玉洁这样辩解她对首长的感情："那时候我知道我不能爱他，他有爱人和两个孩子，我如果爱他，会使他一家感到痛苦。而我也知道，他们共过患难，他们十分恩爱。我如果爱他，我就会陷进那错误的泥坑。"② 这些辩解既巩固了叙述的真实性，同时也是故意在进行有倾向性的价值引导。由此，往事与现实互为证明，极大增强了叙述的可靠性，从而使读者获得真实的认知、正确的判断和鲜明的价值理念，有效防止了他们的误读。而且，在大众看来，这种回顾性讲述讲述的总是过去的事情，写作者的这种事实性呈现和大众阅读的共识性心理作用，往往给人一种事件实际上已经发生之感③，这是毋庸置疑的。因此，对读者而言，读者很容易受叙述者的影响，自觉不自觉地将自己等同于里面的叙述者，与人物同悲同喜。

当然，这种情况，是建立在叙述者可靠的基础上。如果叙述者以一种反讽的面目出现，即"作者选取的叙事角度，是一个与作者的信念和规范完全不同甚至截然对立的'不可信'

---

① 申丹、王丽亚：《西方叙事学：经典与后经典》，北京大学出版社2010年版，第104页。
② 丰村：《美丽》，《人民文学》1957年第7期。
③ 申丹、王丽亚：《西方叙事学：经典与后经典》，北京大学出版社2010年版，第131页。

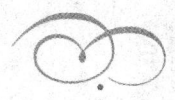

叙述者"①，则会产生截然不同的叙述效果。事实上，这种情况在"十七年"，在公开的文学界几乎是不可能存在的。为了体现对规范和信念的认同，为了追求文如其人的效果（或许虽不能至，然心向往之），叙事者与作者具有同构性。在红色小说中，对正面人物而言，反讽的修辞不可能存在，从这种意义上来讲，叙事者是可靠的。

二 倾向性表述

"小说是一种对意图的创造"②，正因为讲究修辞立诚，讲究文如其人，在主流意识形态的规训下，"十七年"小说带有强烈的倾向性。同时也正因为有着以上所分析出来的叙述效果（真实性），小说对意识形态的倾向性表述也就越明显。

1. 叙述者的选择

正如盖利肖所说："要是想让小说人物讲一个对自己不利的故事，你就让他做主角——叙述者，但如果你希望小说人物是值得赞美的，那对此就要再三斟酌。"③"十七年"小说知识分子叙事在人物设置上可谓与此不谋而合。为了突出知识分子基于自身的有罪感而改变思想、转变立场与工农兵结合的题旨，小说在叙事人的选择上，在小说故事内叙述者的身份上，进行了精心的设置。作者往往以具有某种否定性特质的人物作

---

① ［美］布斯：《小说修辞学》，华明等译，北京大学出版社1987年版，第8页。
② 刘恪：《现代小说技巧讲堂》，百花文艺出版社2006年版，第271页。
③ ［美］约翰·盖利肖：《小说写作技巧二十讲》，梁淼译，北京十月文艺出版社1987年版，第81页。

为叙事视角，以第一人称叙事作为主要叙事方法，以边际状态的知识分子或成长型知识分子作为作品的主人公或是故事、事件的参与者。他们或是大学教师（《艰难的日子》里的教授白晓天、《来访者》中的大学助教康敏夫），或是小学教员（《冬雨》中的小学教师），技术知识分子（《前进的道路》中的自叙人工程师、《在悬崖上》的技术员），大学生（《我的第一个上级》的"我"、《我的引路人》的"我"），革命队伍中还没有无产阶级化的知识分子（《我们夫妇之间》的李克、《美丽》中季玉洁），等等。小说通过他们（边际状态的知识分子或成长型知识分子）的自我反省、自我否定、自我批评、自我忏悔，以现身说法的方式表达对工农大众的崇拜和敬仰。华莱士·马丁说："我们的同情是被那些我们了解其思想的人唤起。"① 所以，这种基于对主流意识形态认同基础上的独特的意识形态布道方式，显示了作者作为主流意识形态的代言人的存在，具有强烈的倾向性和真实性。

《我的引路人》里，"我"空有革命的热情，但在实际的革命行动中胆小、幼稚甚至有几分书呆子气，正如叙述人事后对自己当年只走野外不走村子的提议以及揣石头防身的举动所作的评议："现在想起这个条件来是十分幼稚的。""更幼稚的是我在路上还偷偷揣了一块尖利的石头，准备发生意外时把那人打死，结果这石头只使我们增加了些负担。"② 接连用了两

---

① ［美］华莱士·马丁：《当代叙事学》，伍晓明译，北京大学出版社 1990 年版，第 181 页。
② 人民文学出版社编辑部编选：《篱下百花 1957—1966》，人民文学出版社 2009 年版，第 82 页。

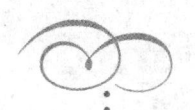

个"幼稚",而且,在此之前,故事中的"我"还引用日本作家厨川白村的话("乡绅的日本啊!"),大发感慨。曲高和寡的感慨和故作聪明的盲目举动真有点唐·吉诃德的味道。在通过敌人封锁线进入解放区的途中,"我"瞧不起护送"我们"的地下交通员老马。他其貌不扬的外表和诙谐风趣的性格让"我们"对他的能力及人品充满了疑虑。但有惊无险地历经几次大的考验,特别是"我们"最终被老马平安无事地送至解放区之后,"我们"彻底被老马的机智勇敢、乐观质朴、敬业与无私的崇高革命精神打动,思想认识发生了深刻变化,精神境界也有了巨大提高,此时,叙述者感慨道:"他在我心中,却是那样伟大,那样永不泯失,甚至他支配了我整个生命和理想。"在同样写人、过程相似、立意相同的《我的第一个上级》里面,自叙人"我"也是个大学生。经过抗洪抢险之后,以前相貌猥琐、动作疲沓的老田,在"我"心目中突然变得伟大起来,他不再仅仅是"我"行政上的上级,更是"我"思想上的上级,精神上的教父。"我"不复有当日刚从学校毕业到单位报到时候的自以为是、看不起劳动人民的思想,自己年轻人特有的冲动、鲁莽的性格也得到改善,并为自己抗洪抢险中的胆小懦弱感到羞惭。这些作品(包括《锻炼》《关连长》《艰难的日子》《前进的道路》等)着眼于通过歌颂人民(工农兵)人格的伟大来凸显自己的渺小,以此展开知识分子的自我反省和自我批评,但还只是停留在知识分子改造问题的浅层。真正触及人的灵魂和知识分子改造问题实质的,则是《我和我的妻子》《在悬崖上》《我们夫妇之间》等涉及知识分子自我反省、自我批判、自我忏悔这些带有自虐倾向的作品。

以《来访者》为例。"来访者""我"（康敏夫）是个大学助教，在当时应该算是比较典型的小资产阶级知识分子。在男权思想和清高意识的支配下，他歧视女性，看不起艺人（当时艺人归属工农兵群体），不仅不愿爱人在外抛头露面，不许她登台献艺，为了所谓的小家庭温暖，和当年余永泽不许林道静出外参加革命活动一样，还限制妻子的活动范围和交往对象，对其进行精神禁锢，由此夫妻两人感情破裂，终致妻子离他而去。他不但伤害了自己，还深深地伤害了别人。事后他悔恨不已，在"我"面前作出真诚的忏悔，甚至于最后借反右运动的机会主动参加了劳改。可以说，他的思想是错误的，行为后果是严重的，忏悔也是深刻的。这点上面已有详细论述。

小说通过精心设置人物的身份、思想，从多个层面展开对小资产阶级思想的批判与解构，具有鲜明的意识形态修辞立场。而且，有论者认为："叙述人或者焦点人物实际上代表了作者的同情，至少是作家的兴趣所在，他们的叙述，他们的意识渗透或多或少是对自我的行为和思想的一种辩护。"① 在这种情况下，正所谓"工欲善其事，必先利其器"，因为对批判的靶子（以具有多重否定性质的小资产阶级知识分子为角色甚至为主角）选择恰当，作品对小资产阶级思想解构得也就相当彻底，作为小资产阶级知识分子叙述人的忏悔也就顺理成章。且看《在悬崖上》的结尾：

---

① 孙先科：《颂祷与自诉——新时期小说的叙述特征和文化意识》，上海文艺出版社1997年版，第62页。

于是，我和加丽亚的初次见面，我们的交谈、散步……都重新涌到眼前来了。我这才第一次冷静的重听了我俩每一句"有诗意"的谈话！重见了"有情感"的每一次来往，我发起烧来了，多卑鄙呀，什么"诗意"，不就是"调情"么？什么情感，不是自我"陶醉"么？这不明明是我那些已不知不觉淡下去了的"趣味"又被加丽亚唤出来，蒙上了自己的眼！被资产阶级感情趣味弄昏了头的人啊！你虽然和爱人结婚很久了，但你并没认识到她的真正可爱处，因为，原来并没完全爱她最值得爱的地方……日常同志们对我的批评，科长说的话，又都象石子似的重新打在我的心坎上。①

叙述者不仅真切地向我们承认了自己的弱点，还真诚地表示了忏悔，恳切的语言足以唤起受述者和读者的深切同情，最大程度地缩短与他们之间的距离②。

2. 独白性叙述

除了在第一人称自述人的身份设定上多少带有否定性特质之外，小说一以贯之的叙述人独白性叙述也是倾向性体现和表述的一个不错选择。我们可以看到，在这些小说里面，主要叙述人不是自述（说自己的事），就是转述（说别人的事），要么就是摹拟（如人物对话），被叙述者叙述的对象根本没有机会叙述现场或者与叙述者对话，更不要说对叙述者的叙述话语作出说明、辩解甚或驳诘了。可以说叙述客体一直都是沉默着，这

---

① 邓友梅：《在悬崖上》，《文学月刊》1956年第9期。
② 徐岱：《小说叙事学》，中国社会科学出版社1992年版，第280页。

是典型的独白性小说特征。所谓独白性小说是指"当叙述主体在作品中掌握绝对的权力,隐含作者的身影君临一切,因而整个'叙述流'只表现出一种声音,体现一种价值观时"的小说。独白性叙述话语最终受制于叙述话语主体发出者"我",也即作品的隐含作者,甚至可以说就是小说的创作者本人。"我"的观点基本上就是创作者本人的观点,尽管作者与叙述者本人的各个方面(如出身、经历、教育、修养、学识)有可能不尽一致,但作品内在的精神指向却是一致的。苏联学者巴赫金认为:"在独白性小说里,人物从属于作者的意识,人物虽然有性格方面的自主权,但没有价值观上的独立性。在作品中,各个人物只是在作'同声齐唱',他们的所作所为最终都是为了反映作者对世界的一个总体认识,服从于他的价值评判的调度。因而其实只是隐含作者自己在通过文本作者独白。"[①] 自述人的独白性叙述裹挟着这种意识形态话语,成为典型的单向灌输的意识形态布道。也就是说,作者通过裹挟着意识形态内容的独白性讲述向读者进行着单向的意识形态布道和灌输,这种典型的倾向性表达可以看作是作者自身的一种自我表白、反省乃至批判。

例如《我和我的妻子》,"我"一边诉说因自己的过失对妻子造成的错误和伤害,一边不断地对自己的错误思想和行为进行评述、分析、总结和忏悔。叙事者自开始叙事起,一直都在自说自话,旁观者始终是个沉默者、倾听者、接受者,根本没有什么驳诘与责难,甚至对话与协商,整个过程就是一个独白性叙述。独白造成一种话语权的垄断,对意识

---

① 徐岱:《小说叙事学》,中国社会科学出版社1992年版,第123页。

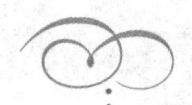

形态无条件地接受和认同。

　　独白性叙述往往还带有为自己辩解的意味。比如叙述人觉得，自己所以会犯错，责任不全在自己，妻子也要承担部分责任。在"我"看来，妻子作为一个"刚从城市里来的女学生"，不但在政治思想上还未成熟，而且性格懦弱、毫无主见，除此之外，还有个人方面的其他客观原因。比如，"我"决定让她放弃学习，和"我"一起走，除了有她的主观因素外，在"我"看来，还有"她怀了孕，在一起好照顾"的客观因素。于是，他找到了为自己开脱的部分理由。带有自我辩解意味的作品当然不只这一篇。如《在悬崖上》，"我"所以会犯错，除了自身的小资产阶级思想还没有彻底铲除干净外，轻浮的加西亚对"我"的勾引也是一个重要原因。小说的结尾为此做了很好的注脚，如前一引文里提到的：

　　　　这不明明是我那些已不知不觉淡下去了的"趣味"又被加丽亚唤出来，蒙上了自己的眼！被资产阶级感情趣味弄昏了头的人啊！①

　　《美丽》中的"我"季玉洁所以一直没结婚，主要是因为自己忙于革命工作，无暇他顾。但是要知道，这种辩解是以认同和敬畏主流意识形态关于知识分子改造为前提和目的的，或许这种辩解包含着一定的私心，但根本不可能脱离这个能够显示作者意识形态倾向性的根本框架。

────────────

①　邓友梅：《在悬崖上》，《文学月刊》1956 年第 9 期。

3. 叙述分层与喜剧性结局

在叙述分层或者回顾性叙述作品里，普遍存在两个叙述层（当然也有三个以上的），一个是现实叙述层，另一个是过去叙述层，两个层面构成两个不同的叙述场景（《我和我的妻子》的现实场景：一对恋人的婚礼；过去场景："我"和妻子的感情由好到出现裂痕最终和好如初），故事的现实寓意就是从这两个不同的场景中体现出来。新人婚姻故事的今天或许会或许又不会发展成为"我们"婚姻故事的昨天。站在一种回顾性立场，或许可以说，"我"和"我"妻子的故事对所有的婚姻都具有警世作用，两者构成对比性十分强烈的寓意结构。衍生叙述层关于过去的故事有一种"示众"意味，通过被看，对原始叙述层中的现在的受述者有明显的镜鉴作用，给人一种恍如昨世之感，不管其如何分层，如何回顾，最终的落脚点只有一个：回到现实，觉今是而昨非，突出现实知识分子必须引以为戒，应当改造的寓意。

喜剧性结局也体现了叙述的意识形态倾向性。和"五四"作家对个性解放、自由追求的悲剧性表现相比，由于"十七年"知识分子作家对历史合目的性发展的未来确信以及由此而具有的乐观精神，这些小说的结局和"五四"时候第一人称叙述的作品结局有很大不同，甚至截然相反。如《我们夫妇之间》《在悬崖上》《我和我的妻子》，作者既写了夫妻矛盾，更突出了夫妻和好。故事由分到合，坏事成了好事，悲剧化为喜剧，同样有正面的教育作用[①]。不仅上述三篇，包括其他作品，

---

① 唐祥勇：《"真实性"与新的文学规范——以萧也牧〈我们夫妇之间〉为例》，《云南大学学报》（社会科学版）2007年第6卷第1期。

知识分子最终认识到自己的错误，意识到改造的重要性，改造成功（白晓天）或决心改造（康敏夫）。

第三节　第三人称叙述

一个有趣的巧合现象是，"十七年"以第一人称叙事反映知识分子改造的作品，普遍集中在中短篇小说里面。所以会出现这种现象，茅盾当年这样解释道："我以为原因之一，大概是作者觉得这个方式适宜于写的短些，换言之，作者觉得，要把艺术概括限制在五、六千字的小地盘，那就最好用第一人称的方式，为什么作者会这样'觉得'呢？因为，在短小的篇幅内用'第三人称'的方式来表现生活，就需要更高度的艺术概括能力。"① 优点也是缺点。对于热衷宏大叙事、普遍拥有史诗情结的中国作家而言，第一人称叙事比较有它的局限性，叙述者的视野相对狭窄就是它最致命的弱点，影响到叙述的发挥，平时小打小闹还可以，真正上得了台面，真正能够严肃而富有深广度地反映本质生活的往往非要第三人称叙述不可。在有些论者看来，第三人称叙述本质上就是第一人称叙述。米克·巴尔就认为："'我'和'他'都是'我'"，"无论讲述者是否提到自身，对于叙述状况并没有什么不同。只要这些语言表达构成叙述文本，就存在讲述者，一个叙述主体。从语法

---

① 茅盾：《谈最近的短篇小说》，《人民文学》1958 年第 6 期。

观点来看，这总是一个'第一人称'。"① 照此而言，如果说第一人称叙述的叙述者是显性"我"，那么第三人称叙述的叙述者就是隐性"我"，第三人称的所有叙述前面都省略了一个认同意识形态的主语/主体——直接作者"我"。应该说，在叙事学里面，最能够明显体现出叙述的逼真性效果和叙述人价值取向的除了前面论述的第一人称叙述，在"十七年"文如其人的创作批评语境里以及在作为主流意识形态代言人的创作者积极介入的叙述姿态下，长篇小说的第三人称叙述所体现出来的真实性和倾向性与之相比甚至毫不逊色。应该说，要体现知识分子作家内心深处的无产阶级主体身份诉求，以第三人称为叙述者的长篇小说也是一个不错的选择，它同样是达成叙述真实性效果的中介和手段。

　　前面已经提到，作为革命历史小说的讲述人并不是谁都有资格充任，除了受到主流意识形态的指摘，还往往必须要是事件的亲历者。如杨沫的《青春之歌》就是在她亲身经历的基础上写成的带有很强自传性质的作品，是一篇"'传记式'的小说"②，"是我的经历、生活、斗争组织的一篇东西"③，所讲述的事件往往与真实的历史事件有很大关联，甚至就是所叙历史事件本身。还有如前面提到的《红岩》等。在这点上，有许多关于这方面的考据，这其中包括作者本人的自叙。其实不止革命历史小说，像反映工农建设的小说，这些作品的作者好多也

---

① ［荷］米克·巴尔：《叙述学：叙述理论导论》，谭君强译，中国社会科学出版社 2003 年版，第 22—23 页。
② 杨沫：《自白——我的日记》，广州花城出版社 1985 年版，第 116 页。
③ 同上书，第 139 页。

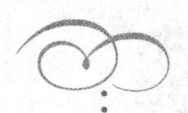

同样是他们所叙述事件的亲历者，如周立波之于《山乡巨变》，柳青之于《创业史》，周而复之于《上海的早晨》，草明之于《乘风破浪》《火车头》，赵树理之于《李有才板话》《登记》《三里湾》，等等。这就在讲述的行为主体和所讲述事件的完成性上确保了作者掌控下的第三人称（全知）叙述的真实性。

  由于作者对自身的主流意识形态代言人和宣传者的身份和角色有意地有效设计和定位，作为第三人称叙述中的"没有固定的观察位置，'上帝'般的全知全能叙述者可以从任何角度，任何时空来叙述；既可高高在上地鸟瞰概貌，也可看到在其他地方同时发生的一切；对人物的过去、现在和未来均了如指掌，也可任意透视人物的内心"①，在这种情况下，叙述者更有权威性，叙述效果更加真实，不容怀疑。也就是说故事外的叙述者除了对故事事件发生的每一个细节仔细地交代之外，还可以不时地站出来对故事中的人物、事件、场景进行评述。为了突出叙述者（作者）所要持守、强调的一切，全知叙述者通常采用无所不知、无所不在的上帝视角对故事世界的一切予以揭示②。比如在《创业史》里，全知叙述者对徐改霞的惋惜和对梁生宝拒绝徐改霞似贬实褒的赞美：

    被事业心迷了心窍的小伙子啊！我们承认：你处理父子关系，处理和王瞎子一家人的关系，处理和郭振山

---

 ① 申丹：《叙述学与小说文体学研究》，北京大学出版社1998年版，第229页。
 ② 申丹、王丽亚：《西方叙事学：经典与后经典》，北京大学出版社2010年版，第132页。

的关系，处理白占魁的问题，都是相当出色的！但你处理和改霞的关系，却实在不高明。老实说：你有点窝囊哩！你为什么要划定恋爱的期限呢？为什么一定要在秋后空闲的时候，摆开恋爱的架势，限期完成呢？看来，你在这个问题上相当拘谨，不够洒脱。没有一点点成功的经验哩。①

这种惋惜和赞美包含着权威叙述者的理性认知和价值判断，以权威性面目出现能够给读者以巨大影响。这些作品里，第三人称叙述的"语言决不是一个由某一主体所使用的客体；它是被某一使用者打出了他的印记的主观化了的客体"②。

当然，并不否认小说文本中会采用第三人称限知视角叙述，比如说，故事外的叙述者有时会暂时放弃自己的视角，采用人物视角来揭示人物对某个特定空间的心理感受，但相较全文来讲，还是从属于全知叙述视角的。限制视角所聚焦人物的想象、思考与体验与其说是从他本人发出，不如说是第三人称全知叙述人发出，叙述者的限制视角最终会回到全知视角，单纯的限知叙述是不存在的。最起码一点，人物之间的转换，第三人称限制视角是难以单独完成的，否则的话，则难以承担起这么宏大的叙述容量。比如林道静，在她的视域内，她可以认为余永泽的眼睛"亮晶晶"而且"小"，可以觉得卢嘉川有着"高高的挺秀身材""聪明英俊的大眼睛"和"浓密的黑发"

---

① 柳青：《创业史》第1部，中国青年出版社1960年版，第771页。
② 徐岱：《小说叙事学》，中国社会科学出版社1992年版，第73页。

而且富有男子汉气,但是对于她视域之外的情况她是不知道的,如卢嘉川被捕经过、狱中不屈不挠的斗争经历和英勇牺牲时候的壮烈场景,除非别人告诉她这些。因此,所有这一切最终还是要在第三人称全知叙述下得以完满性解释,且看小说最后的结尾:

> 无穷尽的人流,鲜明夺目的旗帜,嘶哑而又悲壮的口号,继续沸腾在古老的故都街头和上空,雄健的步伐也继续在不停地前进——不停地前进……①

这样,知识分子改造、成长的伟大意义包括革命历史"也能超越叙述内容而藉着叙述结构延伸下去"②。

所以说,"十七年"小说中的第一人称叙述和第三人称叙述尽管表面的叙述人称并不相同,但就叙述效果的真实性和意识形态表述的倾向性而言,两者还是具有异曲同工之妙。当然,"十七年"小说也有第二人称叙述,但这样的作品很少,且第二人称叙述本质上是第一人称叙述,这里主要是以第一、三人称叙述为例来论述。在这些作品中,叙述者对叙述真实性效果的追求使这些作品倾向于倾向性表述,而表述的倾向性又增强了叙述的真实性效果。这种叙述,构成一种寓言性行为,一种符码化的阐释,不管如何阐释,最终都不可能出离形式的意识形态规定性——真实性与倾向性。纵观"十七年"知识分

---

① 杨沫:《青春之歌》,人民文学出版社1962年版,第670页。
② 陈顺馨:《中国当代文学的叙事与性别》,北京大学出版社2007年版,第11页。

子叙事史，从《我们夫妇之间》——《青春之歌》——《艳阳天》，其实就是一部知识分子的精神自传史、心灵史，叙述视角、叙述方式的选择集中体现了创作者总体性的意识形态修辞立场和表意策略。

第六章

同一性疏离

——叙事者的苦恼

实际上，叙述主体在追求真实性效果和进行倾向性表述的创作过程中，作为中国现代知识分子标志的"五四"启蒙思想往往是现实知识分子内心始终难以摆脱的一种创作情结。文化英雄、知识精英所持守的"世人皆醉而我独醒"的精英意识和超凡品格并没有因此而消弭，"知识分子的思考"[①]反而在知识分子叙事中草蛇灰线般潜在延续，从而导致作品突破主流意识形态的叙事成规和话语规范，呈现出并非铁板一块的客观叙述效果。这种情况在整个"十七年"一直都存在，其中以建国初、1956—1957年这些政治环境较为宽松的时期体现得最为集中和明显。穿行在宏大叙事中的知识分子启蒙话语在讲述话语的时代带来了令人耳目一新且极具审美张力的叙事效应，但由此也给现实知识分子的身份诉求带来了烦恼。

---

① 蔡翔：《历史/叙述：中国社会主义文学——文化想象（1949—1966）》，北京大学出版社2010年版，第122页。

第一节 知识分子的启蒙意识

一 批判性展示

对于"启蒙",康德这样定义:"启蒙就是人们脱离自己所加之于自己的不成熟状态。"而所谓"不成熟状态",是指"不经别人的引导,就对运用自己的理智无能为力"[①]。从启蒙的定义可以看出,由于要实现从一种状态向另一种状态的转变突进,启蒙性往往带有批判性。启蒙所催生的批判性效应能够使启蒙获得不断前进的动力。"五四"一代作家的创作就是最好的明证。那时,包含自由、平等、科学、民主、独立、道德等思想内容的启蒙思潮对现代知识分子影响巨大。无论是在想象的文学世界还是在实际的日常生活,启蒙是他们普遍的价值取向,而批判则是他们反抗不合理社会现实最为常用的战斗武器和抗争方式。从那时起,作为一种情结,启蒙思想一直深刻影响着中国现代知识分子。"十七年"时期,尽管现实知识分子在革命过程中不断寻求对人民和革命的认同,但是知识分子的启蒙意识总能让他们以犀利的眼光透视到启蒙思想所要批判的对象,并且自觉不自觉地通过批判性叙事给展示出来,如几千年以来存在于国人身上的"精神奴役的创伤"——鲁迅所

[①] [德]康德:《历史理性批判文集》,何兆武译,商务印书馆1996年版,第22页。

一直想要消灭而未能消灭的国民性痼疾，包括麻木、冷漠、自私与短视等。

在方纪的短篇小说《来访者》中，知识分子康敏夫自杀时临死前的所见所闻，瞬间的关于车夫言谈、举止、神态的心理描述，就很能突出国人身上的上述特点，甚至是冷血与残忍：

> 车夫是一个健壮的人，而且快乐。他蹬得非常之快，一点也不知道他要送我到什么地方去。车子穿过大沽路，两旁高大的建筑迅速闪过。商店橱窗里的陈设，这时候居然对我发生了诱惑——我从来也没有注意过这些；只在那次给她买大衣的时候。现在又是一件大衣，和她穿的那件一样颜色，式样会……但是已经来到郊区了。眼前是新建的工厂，工人宿舍，从那里面传来孩子的哭声——这多么好！可是来不及了。我开始吐血，大口大口的。起初我不出声，以后抑制不住地呻吟起来。车夫回过头，而且停下了。他的脸色很特别，显得憎恶而愤怒。我害怕了，又可怜起自己来了。想向他说点什么，已经不行了。一张口，血喷出来。我知道完了，用力睁着眼，看那车夫健壮的、显得憎恶而愤怒的脸……①

从叙述者康敏夫关于车夫冷酷的举止和表现的描述中可以看到，作者有意无意地触摸到了自现代以来中国文学中所一直存在的国民性改造的启蒙命题。这段文字前后出现了两个关键

---

① 方纪：《来访者》，《收获》1958 年第 3 期。

词，一个是连续两次出现的"健壮"，另一个就是"快乐"。这些关键词不由让人想到了鲁迅的《呐喊》自序。在这篇序里，作者谈到自己弃医从文的原因，目的就是为了对广大同胞进行思想启蒙，改变国民精神。幻灯片里"一样是强壮的体格，而显出麻木的神情"的国民看客，对同胞被行刑时候的无动于衷甚至以欣赏别人的痛苦和不幸为乐事时候的欢呼雀跃，给了他巨大的心灵震撼，自此他明白："凡是愚弱的国民，即使体格如何健全，如何茁壮，也只能做毫无意义的示众的材料和看客，病死多少是不必以为不幸的。所以我们的第一要著，是在改变他们的精神，而善于改变精神的是，我那时以为当然要推文艺，于是想提倡文艺运动了。"① 不妨可以说，《来访者》在某种意义上对国民精神的批判就是对鲁迅启蒙意图的契合与呼应。《阿Q正传》是鲁迅小说中公认的最具启蒙意识的代表作之一。我们看到，两篇作品之间存在某种程度的互文性。就主人公而言，两人的神智都不是很健全，阿Q给人的感觉是整天浑浑噩噩，康敏夫则具有一定的神经质——过度敏感，以自我为中心，过于自恋。两人都是社会的异类，阿Q是一无所有靠出卖劳动力打短工度日的彻底的"无产阶级"，而康敏夫也是几乎一无所有的一介穷知识分子。置身各自的时代语境，两人均深受周围环境的歧视，被剥夺各种权利。但是，两人都有性爱的追求，比如阿Q某次扭住小尼姑的面颊，调戏说："和尚动得，我动不得？"在"革命"过程中，他还幻想娶赵司晨的妹子、邹七嫂的女儿、假洋鬼子的老婆、秀才的老

---

① 《鲁迅全集》第1卷，人民文学出版社2005年版，第439页。

婆等人。康敏夫则最终冲破各种阻挠和鼓书女艺人结合。而且，两人也均具有极强的大男子主义思想，对女性抱有封建性歧视。阿Q就不用说了，康敏夫则不许妻子外出，更不许她登台献艺。两篇小说的结尾，主人公一个被杀死，一个被劳动教养，而众人——围观者，在知道了他们的结局之后，都觉得罪有应得。不明真相的未庄人在赵举人和赵秀才等未庄封建统治阶层的操纵下，认为对阿Q的枪毙合情合理，而城里的舆论则更显出人性的残酷与麻木："至于舆论，在未庄是无异议，自然都说阿Q坏，被枪毙便是他坏的证据：不坏又何至于被枪毙呢？而城里的舆论却不佳，他们多半不满足，以为枪毙并无杀头这般好看；而且那是怎样的一个可笑的死囚呵，游了那么久的街，竟没有唱一句戏：他们白跟一趟了。"[①] 看似平淡的口吻其实是对冷漠无知的看客深刻到家的反讽与调侃。而在《来访者》中，"我"听完来访者康敏夫倾诉完自己苦难不幸的遭遇后，心有不忍，悄然动容，怜悯之情油然而生，并引起了"我"的深思："我走回办公室去。感到又激动又疲倦，像做了一个不祥的梦，刚刚醒来。这是一个什么人？他的故事，说明了什么？"可以说，这是普遍的人类情感对"我"内心的强烈冲击产生的一种人性的觉醒、思想的萌动。作者在此隐晦曲折地表达了对造成普遍人性压抑的政治语境的深刻反思。笛卡尔说"我思故我在"，不断的追问是作家自我意识的深刻呈现，体现了人本意识的理性自觉。

但是，这种同情、怜悯、思考和对心灵的冲击是不可能超

[①] 《鲁迅全集》第1卷，人民文学出版社2005年版，第552页。

越历史、超越阶级和超越时代的,所以,我们看到,作者的相关表述是含蓄的,往往点到为止。胡乔木认为:"离开了具体的社会关系和具体的社会发展状况来谈论人,并由此谈论人性、人的本质、人的价值,那么,这种以人为出发点的命题,就只能是抽象的人道主义,实际上也就是资产阶级人道主义的命题。"① 在政治气候回暖的 20 世纪 80 年代,主流意识形态在此方面的政治裁决尚且如此,在政治形势日趋严峻紧张的"十七年",情况就更加可想而知了。在同事的提醒和劝告下,在政治理念的规训下,"我"幡然醒悟,觉得康敏夫罪有应得,以至于"因为反右派斗争紧张,工作忙得不可开交,而且自从看清楚了这种人,心里生出了一种绝对的厌恶,就像那个女演员对他那样;便也渐渐忘记了这件事"。所谓"忘记了",名义上是对主流话语的皈依,站在"五四"启蒙的立场,则意味着心灵的麻木。这就很隐晦地暗示了"我"冷漠的看客姿态。而所谓的看客不仅仅是见死不救的车夫,以及作为革命干部的"我",还包括"我"周围的一大群人。小说最后,"我"的同事以罪有应得、幸灾乐祸的口吻,向我讲述了非工农阶级的右派知识分子康敏夫日后与他的具有劳苦大众身份的鼓书艺人妻子在家庭生活上的矛盾纠葛以及他的坎坷遭遇。康敏夫的一切俨然成了"我们"的笑料和谈资。以致终了,谈及康敏夫的狼狈情形,小说有着一个意味深长的结尾:"她笑起来,我也笑了。"这种从政治理念出发、附和主流意识形态意义上的"笑",隐含了作者对政治话语遮蔽下普遍的人性异化和个人

---

① 胡乔木:《关于人道主义和异化问题》,人民出版社 1984 年版,第 12—13 页。

主体性缺失的批判性思考，颇有深度内涵。

对国民劣根性的批判同样体现在萧也牧的短篇小说《我们夫妇之间》①里面。这是建国以来第一篇受到主流意识形态批判的小说。小说的第三节《她真是一个倔强的人》提到，一个小孩在舞厅门口向客人们要钱，无辜挨了舞厅老板的打。小孩不服气向舞厅扔了石子而再次挨了舞厅老板的打。当此之时，

> 只见有一个胖子，西服笔挺，像个绅士，一手抓住一个十三四岁的小孩，一手张着五个红萝卜般粗的手指，"劈！劈！拍！拍！"直向那小孩的脸上乱打，恨不得一巴掌就劈开他的脑瓜！
>
> 那小孩穿着一件长过膝盖的破军装，猴头猴脑，两耳透明，直流口水……杀猪般地嚷着："娘嗳！娘嗳！"嘴角的左右，挂下了两道紫血……

而面对此情此景，

> 看热闹的人，越来越多；抄着手的、微弯着头的、口含着烟卷儿的……但是，都很坦然！

无助的哀号，以强凌弱的场面，看客们麻木陶醉的神情，"在我看来，也已经是很生疏的了！觉得很不顺眼。"有论者认为，"知识分子批判国民性的启蒙意识和对民众哀其不幸、怒

---

① 萧也牧：《我们夫妇之间》，《人民文学》1950年第1期。

其不争的悲悯情怀在面对愚昧麻木的看客鉴赏别人的痛苦与不幸的场面时往往表现得淋漓尽致，这种看客心理反映了我们民族在过熟过烂的传统文化的酱缸里染成的以鉴赏别人的不幸和创伤来缓解并释放自己久遭压抑的痛苦的畸形心理。"① 轻微的笔触，透露出作者内心深处人性的闪光。同时，对比妻子的见义勇为让"我突然觉得精神上有点震动"，"我"的不敢及时制止从另一方面也反映了自身的懦弱和麻木，是知识分子含蓄的自我批判和贬抑的体现。

批判性写作态势在王蒙的《组织部来了个年轻人》中体现得尤为明显。这篇小说超脱了以往一般小说对人情、人性和人道主义的启蒙诉求，而直接突入政治层面，通过某区委组织部新来的年轻工作人员林震有心无力的艰难遭遇和困惑未解的心路历程，批判了区委组织部存在的拖沓、麻木和冷漠的官僚主义现象。包括刘宾雁的《在桥梁工地上》《本报内部消息》等，这些作品不仅在"大鸣大放"的1956年到1957年上半年宽松的时代政治氛围中，而且在整个"十七年"时期，对官僚主义现象的批判都具有典型的代表性意义，所体现出来的独战多数的个人奋斗精神和对社会不合理现象的批判意识，是"五四"启蒙思想在当时的理性反响，在社会主义现实主义创作方法受到极大推崇的语境下，很大程度上偏离了主流政治文化的叙述成规。

---

① 曹金合：《敞亮与遮蔽——论〈我们夫妇之间〉的话语叙述策略》，《哈尔滨学院学报》2009年第12期。

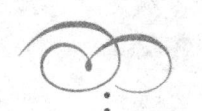

二 自主性呈现

"十七年"时期，尽管个人话语是社会主义现实主义的话语禁忌，但有些作家还是在作品中不由自主地反映了人情、人性、人道主义、主体性等内容，显露出思想启蒙的症候。正如程光炜所说："有一些作家，尽管主观上意识到个人主义对革命的'危害'，在实际创作过程中，又会出于艺术良知而'情不自禁'地去服膺生活和人物性格的逻辑。"①《创业史》中的徐改霞和梁生宝所以会分道扬镳，是与前者作为一个具有一定文化程度的知识分子觉醒的个人主体意识分不开的。对于梁生宝，有论者评价道："在他身上，既继承了老一辈农民忠诚厚道、勤劳俭朴、坚韧不拔的传统美德，又增添了目光远大、朝气蓬勃、聪明能干、克己奉公、富于自我牺牲精神，带领广大农民摆脱贫困，走社会主义道路的时代色彩。"② 在感性层面，新式农民梁生宝身上所体现的共产主义崇高品德让徐改霞折服，一度成为一心求上进的她崇拜并爱恋的对象。但是，爱情、婚姻、家庭毕竟只是两个人的事，具有很强的个人私密性。改霞敏感地意识到，假如自己在婚后也和梁生宝一样全身投入农业合作化集体事业（事实上，她又无法让自己在事业上选择退缩），以两个人的个性，势必造成家庭与事业上的矛盾，为此她进行了深入的理性思考：

---

① 程光炜：《关于五十至七十年代文学中的知识分子形象》，《文学评论》2001年第6期。
② 汪明凡主编：《中国当代小说史》，广西人民出版社1991年版，第143页。

超越他者○成为主体——人民文艺视野下中国当代作家知识分子叙事研究（1949—1966）

改霞想：生宝和她都是强性子年轻人，又都热心于社会活动，结了亲是不是一定好呢？这个念头，自从五月之夜不愉快的幽会中从她脑里萌起以后，她就再用铁镊子也夹不出去了。她想：生宝肯定是属于人民的人了；而她自己呢？也不甘愿当个庄稼院的好媳妇。但他俩结亲以后，狂欢的时刻很快过去了，漫长的农家生活开始了。做饭的是她，不是生宝；生孩子的是她，不是生宝，以她的好强、好跑，两个人能没有矛盾吗？……在狂热的时候能放任自己的感情冲动，在冷静下来的时候，改霞也能想得很远很宽。①

思考中的改霞最终以理性战胜了感性。因为无法调和公共空间与私人领域、共产主义集体事业与婚姻爱情的私人生活之间的矛盾，倔强而坚强的她无奈地选择了离开梁生宝，投入到另一个地方的社会主义工业化建设事业当中。在此过程中，改霞所有的一切理性思考和痛苦的徘徊与抉择，无疑显示了作为知识分子的她冷静而清醒的主体性意识和独立自主的人格特征，是个性主义意识的积极意义呈现。从叙述者的叙事语气和叙事态度可以看出，作者对改霞的选择是同情、无奈、惋惜和理解的。换句话说，作者并没有把她塑造成为那种顶天立地的不食人间烟火的女性革命英雄形象，而是努力按照人性的本来面目去表现她的生命意识和生存状态。这表明作家在这一点上其实是站在启蒙的价值立场上。

---

① 柳青：《创业史》第 1 部，中国青年出版社 1960 年版，第 769—770 页。

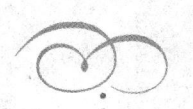

能体现上述特点的，比较典型的当属宗璞的《红豆》无疑。应该说，江玫与齐虹的悲剧爱情，与江玫作为一个知识女性的独立意识分不开。尽管齐虹拥有着富有魅力的外表，但他过于自我、专制、粗暴、悲观的性格，让江玫恐惧于把他作为自己一生幸福的托付，从小说关于两人爱恋的多处叙事可以看出，江玫始终在享受一种没有安全感的、胆战心惊的甜蜜。而富有思想且宽容、大度、热情、勇敢、善良的同屋室友萧素大姐般的关爱和慈母般的呵护，给了她一种风雨之中快要倾覆的小舟泊岸的安全感和反抗自己懦弱性格的力量和勇气。撇开政治因素不谈，可以说，他们最终的劳燕分飞，是他们两人各自独特的个性使然，他们的悲剧是一出性格悲剧。

　　当然，他们爱情的悲剧更是时代的必然。身处两个阶级阵营的他们，在当时的语境下，就如前文所分析的，他们的爱情是不可能脱离时代、历史和阶级的，注定生不逢时。

第二节　独特的叙事张力

　　从上文的分析可以发现，这些作品一个最大的叙述特点，是竭力在作品中营造一个欲罢不能的两难困局（如国民性与人民性的矛盾，爱情与革命的冲突，感性与理性的纠结，情与欲的缠绵，人情、人性与政治性、阶级性的两难以及小我、个人与大我、集体的对峙等），在二元对立的思维模式下，让主人公（包括作者）在批判或是认同上述二者之一中作出艰难而痛苦的历史抉择。但是，无论如何，政治文化的存在始终像一柄达摩克利斯剑高悬于作家的头顶，主导着作家的创作走向，前者还是要让位于后者，启蒙话语最终还是要让位于主流意识形态权力话语。如康濯对萧也牧《我们夫妇之间》评价道："发表的初稿记得确有过缺点，主要是对工农干部个别地方似略有丑化，对知识分子干部一二细节的点染或有过分。"① 确实，这些小说在细节、局部的叙述描写上显得生动、形象、具体，更具审美感应力，但在总体、整体而言，还是不能摆脱公式化、概念化的窠臼；且叙事分层又不可避免，小说文本内在的叙事罅隙因此而产生，伴随而来的是叙事结构富有张力的审美体现。

一 反讽与复调

以《来访者》为例。从上文对它所进行的分析可以看出，这篇小说的知识分子改造主题下隐含了一个内在的反语，在显在主题与潜性话语之间存在一个反讽性叙述结构——尽管现实语境是新中国，但旧的国民性痼疾还是没有因此而改变，从而造成对小说知识分子改造主题的内在颠覆与消解。且由于小说采用的是嵌套式叙述策略，里外两层中以第一人称出现的叙述主体的政治身份、叙述立场以及叙述出发点并不相同。康敏夫在作为叙述主体的叙述过程中，时刻敏感着作为倾听者和裁决者的党委机关干部"我"的无情，不时质疑"我"那不置可

---

① 萧也牧：《萧也牧作品选》，百花文艺出版社1979年版，第13页。

否的冷漠，揣摩并试图改变"我"原有的价值立场和思想态度："你明白吗？""你不要总是对我摇头吧！""你不要笑！""对我的不幸，一点也不同情？"① 一个典型的"孤独者"。而"我"尽管有过片刻的犹豫，片刻的心灵悸动，但最终还是从理念出发，回到了最初的价值判断，认定"他"是右派典型，自己不应有妇人之仁："完全女人见识，就是不会从政治上看问题。""反右斗争越深入，这个人的面目，在我心里就越清楚了。"于是造就了两个叙述主体之间实际上的对话与辩诘的复调关系。有论者注意到："置于政治意识形态立场，'我'的强势声音完全能压过康；倘若依照情感、人性的价值取向，'我'则无疑落在了复调话语论辩的弱势地位。"② 这样，通过结构性反讽式叙述和复调性论辩式话语，造成了文本主流意识形态叙事与知识分子叙事之间的裂隙，也就是说，在小说的政治话语和小说的文化透视与审美阐释之间营构出强烈的叙述张力。

二 唯美情怀

另外，在启蒙意识自主性呈现的小说里面，知识分子叙事所体现出来的带有唯美色彩的艺术情怀，让这些作品的审美品格显得更为突出。同样以第一节提到的《红豆》为例。这篇小说尽管篇幅不长，但在有限的篇幅里却不仅实现了题材的重大

---

① 方纪：《来访者》，《收获》1958 年第 3 期。
② 张勐：《从拯救者到零余者——方纪〈来访者〉透视》，《文艺争鸣》2007 年第 11 期。

突破（写爱情，特别是写了两个对立阶级出身的大学生之间缠绵悱恻的爱情），且包含了太多的知识分子启蒙话语的个性元素。如关于男女主人公江玫和齐虹爱情的描写，既超越了阶级的视域，也复活了中国古代文人（尤其是士大夫）独特的古典审美情怀，也表征出现代知识女性微妙细腻的感触和敏感情思，很具有唯美色彩，是丰富而复杂的生命感性内容的真实呈现，如以下描写：

> 就这样，他们开始了第一次的散步，就这样，他们散步，散步，看到迎春花染黄了柔软的嫩枝，看到亭亭的荷叶铺满了池塘。他们曾迷失在荷花清远的微香里，也曾迷失在桂花浓酽的甜香里，然后又是雪花飞舞的冬天。①

多么富有诗意的语句，多么令人留恋的情怀。由迎春花而荷叶、荷花、桂花最后到雪花，春夏秋冬，一年四季，岁月的轮回见证了他们持续演进的恋情和由浅到深的美好感情。所谓"好花不常开，好景不常在"，各种昙花一现的意象，尤其是雪花的意象，既意味着他们情感的纯真，也意味着良辰美景的短暂易逝，同时包括一种对过往甜美情感的美好回忆。当往日的一切随着时局的变换而欲爱不能且一去不复返时，他们的恋曲于是成了一首凄凉华美的绝世挽歌，一如他们都很喜欢的苏东坡的那首对其妻深情怀念的表白之作——《江城子》（"十年生死两茫茫，不思量，自难忘。千里孤坟，无处话凄凉。"），缠绵

---

① 宗璞：《红豆》，《人民文学》1957年第7期。

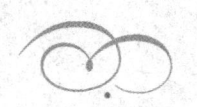

徘徊于对往昔岁月回忆的当事人心底，不断被浅吟低唱。整部作品，雪花的意象、冬天的场景贯穿于现实的描述和过去的回忆，各自前后呼应于两个层面，在思想启蒙和政治革命的双重变奏中，有情人不能成眷属的遗憾和哀愁被烘托得遍披华林，缠绵悱恻的两性情感和华美感伤的气韵格调在作品的场景描写中于此被渲染得淋漓尽致。确实，当这样的知识分子私人话语、个性叙事、审美情调与宏大叙事纠结在一起时，小说丰富的人文阐释空间和艺术审美内涵便自然包蕴其中。

通过以上分析可以看出，最具审美内涵和阐释空间的书写，确实存在于类似上述小说的整体性张力叙事当中，如有限的批判与最终的赞同，局部的偏离与总体的赞成，在某些方面造成了对"十七年"小说单一化写作模式的某种程度的突破。

第三节 "一切批评都是政治的"

顺着历史的足迹，总体回顾"十七年"小说可以发现，知识分子启蒙叙事主要从两方面突进：一是在政治意识形态上通过对人情、人性、人道主义、主体性的呼求和对社会消极现象的批判在政治上显示一种积极介入的姿态，由此而来的就是，作为对文学工具化的反拨，在艺术审美上实现文学自主性的诉求。他们的创作对当时普遍存在的类型化小说创作模式和审美观念造成巨大冲击。以今天的眼光看来，我们无法否认它的积极意义，即使是很微小的作用，比如对当时社会消极现象的批评甚或批判以及对人情、人性和人道主义的吁求，就带有强烈的政治干预性质。伊格尔顿曾高调宣称一切批评都是政治的，认为："所有批评在某种意义上都有政治性。"① 而且，作品带有的强烈艺术审美特性也不乏马尔库塞所说的"通过审美救赎政治"的美好设想。马尔库塞曾明确地肯定："即使在政治内容完全缺乏的地方，也就是说，在只有诗歌存在的地方，都有可能具有政治性的艺术。"② 革命是自由的争取，这与"五四"思想启蒙的特性是一致的。许多知识分子在特定的年代所以最终走上革命的道路，就是启蒙精神作用的结果。典型的如《青春之歌》。主人公林道静受"五四"思潮影响造就的对个性自由的不懈追求，是她冲出旧家庭反抗旧社会的平台，也是她最终成长为一名共产主义革命战士的逻辑起点和一贯动力。应该说，思想启蒙在此发挥了巨大作用。她所以抛弃旧家庭、离开最初的恋人余永泽，最终接纳卢嘉川、江华，是与她强烈的个性追求、独立自由的人生向往分不开的，在此，"五四"启蒙思想充当了历史不自觉的工具。这部带有很强自传性的作品让作者有意无意地很客观地表现了这一点，所显示出来的思想启蒙效果反映了这些现实知识分子不同程度存在于他们身上的社会责任感和历史使命感。应该说，这些人的出发点是好的。但在当时的主流意识形态看来，无疑是不切实际、脱离时代、脱离阶级，甚至是站在资

---

① ［英］特雷·伊格尔顿：《二十世纪西方文学理论》，伍晓明译，陕西师范大学出版社1987年版，第231页。
② ［美］赫伯特·马尔库塞：《审美之维》，李小兵译，广西师范大学出版社2001年版，第173页。

产阶级立场上来对抗主流意识形态的。

一 审美介入

也就是说,启蒙的作用具有积极和消极的两面性。阿多尔诺在《启蒙的辩证法》里面强调,启蒙是把双刃剑,既能够造就人主体性的释放,也会因过度启蒙导致人性的异化,从而走向反启蒙。反观"十七年"知识分子启蒙话语,显然还没有达到阿多尔诺所说意义上的启蒙过度性、异化性,但在一元化的政治文化语境下,曾经在救亡运动中发挥过巨大作用的启蒙话语,在某种程度上并不符合主流意识形态一体化的现实需要。对于叙事与知识结合的合法性意义、存在的效果和价值以及样态,利奥塔认为:"我们所谈论的合法化方式重新引进叙事作为知识的有效性,这一方式可以有两个发展方向,它或者把叙事主体表现为认知主体,或者表现为实践主体;或者是知识的英雄,或者是自由的英雄。由于这种抉择的存在,不仅合法化并非有相同的意义,而且叙事本身也已经显得无力提供一个完整版本的合法化了。"[①] 可以说,正因为以启蒙话语为主要内容的知识分子叙事所具有的这种天然的、不安分的分裂特性,一旦它突入强调集中、统一、宏大叙事等主流意识形态政治话语范畴,势必造成两类话语之间的不协调乃至剧烈的冲突。这也正是利奥塔反对存在于政治意识形态领域内的总体性、系统性、元叙事和宏大叙事的出发点。法兰克福意识形态批判理论

---

① [法]让-弗朗索瓦·利奥塔尔:《后现代状态:关于知识的报告》,车槿山译,生活·读书·新知三联书店1997年版,第65页。

认为:"除了意识形态可以使统治阶级所控制的制度、实践、价值和社会秩序取得合法性之外,又有什么东西可以使叙事合法化呢?"① 利奥塔对此持怀疑态度,因为他不仅看到叙事和意识形态结合的可能性,也看到了叙事与知识结合的可能性,更看到了叙事、意识形态、知识三者共存时所产生的一定程度的不相容性。

从"十七年"启蒙叙事所造成的对主流意识形态思想的冲击、美学样态的另类呈现以及与政治话语所强调的英雄主义、集体主义、乐观主义的红色基调一定程度上的出入,特别是表现在文学作品中作为权力话语的异己造成的叙事分裂事实来看,利奥塔所说的不相容性是有一定道理的,尽管我们并不一定认可他对政治意识形态领域内的总体性、系统性、元叙事和宏大叙事的怀疑与批判,启蒙话语还是被认为在一定程度上造成了意识形态的某种"分裂"。比如从《组织部来了个年轻人》里面的多处叙事可以看出,赵慧文和林震之间的情感已经超越了简单的同志范畴而有爱情的元素在里面,出于革命政治、伦理道德等诸多方面的禁忌,两人都在极力克制这份情感。叙述者对于他们之间的交往表现得多少有些暧昧与感伤,比较典型的是关于林震去赵慧文家两人分别时候的描写,读来颇有李商隐无题诗的韵味:

> 临走的时候,夜已经深了,林震站在门外,赵慧文站在门里,她的眼睛在黑暗中闪着光,她说:"今天的夜色

---

① [美]道格拉斯·凯尔纳、斯蒂文·贝斯特:《后现代理论》,张志斌译,中央编译出版社1999年版,第318页。

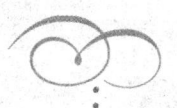

非常好，你同意吗？你嗅见槐花的香气了没有？平凡的小白花，它比牡丹清雅，比桃李浓馥。你嗅不见？真是！再见。明天一早就见面了，我们各自投身在伟大而麻烦的工作里边。然后晚上来找我吧，我们听美丽的《意大利随想曲》。听完歌，我给你煮荸荠，然后我们把荸荠皮扔得满地都是……"①

即使在今天看来，上述场景也是小资意味十足的。难怪李希凡当时就用充满讥讽的语言批评了这一点："然而，人们从这里所感受到的，难道不是一种似曾相识的陈腐老调和淡淡的哀愁吗？那么，这种感情境界，究竟是什么样的幅度上'表现'了我们革命时代的青年，是可想而知了！"进而他将这种批评上升到很高的政治高度，认为王蒙的这种爱情表现加上作品中的批判思想是"一种值得注意的不健康倾向"。他说："这种倾向只能用毛泽东的一段值得我们反复深思的名言来概括：'小资产阶级出身的人们总是经过种种方法，也经过文学艺术的方法，顽强地表现他们自己，宣传他们自己的主张，要求人们按照小资产阶级知识分子的面貌来改造党，改造世界。'"②应该说，这种言论在当时是很有话语权的。对此，持有"五四"启蒙精神的知识分子或许无可奈何，尽管作家服从了时代要求便意味着作家赖以存在的艺术创作也必须同时服从

---

① 王蒙：《组织部新来的青年人》，《人民文学》1956年第9期。该作原稿题目为《组织部来了个年轻人》，发表时编辑部作了改动。
② 李希凡：《评〈组织部新来的青年人〉》，洪子诚《二十世纪中国小说理论资料》第5卷，北京大学出版社1997年版，第184页。

于时代需要，而出于艺术良知和对艺术规律的尊重，作家还是会在具体的创作上强化艺术性①。

显然，我们不能据此认为他们的上述做法是故意要置自己于主流意识形态的对立面，据此怀疑他们的政治立场。关于艺术自主性的获得是否一定要以丧失它的介入性为代价，彼得·比格尔对此进行了批判性思考，经过一系列考察，他发现："十九世纪的唯美主义以后，艺术完全与生活实践相脱离，审美才变得'纯粹'了，但同时，自律的另一面，即艺术缺乏社会影响也表现了出来。"②"审美经验是作为社会子系统的'艺术'将自身定义为一个独立的领域之过程的积极的一面，其消极的一面是艺术家失去任何社会的功能。"③ 显然，彼得·比格尔对此问题是持否定态度的。确实，古今中外的大量文学现象业已表明，在很多情况下，"审美话语以它特有的表达方式和发生作用的方式介入了一定的政治现实"，"审美话语和社会意识形态之间在一种基本的联系中存在着一种张力，在这种张力的驱使下……'一切批评都是政治的'。"④

二 否定的辩证法

"十七年"时期，除了像巴金、老舍、曹禺这些极具左翼

---

① 孟繁华：《梦幻与宿命——中国当代文学的精神历程》，广东人民出版社1999年版，第110页。
② ［德］彼得·比格尔：《先锋派理论》，高建平译，商务印书馆2002年版，第88页。
③ 同上书，第101页。
④ 段吉方：《意识形态与审美话语——伊格尔顿激进美学的逻辑和立场》，《广西师范大学学报》（哲学社会科学版）2005年第3期。

倾向的自由主义、民主主义知识分子之外，其他非左翼知识分子基本上都失去了话语权，如沈从文、朱光潜、萧乾等。应该说，能够有权利在公开的刊物上发表文学作品的，大都是左翼知识分子，"文以载道"——载主流意识形态之道、对人民话语的认同与趋附是他们创作的一致取向和共同目标。这是当时情况下作家内在的心理诉求和外在客观现实两种力量相互作用的必然结果。但是，这些知识分子，尤其是在1957年反右运动中被打成右派的知识分子作家，他们一直以来都难以放弃他们内心深处固有的"五四"启蒙情结，难以放弃作为文化知识分子的知识精英和文化英雄的内在思想诉求。尽管在主流意识形态看来，他们创作中的这一启蒙趋向，无疑显示了他们作为持异见者的姿态存在，不仅不能体现时代精神，反而落后于时代，甚至站在时代政治的对立面。从周扬等人对胡风等的批判持续升级最后完全打倒使之彻底丧失话语权一事实就可以充分显示这一点。但这些持有"五四"启蒙思想的左翼知识分子甚至第三方——自由主义知识分子却并不认可这种看法，相反，正如有论者所论："他们至死都认为自己是忠诚的马克思主义者，'自由主义作家'视他们左的出奇是情理中事"，虽然"左翼'主流派'则把他们当作'异端'、'右派'、'混进'革命队伍的'资产阶级分子'"①。事实上，这些人普遍于早年就加入了中国共产党，有光荣的革命经历，仅以上述例子的作者方纪、萧也牧、王蒙、柳青、宗璞等为例，他们中除了宗璞是在解放后的1956年，王蒙是在解放战争时期1948年加入中

---

① 洪子诚：《中国当代文学史》，北京大学出版社1999年版，第51页。

国共产党外,其余几人早在抗日战争时期就加入了共产党,对之怀有深厚的感情和坚贞的信仰,比如,评论界就一致认为王蒙有着深刻的"少共"精神。对于他们,我们没有理由怀疑他们对党的忠诚度,文革后中国共产党对这些人的陆续平反就是最好的证明。如对于胡风冤案的最终昭雪,有论者指出:"历史是公正的,它经过曲折之后,终于宣告胡风无罪,终于确认无辜者的无辜,圣洁者的圣洁。"① 从胡风的三十万言书到赵树理迫害致死前单单亲笔书写毛泽东《卜算子·咏梅》中的两句("俏也不争春,只把春来报。待到山花烂漫时,她在丛中笑。")等言行来看,他们身上既有深厚的启蒙情结,更有中国传统士大夫的谏士、诤臣情结在。刘宾雁说:"只要你从生活实际出发,深信自己所写的东西对党对人民有利,就不必怕,它一定会受到党的欢迎。"② 有论者这样评价写作《红豆》时候的宗璞:"正如很多愿意改造的知识分子一样,宗璞有一个难以改造的'自我',促使她以她那种温和的方式,履行一份批判社会的职责。"③ 王蒙对自己写作《组织部来了个年轻人》作了这样辩证的表白:"基于我们对党的赤诚的爱,当然也包含着年轻人的理想主义和不尽切合实际的要求,我们也正视了生活中的一些消极因素,我们也曾经尝试着把我们自己的幼稚的观察和思索的果实交给党、交给人民。初生牛犊不怕虎,我们也可能有幼稚、有冒失甚至也有些荒唐,但我们没有二心,没有市侩气,不懂得阿谀奉承和投其所好,在党组织和

---

① 李辉:《胡风集团冤案始末·序》,人民日报出版社1989年版。
② 刘宾雁:《和奥维奇金在一起的日子》,《文艺报》1956年第8期。
③ 陈顺馨:《1962:夹缝中的生存》,山东教育出版社2002年版,第259页。

领导同志面前，我们从不设防。"① 他们无一不把自己看作是忠诚的共产主义战士，具有九死未悔的为之献身的精神，并始终对美好的未来充满坚定的信念。否定的否定就是肯定，他们的这种写作方式，只不过在"否定的辩证法"（阿多尔诺语）逻辑思维理念的推动下以另一种范式实现这种诉求。以"对党对人民是否有利"作为自己创作的动力、标准和出发点，这一观念在当时是具有代表性的。同时，他们也应该意识到，他们以这种叙事姿态（以谏士、诤臣的身份参与主流意识形态的批判性叙述和自主性呈现）出现，也未必就能得到主流意识形态的认可。为了使自己的创作意图能够被更好地接纳，最后还是要采用中国传统的讽劝结合的方式回到政治叙事的原点。

同时，在强调知识分子改造的语境下，作为知识者，作为需要改造并且继续需要改造的知识者，知识分子作家不想被主流意识形态排斥、放逐、敌视乃至专政，通过写作来获得主流意识形态的身份认同无疑是他们的一项重要的政治实践和表意策略。《来访者》中，康敏夫实际是作者被压抑自我的外化，艺术人格的体现。他的劳教意味着知识分子对主流意识形态的归顺和臣服。就像苏联小说《第四十一个》中徘徊于爱情与革命之际的红军女战士玛柳特卡为了崇高的革命事业忍痛让与自己阶级立场相对的恋人成为倒在自己枪下的第四十一个敌人一样，江玫最后也在撕心裂肺之中"枪毙"了自己那份条件不成熟的爱情。这样的举动，未必不是现实生活中作为需要改造的知识分子宗璞自己皈依主流意识形态话语意愿的真诚传达。没

---

① 中国文学艺术界联合会编：《开辟社会主义文艺繁荣的新时期》，四川人民出版社1980年版，第48页。

有敌人也要树立一个敌人，包含爱情在内的启蒙话语是手段、是媒介，更是自己渴望被主流话语认同的心迹证明。

所以说，他们这样做的实际目的很大程度上是为了凸显知识分子作家自己在以另一种方式迎合主流意识形态，是为了实现作为他者的他们身份转换的政治诉求或者巩固他们已然的革命者政治身份。

这就在事实上造成了一个独特的叙事现象：总体肯定的倾向性叙述与局部、细节的否定性叙述（如《我们夫妇之间》，肯定并皈依了妻子的政治思想，却在生活观念上否定了她的粗俗甚至是自私等；《组织部来了个年轻人》中年轻干部林震尽管自己的政治动议受到打击压制，为此而困惑沮丧，却在区委书记的高大侧影中多少看到了希望），欲而不能的两难抉择（如《青春之歌》林道静在三个主要男人之间的选择、《红豆》中江玫在革命与爱情之间选择），欲言又止、欲说还休的隐晦性叙述（如《来访者》《我们夫妇之间》对新时代仍存有旧国民性的工农大众的批判等）。由于政治逻辑的、文化心理的、道德伦理的、艺术审美的等各种因素的影响，小说的倾向性表述和真实性效果之间常常造成内在的分裂和龃龉，从而在文本的审美意蕴和思想空间呈现出"十七年"时期难得一见的丰富的叙事张力，或者说，这种分裂和龃龉造就出来的叙事张力充分暴露了创作者矛盾、复杂、分裂的人格心理。在生活真实、艺术真实和本质真实三者之间，叙事者（作者）经常会混淆它们的差别，往往因为倾向于前面两项而又难以舍弃本质真实，在灵魂的挣扎和人格的分裂情况下导致三者的错位和重置。有论者认为："美学话语是作为一种鲜明的政治意识出现

并发挥影响的政治实践方式,它的精神本质就是后殖民理论的奠基人萨伊德所说的'反抗各种形式的暴政、统治和滥用权力'。"① 基于这一点,我们没法否认在当时日趋严峻紧张的政治形势下启蒙话语不被意识形态认可的当然性,知识分子作家在自己人民身份的竭力建构过程中客观上造成自己人民身份诉求的消解也就理所当然了。

在这样的叙事中,在主流意识形态叙事成规的规约下,"十七年"作家的知识分子写作犹如戴着镣铐跳舞,左支右绌于审美与政治、现实与超验、此岸与彼岸以及个人体验与宏大叙事的叙事夹缝之中,成为苦恼的叙事者。而这个问题只有在"文革"之后才能够得到有效缓解。

---

① 段吉方:《意识形态与审美话语——伊格尔顿激进美学的逻辑和立场》,《广西师范大学学报》(哲学社会科学版) 2005 年第 3 期。

第七章

人民性皈依

——异质而同构

在强调本质真实和政治倾向的一体化叙事语境下,"十七年"小说知识分子叙事过程中所体现出来的暧昧、模糊甚至是逾矩(同一性偏离)的小资产阶级知识分子个人话语必然要受到主流意识形态的规训,如质疑、批评、指责、批判等。当此之时,有三个阶段的外在环境比较宽松,思想意识比较自由,分别是:还没有大规模政治批判运动的建国初的两三年(当时尽管有思想改造运动,"但这次运动主要针对的,是非体制知识分子",且比较后来的运动相对温和①),1956—1957年的双百方针时期以及1961—1962年的国家"调整、巩固、充实、提高"的政策调整时期。应该说,这三个时期知识分子的小资产阶级个人主义意识最为活跃,显露得最为明显。但是,一旦时过境迁,政治气候发生改变,这些小资产阶级个人主义

---

① 黄平:《有目的之行动与未预期之后果——中国知识分子在50年代的经历探源》,许纪霖编《20世纪中国知识分子史论》,新星出版社2005年版,第410—413页。

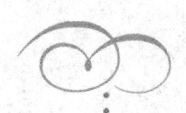

意识往往会受到比以往更为严厉的规训。有些作家据此做出了适应形势需要的调整，主流意识形态所强调的知识分子叙事的基本规则就是在这过程中不断得到落实和定型。所以，以这三个时期在知识分子叙事上富有代表性的作品所经历的遭遇进行分析，往往具有典型意义，最能说明规训的特点，也最能反映知识分子叙事的流变和创作者心理。基于此，以下四节就重点以上述三个时期比较典型且反响比较大的以知识分子为表现对象的小说（《我们夫妇之间》《组织部新来的青年人》《青春之歌》《艳阳天》等四篇）为例，按照时代语境下内在于其间的一定的起承转合逻辑，从历时的角度，具体阐释该叙事是如何由异质走向人民性同构，并细致分析其中所包含的深意。

第一节 《我们夫妇之间》

——最初的异端与规训

早在1936年，毛泽东就在《中国革命战争的战略问题》一文中明确指出了中国共产党的先进性："半殖民地的中国的社会各阶层和各种政治集团中，只有无产阶级和共产党，才最没有狭隘性和自私自利性，最有远大的政治眼光和最有组织性，而且也最能虚心地接受世界上先进的无产阶级及其政党的经验而用之于自己的事业。"[①] 在此基础上，他进而认为中国

---

① 毛泽东：《中国革命战争的战略问题》，《毛泽东选集》第1卷，人民出版社1991年版，第183—184页。

共产党是中国革命理所当然的领导者（包括领导小资产阶级知识分子），这种领导作用体现在："只有无产阶级和共产党能够领导农民、城市小资产阶级和资产阶级，克服农民和小资产阶级的狭隘性，克服失业者群的破坏性，并且还能够克服资产阶级的动摇和不彻底性（如果共产党的政策不犯错误的话），而使革命和战争走上胜利的道路。"① 延安整风运动时期，毛泽东对此进一步强化，在充分肯定工农大众作用的同时，认为知识分子工农兵化具有重要意义："拿未曾改造的知识分子与工农比较，就觉得知识分子不但精神有很多不干净处，就是身体也不干净，最干净的还是工人农民，尽管他们手是黑的，脚上有牛屎，还是比大小资产阶级都干净。这就叫感情起了变化，由一个阶级变到了另一个阶级。我们知识分子出身的文艺工作者，要使自己的作品为群众所欢迎，就得把自己的思想感情来一个变化，来一番改造。没有这个变化，没有这个改造，什么事情都是做不好的，都是格格格不入的。"② 所有这些关于知识分子性质、地位、出路的论述，突出显示了党的领导、工农兵教育对知识分子改造的重要性，作为日后社会主义现实主义的基本内核，成为"十七年"文学创作的叙事成规。于是，能否突出无产阶级政党、工农大众作为历史主体的政治地位、巨大作用和光辉形象，就成为衡量作家的政治立场、价值取向及其创作叙事效果（本质真实）的最重要依据。有些作家就是因

---

① 毛泽东：《中国革命战争的战略问题》，《毛泽东选集》第1卷，人民出版社1991年版，第184页。

② 毛泽东：《在延安文艺座谈会上的讲话》，《毛泽东选集》第3卷，人民出版社1991年版，第851—852页。

为没有很好地做到这一点而受到严厉的指摘。规训主要体现在以下几个方面：

一 必须始终坚持以工农兵为主导的人民文艺发展方向

最初的"异端"之一、新中国成立初期萧也牧的短篇小说《我们夫妇之间》就是很好的例证——因为被主流意识形态认为歪曲、贬低了工农兵人物形象，拔高、美化了小资产阶级知识分子，没有很好地表现出知识分子和工农相结合的主题而受到批评、批判。

作为新中国成立以来第一篇受到批判的作品，有三篇评论文章对此很有代表性。陈涌的批评文章《萧也牧创作的一些倾向》[1]是始作俑之作。其后，对这篇小说的批评持续升级升温，化名读者李定中的冯雪峰的文章《反对玩弄人民的态度，反对新的低级趣味》[2]开了《文艺报》批判这篇小说的先河。丁玲的《作为一种倾向来看——给萧也牧同志的一封信》[3]对此前的批评批判文章带有总结深化意味，"把批判萧也牧创作倾向的意义，提高到一定高度"[4]，而且，"以后的批判文章和作者本人写的自我批评，基本上都是发挥和论证丁玲

---

[1] 陈涌：《萧也牧创作的一些倾向》，《人民日报》1951年6月10日第4版。
[2] 李定中（冯雪峰）：《反对玩弄人民的态度，反对新的低级趣味》，《文艺报》1953年第5期。
[3] 丁玲：《作为一种倾向来看——给萧也牧同志的一封信》，《文艺报》1953年第8期。
[4] 朱寨：《中国当代文学思潮史》，人民文学出版社1987年版，第86页。

的这个基本观点——要作为一种倾向来看待。"① 通读这三篇文章可以发现，在政治取向的维度上，批评者的批评一次比一次严厉，而所要批评的基本上集中在三个方面：一是人物形象的塑造问题；二是知识分子与工农兵结合的问题；三是作者的创作态度、思想认识问题。

陈文认为萧也牧的短篇小说《我们夫妇之间》"脱离生活"，是"依据小资产阶级的观点、趣味来观察生活，表现生活"，理由主要有二，一是认为对工农出身的革命女干部张同志和小资产阶级知识分子李克两人之间过多的"非原则的日常生活的琐事"的描写"把知识分子与工农干部之间的'两种思想斗争'庸俗化"了，两个人的争吵和和好严重影响到知识分子和工农兵相结合的主题表现。批评者这样质问道："（日常琐事）能表现多少'有现实意义的主题'呢？难道知识分子和工农结合过程中间发生的问题，便是这类问题么？"除了这一点，批评者还就张同志喜欢说粗话、举止粗鲁认为："作者还有许多实际上是把我们这位女干部丑化了的描写。"据此，批评者最后指出："这事情正好说明，小资产阶级出身的文艺工作者的改造是长期的，一个忘记了警惕自己的人，在特别复杂的城市的环境下，便特别容易引起旧思想情感的抬头，也特别容易接受各种外来的非无产阶级思想的影响。"应该说，陈文的语气比较缓和，通读全文可以发现，批评者对萧也牧创作并没有一味的指责，也有正面评价，能够尽量做到客观对待。

而冯文则毫不客气，对萧也牧的批判上纲上线，带有强烈

---

① 朱寨：《中国当代文学思潮史》，人民文学出版社1987年版，第87页。

的指责、讽刺意味。文章的题目体现出显著的倾向性和火药味。在人物形象的塑造上，冯文认为萧也牧对工农干部出身的革命女干部缺少"爱和热情"，是在玩弄和歪曲她们。批评者说："对于这样的人，作者就只是拿来玩弄，并且用歪曲的办法去不合理地扩大她的缺点来让他自己和读者欣赏。"他还认为作者所爱的是小资产阶级知识分子李克，对他进行了包庇、纵容和美化，并没有真的批评。在批评者看来，作者这样写，反映了作者的低级趣味，究其原因，还不是因为陈涌所说的作者"脱离生活"，而是更进一步："由于作者脱离政治！"同时，批评者指出了这种创作倾向的危害性，对作者发出了严厉的警告："在本质上，这种创作倾向是一个思想问题，假如发展下去，也会达到政治问题，所以现在就须警惕！"

丁文以信的形式出现，没有冯文的冷嘲热讽，诚恳的语气显得语重心长，但实际上对作者的政治批评和警告比冯文实有过之而无不及。在人物形象的塑造上，批评者为工农出身的干部张同志大鸣不平，认为作者对她的态度似褒实贬，在把她当小丑来看待。她说："有些地方，好像是在说她好，说她坚定，说她倔强，但这种地方，实际又是在说她缺少文化，窄狭，无知，粗鲁。"同时，她还严厉批评了小资产阶级知识分子李克："李克实际上是个很讨厌的知识分子。""装出一个高明的样子，嬉皮笑脸来玩弄他的老婆——一个工农出身的革命干部。"批评者着重指出了这种玩弄的非同一般的政治性质，认为玩弄、嘲笑工农出身的革命干部就是对党的不敬和亵渎，进而认为："李克完全不是老解放区的知识分子的典型。""完全只像一个假装改造过，却又原形毕露的洋场少年。"两个"完全"，可见批评者否定李克的语气多么强烈。与前面的似褒实贬相反，批评者指出，萧也牧对李克实际是似贬实褒："它表面好像是在说李克不好，需要反省，他的妻子——老干部，是坚定的、好的，但结果作者还是肯定了李克，而反省的，被李克所'改造'过来的，倒是工农出身的女干部张同志。"在批评者看来，改造者反而成了被改造者、被玩弄者，于是"一切严肃的、政治的、思想的问题，都被他们在轻轻松松嬉皮笑脸中取消了"。基于这一点，加上批评者所认为的这篇小说取材渺小，"只是描写一些夫妻之间的生活细节"，小说所试图体现的知识分子与工农相结合的主题（"它俨然地在那里指点人们应当如何改造思想，如何走上工农分子与知识分子结合的典型道路"）遭到了批评者的否定："你的作品，已经被一部分人当着旗帜，来拥护一些东西，和反对一些东西了。""所以你企图说明的主题：知识分子与工农干部结合的问题，就成为很不恰当的了。"最后，批评者语重心长地正告作者："老老实实站在党的立场，站在人民的立场……老老实实地努力改造自己。"可以说，三篇文章，步步为营，批评者的批评日渐严厉、尖锐，政治性越来越强。

应该说，在当时看来，上述批评不无一定的道理。即使以今天的眼光来看，这篇小说也确实难以摆脱这方面的嫌疑。在作者笔下，"我"的妻子张同志是个空有朴素的阶级情感的大老粗式的人物——粗俗、固执，工作鲁莽，不会讲求方式方法且浑然不觉，缺乏自省意识；"我"（小资产阶级知识分子李克）被塑造成一个有着清醒意识的知识分子，对妻子的一切洞若观火，时不时地对她的缺点进行指摘、批评，类似戏剧旁白

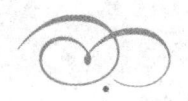

效果的第一人称叙事还背着妻子向读者对她调侃、嘲笑，很明显地体现出他的知识分子优越姿态。这给人一种感觉："我"说的做的全是对的，包括自我批评；而妻子的所说所做则不一定对，必须经过"我"的肯定。关键的一点是，作者竟然安排妻子，一个工农出身的干部向小资产阶级知识分子"我"作自我检讨，并希望对方能够帮助她好好提高。如妻子张同志对李克说："以后你好好帮我提高吧。"一个有着丰富经验的革命干部竟然要小资产阶级知识分子来帮助，在当时的语境中简直不可思议。最重要的是，"知识分子和工农结合"的单向度从属、趋同关系，在作者的笔下竟然变成他们之间彼此取长补短的互动并列的平等关系。如小说中李克认为他和妻子张同志"倒是真要在这方面彼此取长补短"。党的领导作用不仅被削弱，工农兵形象被贬低、歪曲和丑化，改造者和被改造者之间的界限也模糊了。这种虚则实之、实则虚之、虚实不定的叙事方式无疑打破了某种政治禁忌，僭越了知识分子叙事的最后底线，颠倒了工农兵与小资产阶级知识分子之间的政治等级秩序。萧也牧的好友、作家康濯在为《萧也牧作品选》所作的序里对此作了客观的分析和评价："发表的初稿记得确有过缺点，主要是对工农干部个别地方似略有丑化，对知识分子干部一二细节的点染或有过分。"① 所以说，这篇小说在当时遭到不同程度的批评有一定的必然性。

在各种批评压力下，萧也牧在《文艺报》上发文，对此作出了深刻的检讨，并根据批评意见对作品作出了相应的修改。

---

① 萧也牧：《萧也牧作品选》，百花文艺出版社1979年版，第13页。

诚如作者在检讨文中所说："在一九五〇年秋,《我们夫妇之间》这一篇,我曾经作了两次删改,例如:张同志不骂人了,李克一进北京城那段城市景色以及'爵士乐'等等删掉了,张同志'偷'李克的钱以及夫妇吵架的场面改掉了,凡'知识分子和工农结合'等字样删掉了。结尾处,李克的'自我批评'中删去了'取长补短'等字眼,在李克自认的错误之前,加上了'严重''危险'等形容词,并且把李克改成参加革命才四五年的一个新干部等等。"① 当然,这是作者笼统的说法。以《萧也牧作品选》收录的修改版本为例,细心比对原文就会发现,修改版突出了以下几个方面的叙事:

1. 改善张同志形象,显示其作为一个工农出身的干部所具有的党性修养

为此,全文将张同志毫无意义的有损自己形象的不雅口头禅全部删掉,如第三小节第三十五段,第四小节第五段,第四小节倒数第二段等,这样的例子很多,兹不赘述。另外就是降低"我"作为一个有优越感的知识分子对工农出身的妻子的轻视感。如原文第一节里面提到,妻子在"我"的眼里是"一个'农村观点'十足的'土豹子'",不仅"土"而且是野性十足,缺乏教养。修改版为妻子在"我"的眼里是"一个才从农村里来的人",轻视的程度大为降低,还有体谅之意在里面。这样的例子还出现在原文第三小节第二段。原文如下将妻子漫画化的文字在修改版里面被删:

---

① 萧也牧:《我一定要切实地改正错误》,《文艺报》1951年第1期。

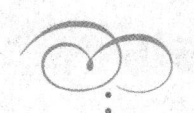

她对我，越看越不顺眼，而我也一样，渐渐就连她一些不值一提的地方，我也看不惯了！比方：发下了新制服，同样是灰布"列宁装"，旁的女同志穿上了，就别一个样儿；八角帽往后脑瓜上一盖，额前露出蓬松的散发，腰带一束，走起路来，两脚成一条直线，就显得那么洒脱而自然……而她呢，怕帽子被风吹掉似的，戴得毕恭毕正，帽沿直挨眉边，走在柏油马路上，还是像她早先爬山下坡的样子，两腿向里微弯，迈着八字步，一摇一摆，土气十足……我这些感觉，我也知道是小资产阶级的，当然不敢放到桌子面上去讲！但总之一句话：她使我越来越感觉过不去。

2. 突出知识分子政治思想的不成熟，凸显其向工农兵学习的主动性必然性

在修改版里面，"我"作为革命者的资历被弱化，除了作者所说的将"李克改成参加革命才四五年的一个新干部"之外，还将李克的革命历史、工作职位、工作状态模糊化。如原文倒数第二自然段里有这样一些话："比方拿我来说：文化上——初中毕业；革命历史——和你一样；工作职位——我是个资料科科长；每天所接触的是工作材料、总结报告；脑子里成天转着的是——党的政策。"修改版对此轻轻一笔带过，李克的形象变得没有原来高大了："比方拿我来说：初中毕业，革命历史也不算很短了。"与此弱化相对应，修改版里面竭力从政治思想方面凸显李克的错误性质，而张同志的问题与此无关，仍然只是工作方式方法上的。原文倒数第二自然段李克这

样检讨道:"可是在我的思想感情里边,依然还保留着一部分小资产阶级脱离现实生活的成分!和工农的思想感情,特别是在感情上,还有一定的距离,旧的生活习惯和爱好,仍然对我有着很大的吸引力,甚至是不自觉的。——你有这个感觉吗?"这种立足于日常生活琐事基础上的检讨,在修改版里变成了更为严厉深刻的、具有很强政治性质的、带有自虐意味的自我批判:"可是在我的思想感情里边,依然还保留着一部分很浓厚的小资产阶级的东西!有时候甚至模糊了革命者的立场,这是一个严重的思想问题!"修改版突出了知识分子的自我反省意识和批评色彩,知识分子和工农大众的差距拉大,他们的身份、地位、角色、作用也没有如原文那样发生强烈的错位,于是前者向后者学习就成为一种必然,原文所谓的知识分子和工农大众"取长补短"那几句话不复存在于修改版中了。最有意味的是,作者将小说每个章节的标题删除。尽管作者没有任何关于删除这些标题的目的说明的文字材料,但据笔者阅读体会,经过这番修改,作品的基调变得更加严肃认真了,以前的调侃乃至嘲讽的语气受到了极大抑制,知识分子向工农兵学习的主题得以强化。如原文第四章节的标题("我们结婚三年,直到今天我仿佛才对她有了比较深刻的了解……")无疑是对第一章节标题("'真是知识分子和工农相结合的典型!'")的强烈反讽。人们不禁要问:结婚三年才了解对方,以前怎么能谈得上是知识分子和工农结合呢?这个婚是怎么结的?合适吗?而且这种结合还是典型。以此大张旗鼓地作为标题,未免不太适宜。

二　知识分子形象的贬抑化叙事

无论是陈文还是冯文，都认为这篇小说政治思想性不强，格调不高，趣味低下。陈文认为作者是"依据小资产阶级的观点、趣味来观察生活，表现生活"。而冯文则进一步认为，作者的态度是"轻浮的、不诚实的、玩弄人物的"，作品"充满着低级趣味的'描写'"，风格"矫揉造作"，是典型的小资趣味。丁文肯定了冯文所说的"玩弄"，认为李克令人讨厌的地方还包括"他有一些知识分子爱吃点好的，好抽烟，或喜欢听爵士音乐的坏习气，或是其他一般知识分子的缺点"，进而批评该作品"穿着工农兵衣服，而实际是歪曲了嘲弄了工农兵"，更指出了它的政治危害性："喜欢把一切严肃的问题，都给它趣味化，一切严肃的、政治的、思想的问题，都被他们在轻轻松松嬉皮笑脸中取消了。"为了体现自己的非小资产阶级趣味，正如作者萧也牧所说，小说将"李克一进北京城那段城市景色以及'爵士乐'等等删掉了（第二节第一段——笔者注），张同志'偷'李克的钱以及夫妇吵架的场面改掉了"。如原文李克盘算稿费用途的小九九心理（"购买一双皮鞋，买一条烟，还可以看一次电影，吃一次'冰淇淋'……我很高兴，我把钱放在枕头下，不让她知道"）在修改版里被删掉了。阅读作品就可以体会到，小说中作为知识分子启蒙思想特质的批判性减弱了，所谓的小资情调、小资趣味也得到有效遏制。

应该说，建国初一系列涉及知识分子叙事的小说（如《海河边上》《锻炼》《关连长》《战斗到明天》《我们的力量是无敌的》等）都难以脱逃上述批评与批判的范畴。兹举两例。如对于碧野的《我们的力量是无敌的》，有论者就该作品的知识分子叙事认为："竟是在集体的生活和战斗中，几乎完全没有党的领导。"① 袁水拍认为白刃的长篇小说《战斗到明天》有"严重错误和缺点"，理由之一是"部队中的政治工作被描写得非常薄弱"。对于有关小资产阶级知识分子的描写，批评者认为："书中很少看到他们有党的生活，受到党的领导，有党内的严肃的批评和自我批评。""工农兵反而被写得很糟糕。"批评者质问道："他们不是八路军的一部分，不是工农分子吗？""在描写一个连队怎样策应主力作战的问题上，也看得出作者对小资产阶级的偏爱和捧场，以及对工农分子的贬抑和歪曲。"② 对于萧也牧的《锻炼》，有论者认为："从作品看来，不是小资产阶级知识分子在革命斗争中，在和劳动人民相处中，使自己的思想感情得到锻炼，而是小资产阶级知识分子'锻炼'劳动人民！"③ 类似的批评有很多。

但是，上述问题在当时并没有得到很好有效解决。尽管萧也牧对自己的作品做了最大努力的修改，但是，作者本人同时指出，这种修改"不管怎样修改，其结果，只动皮毛，筋骨依旧"。细读作品，确实如此。小资情调、小资趣味依然存在，更不要说其他方面了。如最能体现上述特点的原文最后一段只字未改；工农兵对小资产阶级知识分子的仰视姿态仍然存在。

---

① 陈企霞：《无敌的力量从何而来——评碧野的小说〈我们的力量是无敌的〉》，《文艺报》1951年第8期。
② 袁水拍：《一本有严重错误和缺点的小说——〈战斗到明天〉》，《人民日报》1952年2月17日第3版。
③ 乐黛云：《对小说〈锻炼〉的几点意见》，《文艺报》1953年第7期。

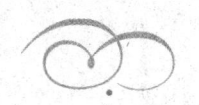

如倒数第三段第一句话:"她说完了,叹了口气,把头靠到我的胸前,半仰着脸问:'这该怎么着好?'"萧也牧自己认为,只有把所有的字句全部删去,小说才能不见到它的错误的痕迹,否则无法做到干净彻底[1]。这话确实有一定的道理。在作者的主观创作意图、作品的客观叙事效果和读者的阅读视角之间,三者确实很难做到统一,尤其是在盛行运用比附、影射的阅读法的时候。陈文在当时就指出了这个问题的症结所在:"当然,作者也可以辩解说,小说里所有关于这位工人干部的形象,都是通过她的知识分子的丈夫的眼光来表现的,而作者后来是表示批判她丈夫的看法的。但实际上,形象的力量总是远超过作者另外宣布的'态度'的力量,作者更真实的态度,是在他的作品的形象里面的。无论作者后来宣布什么,也是不能改变这位女工所给人留下的印象的了。"

第二节 《组织部来了个年轻人》
——原稿与修改

问题的有效处理是在"百花文学"末期和这之后。五十年代国家双百方针时期,出现了一批"干预生活""写真实""揭露生活阴暗面"的作品,文学史上称之为"百花文学"。这些作品一经发表,立刻引起很大反响。短篇小说里以王蒙的

---

[1] 萧也牧:《我一定要切实地改正错误》,《文艺报》1951年第1期。

超越他者○成为主体——人民文艺视野下中国当代作家知识分子叙事研究（1949—1966）

《组织部来了个年轻人》、宗璞的《红豆》等作品最为突出，文学史上提到的也比较多。这些小说在收获最初短暂的赞许同时，得到的却是后来更多的批评与指责，甚至在1957年夏天之后被批判为是"一股创作上的逆流"①。应该说，这种指责与批评，就知识分子叙事而言，大致并没有脱离上述陈涌、冯雪峰、丁玲关于《我们夫妇之间》批评的范围，而姚文元的文章——《文学上的修正主义思潮和创作倾向》则应被视为是对以往关于这些作品指责、批评的总结、深化之作。该文几乎对百花时期所有比较有影响的作品都一一进行了毫不客气的指责与批判。如大篇幅指责宗璞《红豆》中与知识分子江玫有关的丰富而复杂的生命感性内容（小资情调）的真实呈现造成了知识分子革命主题的断裂："作者也曾经想……刻划出小资产阶级知识分子江玫经过种种复杂的内心斗争，在党的教育下终于使个人利益服从于革命利益，……然而，事实上作者并未站在工人阶级立场上来描写知识分子的心理状态。一旦进入具体的艺术描写，作者的感情就完全被小资产阶级那种哀怨的、狭窄的诉不尽的个人主义感伤支配了。"由此他认为宗璞歪曲了共产党员形象："作者却照自己的艺术感受把一个共产党员写得没有党员气息的小资产阶级知识分子。"② 鉴于这批小说在遭受批评之后因为各种各样的原因并没有得到相应的修改，笔者在此对它们不作讨论。

很值得重视的是王蒙的《组织部来了个年轻人》。有人这

---

① 李希凡：《从〈本报内部消息〉开始的一股创作上的逆流》，《中国青年报》1957年9月17日第3版。
② 姚文元：《文学上的修正主义思潮和创作倾向》，《人民文学》1957年第11期。

样评价这篇小说在当时的影响："《组织部新来的青年人》发表后,立刻引起很大反响,毁誉参半,聚讼纷纭。《文艺学习》从1956年12月号起,组织了对这篇小说的讨论,先后收到参加讨论的稿件1300余篇,连续四期发表了25篇。其他报刊如《人民日报》《文汇报》《光明日报》《中国青年报》和《延河》等也发表了讨论文章。这场大讨论还惊动了毛泽东。"[1]应该说,这次讨论恐怕是"十七年"时期一次最充分同时也是最富学理性的学术与思想探讨。小说出来不久就受到质疑、批评:1. 美化小资产阶级知识分子[2],将同志间正当美好的感情暧昧庸俗化,充满知识分子的小资情调[3];2. 从歪曲我党形象(党员、党的机关)出发质疑甚至否认作品的典型性、真实性和倾向性;3. 由此认为作者揭露批判的态度反映了作者在政治立场、思想态度和价值取向上存在问题。

小说发表于1956年《人民文学》第5期,却和原稿已有很大不同,原因是编辑部未经作者同意擅自对它进行了修改。通读后来的以《人民文学》编辑部名义发布的关于该作品修改情况的说明——《〈人民文学〉编辑部对〈组织部新来的青年人〉原稿的修改情况》[4]可以发现,原稿所犯"错误""缺点"的情况确实并没有上述所说这么严重。在当时作协书记处召开的一次文学期刊编辑工作座谈会上,该小说的修改者、《人民文学》编辑部编辑秦兆阳检讨了修改不妥当之处:"一、

---

[1] 张学正等主编:《文学争鸣档案》,南开大学出版社2002年版,第104页。
[2] 林默涵:《一篇引起争论的小说》,《人民日报》1957年3月12日第7版。
[3] 李希凡:《评〈组织部新来的青年人〉》,《文汇报》1957年2月9日第3版。
[4] 《人民文学》编辑部:《〈人民文学〉编辑部对〈组织部新来的青年人〉原稿的修改情况》,《人民日报》1957年5月9日第7版。

原稿结尾时林震多少有些觉悟，意识到仅凭个人的力量是不行的，这段文字被删去了。二、原稿并未明确区委书记是好是坏，结尾处曾写到他派通讯员找过林震三次，在前面，赵慧文曾说过区委书记是个'可尊敬的同志'，修改时由于把这些都删去，这个人物就有可能给人官僚主义者的印象。三、明确了林震和赵慧文的关系。"① 对于这其中的第三点，王蒙说："我原来是想写作两个人交往过程中的感情的轻微的困惑与迅速的自制，经编者加上赵慧文的'同情和鼓励的眼睛'、'白白的好看的手指'、'映红了的脸'和结尾时的大段描写，就'明确'成为悲剧的爱情了。"② 为此，《人民日报》刊文专门为之"平反"。秦兆阳在这篇文章里面承认："经过修改以后，作者的原意，以及林震、区委书记的形象，受到了损害，加重了作品的缺点。"③ 确实，原稿要比这"干净""纯洁"更"积极向上"。在小说结尾，修改者模糊了区委书记周润祥的形象，反而增加了林震对赵慧文似有似无、怅然若失、兴奋莫名、自欺欺人的微妙而暧昧的情感心理。原稿中的林震越来越感觉到在这场"一个人的战争"中自己力量的渺小，因而急于寻求党的支持和帮助。对党，他是没有失去信心的，恰在这时，被描述为有着高大形象的区委书记出现了，林震于是迫不及待地去找他。这无疑意味着个人对党、对集体的无限信赖和皈依，从而突出了党的光辉形象和集体的作用，极大增加了文章的亮色。

---

① 洪子诚：《1956：百花时代》，山东教育出版社1998年版，第115页。
② 王蒙：《关于〈组织部新来的青年人〉》，《人民日报》1957年5月8日第7版。
③ 秦兆阳：《严肃对待作家的创作劳动——〈人民文学〉编者修改小说〈组织部新来的青年人〉有错误》，《人民日报》1957年5月7日第2版。

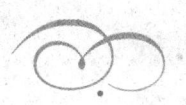

或许基于这一点，我们可以把原稿看作是对修改稿的修改。如果王蒙当时的作品没有被秦兆阳做出这样的修改，或许也不会引起这么大的反响，遭受这么剧烈的批评乃至事后被打成右派估计也不可能。但假设仅止于假设，这并不是说原稿就完全符合主流意识形态的要求。王蒙对自己的作品这样批评道："作品所引起的效果，却是对于林震、赵慧文的无批判的美化、爱抚和同情。同样的，作品给人的不是对于林震所了解的'娜斯嘉方式'的保留、质疑，而是盲目鼓吹。""作者没有站得比自己的人物更高，却降得……和自己的人物一般低。""作者没有努力依靠马克思列宁主义的思想光辉照亮自己的航路。"①由此作者对于生活真实、艺术真实、本质真实（含作品的倾向性）作出了这样的反思："作者对于生活真实，有一种孤立的、片面的看法，有一种'迷信'。""作者过分地相信自己的艺术感觉，……以为有了生活真实就一定有了社会主义精神，其实是不去追求社会主义精神；以为有了现实的艺术感受就可以代替无产阶级的立场、观点、方法，似乎那只是写政策论文的时候才需要，写小说的时候用不上；以为反映了生活就一定能教育读者，其实是不去自觉地评论生活、教育群众。"②确实一语中的。

---

① 王蒙：《关于〈组织部新来的青年人〉》，《人民日报》1957年5月8日第7版。
② 同上。

第三节 《青春之歌》
——缝隙与缝合

稍后不久的一篇以知识分子为主要表现对象的小说——杨沫的《青春之歌》在"十七年"小说里面实现了修改上述"缺陷"的极大突破,很具有代表性。比起王蒙《组织部新来的青年人》,这篇小说在当时也有很大影响,读者多,发行量大,影响地域广,受欢迎程度高,更重要的是获得了无上的政治荣耀:"《青春之歌》1958年初出版后,仅一年半时间就售出130万册……1960年出版修订本。在初版的同年,就被搬上了银幕,为'建国十周年'的'献礼片'之一受到欢迎。……在60年代的日本、香港、东南亚等国家和地区,也拥有大量读者。1960年日文版在日本发行后的五年中,印刷12次总数达20万部"。① 当然这种影响还包括作品所引发的广泛论争。尽管受到如此热烈欢迎,有人还是对这篇小说提出了异议,以郭开的意见最为典型。他的观点十分鲜明,在批评文章里一开篇就指出,这篇小说"存在着较为严重的缺点,特别是关于林道静的描写"。继而他明确提出三条理由:"一书里充满了小资产阶级情调,作者是站在小资产阶级立场上,把自己的作品当作小资产阶级的自我表现来创作的。""二没有很好地描写工

---

① 洪子诚:《中国当代文学史》,北京大学出版社1999年版,第118页。

农群众，没有描写知识分子和工农的结合，书中所写的知识分子，特别林道静自始至终没有认真地实行与工农大众的结合。""三没有认真地实际地描写知识分子改造的过程，没有揭示人物灵魂深处的变化。……（对林道静的描写）严重的歪曲了共产党员的形象。"①

尽管有茅盾、何其芳等重要人物为之辩护，杨沫还是迅速地对郭开的意见作出了回应，据此对作品进行了相应的或大或小的修改。修改版于1960年3月由人民文学出版社出版。最大的修改是增加了林道静在河北农村经受锻炼的八章。另一处大的修改是增加了林道静领导北京大学学生运动的三章，以表现她入党以后的思想提高和在革命斗争中发挥的作用，其余的修改林林总总也有很多处。总的修改朝向如作者在《〈青春之歌〉再版·后记》里面所说："一、林道静的小资产阶级的感情问题；二、林道静和工农结合的问题；三、林道静入党后的作用问题——也就是'一二·九'学生运动展示得不够宏阔有力的问题。"② 具体如何修改，有论者已经作了细致分析③。1959年初，处于论争风浪之中的杨沫著文宣告自己对于《青春之歌》的创作理念："我塑造林道静这个人物形象，目的和动机不是为了颂扬小资产阶级的革命性，和她的罗曼蒂克式的感情，或是对小资产阶级的自我欣赏。而是想通过她——林道静这个人物，从一个个人主义者的知识分子变为无产阶级革命

---

① 郭开：《略谈对林道静的描写中的缺点——评杨沫的小说〈青春之歌〉》，《中国青年》1959年第2期。
② 杨沫：《〈青春之歌〉再版·后记》，人民文学出版社1960年版。
③ 金宏宇：《中国现代长篇小说名作版本校评》，人民文学出版社2004年版，第238—275页。

战士的过程，来表现党的伟大、党的深入人心、党对于中国革命的领导作用。"① 修改后的《青春之歌》毫无疑问更突出了这一点，更符合主流意识形态的叙事成规和文艺法则。据现有的资料显示，再版本好像并没有再遭质疑，反而受到了赞扬："这不但在林道静性格的发展上加强了说服力，而且对丰富《青春之歌》的思想性上，也有很大的作用。"② 应该说再版本事实上已确立了"十七年"小说知识分子叙事的基本范式和作家写作必须遵循的基本规则。

由于没有遵守上述规则，在环境相对比较宽松的1960—1962年发表或出版的一批以知识分子为表现对象的小说，如欧阳山的《三家巷》《苦斗》，陆地的《美丽的南方》，刘澍德的《归家（上部）》，汉水的《勇往直前》等均遭受到不同程度的批评。有论者指出："由于左倾思潮的影响，1960年代对《勇往直前》的批判，以彻底否定全书而告结束。"③

第四节 《艳阳天》
——正典与绝响

1962年起至1966年，浩然反映社会主义农村革命和建设

---

① 牛运清主编：《长篇小说研究专集》（中册），山东大学出版社1990年版，第143页。
② 金梅：《读"林道静在农村"》，《读书》1960年第1期。
③ 於可训、吴济时、陈美兰主编：《文学风雨四十年——中国当代文学作品争鸣述评》，武汉大学出版社1989年版，第312页。

的三卷本长篇小说《艳阳天》相继出版问世，并获得主流意识形态的高度肯定。阶级斗争的主题和工农兵英雄人物形象的塑造方面对政治理念的规范传释，固然是当时该作品获得赞誉的主要原因，但之所以能够如此，与其在知识分子描写上极大相似甚至超越于《青春之歌》也有很大关系。

在小说的显文本——通过工农兵英雄人物形象的塑造反映阶级斗争之外，另有一个潜文本——以小说第二号重要人物、东山坞农业社团支部书记、中学毕业后主动回乡积极参加农村社会主义农业合作化建设的知识分子焦淑红为主要叙述对象，通过描述以她为中心的众多持不同人生观、价值取向的知识分子在此过程中的分化和觉醒，反映新时期一代青年知识分子在党的领导下成长、成熟，凸显党的巨大作用和光辉形象。应该说，潜文本的主题和《青春之歌》的主题如出一辙。这种现象，早在1958年张光年写的一篇批判丁玲的小说《在医院中》的文章中就被指了出来。文章的题目很耐人寻味：《莎菲女士在延安》。张光年说："我的突出感觉是：莎菲女士来到延安。她换上了一身棉军服，改了一个名字叫陆萍。据说她已经成了共产党员了……"[1] 有论者指出："这种分析，给我们揭示了中国现代文学某一主题、某一原型结构的延续和变异的情况。"[2]《艳阳天》的创作再次验证了上述说法。

不唯潜文本的主题，就是小说的人物关系模式、情节结构也是如此。比如，《青春之歌》的人物关系模式是一个女人和正反两面男人之间的故事，《艳阳天》中的焦淑红也是在反面

---

[1] 张光年：《莎菲女士在延安》，《文艺报》1958年第2期。
[2] 洪子诚：《1956：百花时代》，山东教育出版社1998年版，第120页。

人物马立本和正面人物萧长春之间作出了最终的抉择。如果说焦淑红对应了林道静，那么马立本和萧长春分别就是余永泽和卢嘉川、江华的化身。马立本和余永泽一个出身政治上落后的富农家庭，一个出身地主阶级，相对当时都有比较高的文化（前者念过初中，后者是北大学生），均表现出小资产阶级个人主义、自由主义思想，政治上消极、落后，道德上自私、冷漠，讲究生活情调，都对女主人公垂涎三尺，因为破坏了无产阶级革命事业最终成为反面人物。他们是女主人公成长路上的阻碍者。萧长春集合了卢嘉川、江华两人身上的所有优点，是一个有着高大光辉形象的优秀共产党员：政治思想先进且富有远见，为人成熟稳重、大公无私，革命热情高，对敌斗争机智英勇顽强，是主人公成长道路上的重要领路人，和卢嘉川、江华一样，最后也获得了女主人公的青睐。和林道静一样，在焦淑红的周围同样聚集了许多革命的（马翠清）、不革命的（韩道满）和反革命的（马立本）知识分子。同样有知识分子的转变——韩道满对应徐宁，马立本对应白丽萍、戴愉。

在情节结构上，两篇小说均采用了成长叙事的小说模式——在优秀共产党员的教导下，主人公由不成熟到成熟，最后成为坚定而成熟的共产党员，实现了彻底的"情归革命"。如政治上，焦淑红读书时充满了不切实际的幻想，希望有一份与知识分子有关的职业，一心"想当诗人、当科学家、当教师、当医生"[1]。放弃这种思想回到农村后，在萧长春看来，她不仅"还是个缺少锻炼的青年"，而且"她的进步和成熟，还没有

---

[1] 浩然：《艳阳天》第1卷，人民文学出版社1964年版，第220页。

压下她的天真和单纯"①。后来的事实证明,萧长春的看法是正确的。如,焦淑红对中农提出的不合理的土地分红方案不会用阶级的眼光进行分析,为此而迷惑不解,经萧长春指点而豁然开朗,思想认识和工作能力有很大提高,一如卢嘉川对林道静的批评和帮助:

> 卢嘉川的神气变得很严峻,他的眼睛炯炯地盯着道静,"我问你,你过去东奔西跑,看不上这,瞧不起那,痛苦沉闷,是为了谁?为劳苦大众呢,还是为你自己?现在你又要去当红军,参加共产党做英雄……你想想,你的动机是为了拯救人民于水火呢?还是为满足你的幻想——英雄式的幻想,为逃避你现在平凡的生活?"②

在对萧长春的爱恋心理上,她由开始人之常情的兴奋、喜悦逐渐抛弃这充满梦幻情调的不切阶级斗争实际的念头,在两人关系上变得理智、冷静、成熟,个人情感成了公共情怀。一个夏夜,焦萧二人因工作原因一同走在回家的路上,焦这边的路不好走,细心的萧要她往他这边靠靠。此时的焦不禁怦然心动:"她立刻感到一股子热腾腾的青春气息扑过来。姑娘的心跳了。"③ 随即,这种渺小的个人情感在阶级斗争的实际中迅速得到升华:

---

① 浩然:《艳阳天》第 1 卷,人民文学出版社 1964 年版,第 29 页。
② 杨沫:《青春之歌》,人民文学出版社 1962 年版,第 129 页。
③ 浩然:《艳阳天》第 1 卷,人民文学出版社 1964 年版,第 361 页。

他们开始恋爱了,他们的恋爱是不谈恋爱的恋爱,是最崇高的恋爱。她不是以一个美貌的姑娘身份跟萧长春谈恋爱,也不使用自己的娇柔微笑来得到萧长春的爱情;而是以一个同志,一个革命事业的助手,在跟萧长春共同为东山坞的社会主义事业奋斗的同时,让爱情的果实自然而然地生长和成熟……①

升华后的情感甚至带有强烈的虐恋意味。焦淑红偶然的机会意外得到了萧长春的一张相片,禁不住一阵惊喜:"焦淑红望着相片,害羞地一笑,把照片按在她那激烈跳动的胸口。"②这还不算,萧长春衣服上浓重的汗酸味在焦淑红觉得竟然奇香无比:"焦淑红瞥了萧长春一眼,心头一热,抱起衣服(萧长春扔给她的脏衣服——笔者注)跑进院子;她闻到一股子香气,不知道是从石榴树上洒下来的,还是从衣裳上散出来的;更不知道真的有香气,还是她的感觉……"③ 此时的焦淑红已经完全没有了当初林道静面对江华求爱时内心深处油然升起的对自我情感的诘问和反思(在感情上爱的到底是谁,他还是卢嘉川),没有了林道静对自我情感丢失时那一抹不易觉察的失落、惋惜和凄凉。这个始终萦绕在林道静心头的问题在焦淑红这里是不存在的,也是不应该、不可能存在的。所谓的爱情已彻底成为了"缺乏爱情的爱情"④,用姚文元的话来讲就是:

---

① 浩然:《艳阳天》第1卷,人民文学出版社1964年版,第471页。
② 同上书,第470页。
③ 浩然:《艳阳天》第2卷,人民文学出版社1966年版,第757页。
④ 鲁达:《缺乏爱情的爱情描写》,《文艺报》1956年第2期。

"指姑娘们选择爱人的时候考虑到政治、文化等等条件。"①

这点无疑契合了杨沫在再版后记中所说的:"林道静原是一个充满小资产阶级感情的知识分子,没有参加革命前,或者没有经过严峻的思想改造前,叫她没有这种感情的流露,那是不真实的;但是在她接受了革命的教育以后,尤其在她参加了一段农村阶级斗争的革命风暴以后,在她经过监狱中更多的革命教育和锻炼以后,再过多地流露那种小资产阶级追怀往事的情感,那便会损伤这个人物,那便又会变成不真实的了。"② 应该说,杨沫在再版后记里面提到的三点修改之处在《艳阳天》里面全都做到了,甚至有过之而无不及。《艳阳天》主要要塑造的人物是党支部书记萧长春,对比《青春之歌》,小说更突出了焦淑红对主要英雄人物的陪衬、配角、助手的身份、角色和作用,没有了林道静的个人英雄主义色彩,在某种意义上比前者更凸显了党、工农兵的主体地位和光辉形象。《青春之歌》初版时,有论者认为林道静不应该对几个男人同时有暧昧情感。刘茵批评道,林道静"一面和余永泽'凑合下来',一面又默默地爱着卢嘉川;一面爱着卢嘉川,一面又对江华产生了异样的感情。……这的确有损于这个人物形象的光辉"。除此之外,刘茵还认为卢嘉川对一个"有夫之妇发生爱情","这是不道德的",小说"把同志间的革命活动和小资产阶级个人的爱情羼杂在一起,就必然削弱作品的思想意义,宣扬了小资产阶级的不健康的思想情调"③。张虹认为小说"已经在

---

① 姚文元:《文学上的修正主义思潮和创作倾向》,《人民文学》1957年第11期。
② 杨沫:《〈青春之歌〉再版·后记》,人民文学出版社1960年版。
③ 刘茵:《批评与反批评》,《文艺报》1959年第4期。

读者中起了不良的影响"①。《艳阳天》的作者显然考虑到了这一点，小说将焦淑红恋爱的对象由林道静时期的三个（余永泽、卢嘉川、江华）改成只有萧长春一个（陷于疯狂单恋境地的马立本显然不能算），没有了似林道静对余永泽和卢嘉川感情的缠绵，个人情感的非革命化表现遭到剔除。这就意在向读者表明，焦淑红在爱情以及政治思想上追求的更加纯粹、执着，更加值得肯定，从而使小说有效避免了当年刘茵等人对林道静的指责。

对比建国后第一篇遭到批评的小说《我们夫妇之间》，《艳阳天》已经没有了对知识分子日常生活琐事的审美化描绘，没有了革命干部的叹息声、沮丧样和向知识分子寻求帮助时候的楚楚可怜相（"她说完，叹了口气，把头靠到我的胸前，半仰着脸问我：'这该怎么着好？'"——《我们夫妇之间》），取而代之的是日常生活的政治化，是知识分子对阶级斗争的全身投入，对党、对英雄人物的积极追随，对工农大众的主动结合，对个体意识的彻底改造，对超验意义的舍身追求。正如有论者指出："平凡的日常生活必须从属于超验的意义，否则日常生活便是无意义的。"② 这里，已不可能出现《我们夫妇之间》里如此小资情调的如下场景："我为她那诚恳的真挚的态度感动了！我的心又突突地发跳了！我向四面一望，但见四野的红墙绿瓦和那青翠坚实的松柏，发出一片光芒。一朵白云，在那又高又蓝的天边飞过……夕阳照到她的脸上，映出一片红霞。微风拂着她那

---

① 张虹：《林道静是值得学习的榜样吗？》，《中国青年》1959 年第 4 期。
② 唐小兵：《再解读：大众文艺和意识形态》，北京大学出版社 2007 年版，第 229 页。

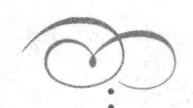

蓬松的额发，她闭着眼睛……我忽然发现她怎么变得那样美丽了呵！我不自觉地俯下脸去，吻着她的脸……仿佛回复到了我们过去初恋时的，那些幸福的时光。她用手轻轻地推开了我说：'时间不早了！该回去喂孩子奶呵！'"即使是修改后的《我们夫妇之间》，萧也牧对上述两处所引的文字仍一字不变地予以保留。基于此，《艳阳天》的知识分子叙事显得更加干净，主题更加明确、单一，思想意义也更加"积极""健康""崇高"。

应该说，从《我们夫妇之间》到《艳阳天》，中间历经《红豆》《组织部来了个年轻人》《青春之歌》等众多小说，"十七年"作家知识分子叙事在主题上越来越突出一种单一的政治理念，共产党、人民、革命、阶级、斗争、工农结合、社会主义、共产主义是其关键词；在情节上越来越趋于突出革命加恋爱、改造加成长的叙事模式；作为异于常人、有着敏感情思和文化技能的温文尔雅的知识主体，越来越失去了他们是之为所是、成之为所成的丰富内涵。知识分子个人话语让位于工农兵集体话语，知识分子形象让位于工农兵形象，尤其让位于工农兵英雄。接受改造的他们穿着与工农兵同样的制服，在岁月的磨砺下，在革命的锻炼中，皮肤变黑变厚，面孔已和工农兵完全相同，情感日渐粗糙，思想日渐本质化，自我意识完全消除，彻底成了革命机器上的齿轮和螺丝钉。或许可以毫不夸张地说，"十七年"小说知识分子叙事，是一个不断涨落起伏、在总体上无限接近主流话语叙事成规和艺术法则的过程，其间如果存在作为知识分子叙事的规范化书写，最终只能定格在"十七年"末期出现的《艳阳天》这部小说上面。这部小说能够在当时得到高度肯定并不是偶然现象，它是对新中国成立初萧也牧《我们夫妇之间》乃至更远的延安时期以来等"逾矩"小说的最终修正，也是对与之有关的批评、批判的现实回响、"形象"表达和"完美"体现。从《我们夫妇之间》到《艳阳天》，中间历经《红豆》《组织部新来的青年人》《青春之歌》等众多小说，笔者完全有理由认为，"十七年"小说知识分子叙事是时代潮流推动下作家怀着对人民的身份诉求合目的性写作活动，是一个在主流话语规约下伴随着知识分子的人民化思想改造和人民文艺实践不断走向历史自觉的过程，是一份意义相当深远而且力度十分强大的"身份的证明"。

结　语

　　从某种意义上来讲，知识分子可以是天然的启蒙者，但并非如工农一样是天然的革命者。自延安文艺座谈会以来，特别是建国后，在无产阶级集体主义价值理念的不断要求下，知识分子竭力"和工农大众打成一片"，在新环境、新形势下改变思想，转换立场，实行"脱胎换骨"的人民化改造。为了建构或证明自身的无产阶级历史主体身份，即使自己真正进入人民队伍的行列，"十七年"知识分子作家在第一次全国文代会人民文艺精神指引下，以人民认同为基础，以具有强烈社会象征行为的基本话语实践活动——文学创作（知识分子叙事）为媒介，通过文以明志的方式，积极响应主流意识形态有关知识分子改造自我、救赎灵魂的时代召唤，自我指涉地"对指派给主题的那些特性作一公式化的投射"[①]。在此与其身份具有同构性质的知识分子人民化叙写过程中，他们立足于无产阶级的价值立场，热衷于"通过特定的叙事语态、叙事结构、叙事视角等叙事规则，通过对包含在叙事话语中的一些经验、事件和人物关系的选择、组织和书写，……通过在此过程中所体现出

---

　　① ［美］海登·怀特：《历史主义、历史与修辞想象》，张京媛主编《新历史主义和文学批评》，北京大学出版社1993年版，第185页。

来的价值、信念和感觉,构建了一种对受众而言具有影响力的观物方式和体物方式"①。或者说,鉴于现实中的知识分子为需要改造者和社会情绪的普遍性进步确信未来,"十七年"作家在现代性时间观念组织下,注重运用各种修辞技巧和叙述策略自我指涉地对主流话语知识分子改造的现实旨趣进行演绎和证明。寓言式情归革命的话语结构与二三十年代左翼革命文学知识分子"革命与爱情"的叙事模式既有共性上的一致,但又源于创作主体身份意识和创作姿态的不同导致的叙事差异。在改造中成长的"改造与成长"模式则以延安时期知识分子思想改造语境下形成和确立的"外来者"叙事规则和范式为重要经验和借鉴。为了表现党的伟大、党对于中国革命和建设的重要领导作用,通过塑造具有政治寓意的知识分子形象来对无产阶级意识形态进行呼应和认同,是"十七年"作家普遍的创作现象。尤其是,受革命现实主义思想影响,这些作家以差序化手法塑造了一批正面知识分子形象。这些正面形象不仅凸显出无产阶级意识形态的巨大魅力,也给现实中的知识分子指明了前进的方向,具有强烈的现实寓意。而且,叙述者往往以创作者代言人的面目出现,普遍采用第一人称忏悔式叙述策略。其间,与创作者具有同构性质的知识分子叙述者"我"在普遍的层级化小说叙述结构中,竭力以一种谦卑的叙述姿态,运用细节化的讲述方式逼真地讲述自己的遭际见闻,通过修辞立诚的叙述手段积极地营造文如其人的叙述效果,以最终建构起为主流话语所认同的真实性和倾向性。尽管此类作品很少而且大

---

① 朱国华:《文学与权力——文学合法性的批判性考察》,华东师范大学出版社 2006 年版,第 17 页。

多数均为短篇小说，但仔细阅读之后可以深切地体会到，这些作品所具有的鲜明政治认同性很好地体认并强化了无产阶级意识形态的权威和神圣。

但"十七年"作家的知识分子人民化叙写并非铁板一块。伴随着权力话语的不断规训、知识分子自我意识的不断觉醒与其对自我身份认识上日益滋长的内在焦虑，其间有反复有曲折也有迷途。他们在知识分子叙事过程中个性意识、自我主体性等个人话语有意无意的流露与无产阶级的人民话语对作家和文学的集体性要求常常发生龃龉，传统文化精神、古典审美情怀、个体生命本能、现代启蒙意识、主流意识形态、大众阅读期待等多种思想在文本中相互激荡、对话、博弈，构成了丰富而复杂的文学场，客观上导致人民身份诉求中的矛盾与困惑，从而使自己的人民文艺创作实践陷入一种普遍的艺术困境。因此，在对文艺创作具有强大规范、导向作用的媒介（文艺）批评引领下，"十七年"作家基于文本间性对知识分子叙事作出相应修改、相关作品因而呈现出多版本的现象在当时很是普遍，情节结构、人物形象、思想表达、叙述手法和艺术审美等方面在人民文艺实践和建构框架下日渐趋同的现象也随之出现。这种情况正如上一章结尾所言，从《我们夫妇之间》到《艳阳天》，中间历经《组织部来了个年轻人》《青春之歌》等作品，"十七年"作家知识分子叙事是时代潮流推动下作家怀着对人民的身份诉求合目的性写作活动，是一个在主流话语规约下伴随着知识分子的人民化思想改造和人民文艺实践不断走向历史自觉的过程。

随着新时期特别是后革命价值多元时代的到来，当这些饱经历史沧桑和岁月磨难的知识分子作家抛弃昔日的原罪感负累之后再度执笔时，在知识分子业已成为人民（工人阶级）一部分的宽松语境下，在内心与外部世界的紧张关系得以缓解的时候，知识精英、文化英雄的姿态让他们重新定位昨日星空下的言说，原先被压抑的话语在现在的作品中得以突出表现。以宗璞为例。对比"十七年"时候的《红豆》就会发现，她自20世纪80年代以来陆续创作的带有很强自传性质且影响很大的《野葫芦引》小说系列（包括《南渡记》《东藏记》《西征记》《北归记》等四部）彰显了原先被批判的启蒙思想，知识分子民族国家意识也得以强化，而政党、革命与阶级意识相对而言业已淡化。这个由知识分子构成的文化场包含着作家更为复杂的历史想象和文化诉求：对传统文人社会责任感、历史使命感的赞扬，对"五四"启蒙精神的张扬和对革命的肯定，这之中不乏对历史的反思。特别是后一点，由于距离感的增强，白描手法所体现出来的旁观者的冷视角，革命不是作品的唯一主题甚至已退居次位，其反思的力度也就增强。作为以知识精英、文化英雄自居的知识分子，徘徊于传统人文精神、现代启蒙思想与共产主义革命信仰之际的身份诉求构成他们的一种更为内在的心灵激荡，一个内心永远挥之不去的情结，成为从那个时代艰难跋涉过来的他者在新形势下身份诉求的典型。但无论如何，他们身上已然根深蒂固的人民身份观念和人民文艺创作追求让他们始终不忘掷地有声地郑重强调以下一点："我是个忠诚的老共产党员。"①

---

① 韦君宜：《思痛录》，北京十月文艺出版社1998年版，第2页。

参考文献

一 著作

[1] 艾克恩编:《延安文艺回忆录》,中国社会科学出版社 1992 年版。

[2] 蔡翔:《历史/叙述:中国社会主义文学——文化想象(1949—1966)》,北京大学出版社 2010 年版。

[3] 陈鸣:《艺术传播原理》,上海交通大学出版社 2009 年版。

[4] 陈顺馨:《1962:夹缝中的生存》,山东教育出版社 2002 年版。

[5] 陈顺馨:《中国当代文学的叙事与性别》,北京大学出版社 2007 年版。

[6] 程光炜:《文学想像与文学国家》,河南大学出版社 2005 年版。

[7] 程文超、郭冰茹主编:《中国当代小说叙事演变史》,中国社会科学出版社 1999 年版。

[8] 董健、丁帆、王彬彬主编:《中国当代文学史新稿》,人民文学出版社 2005 年修订本。

［9］董之林：《旧梦新知："十七年"小说论稿》，广西师范大学出版社2004年版。

［10］范伯群编：《冰心研究资料》，北京出版社1984年版。

［11］樊国宾：《主体的生成：50年成长小说研究》，中国戏剧出版社2003年版。

［12］贺桂梅：《转折的时代：40—50年代作家研究》，山东教育出版社2002年版。

［13］洪子诚：《1956：百花时代》，山东教育出版社1998年版。

［14］洪子诚：《中国当代文学史》，北京大学出版社1999年版。

［15］洪子诚编：《二十世纪中国小说理论资料》第5卷，北京大学出版社1997年版。

［16］胡乔木：《关于人道主义和异化问题》，人民出版社1984年版。

［17］胡正强：《媒介批评学》，世界图书出版广东有限公司2016年版。

［18］黄子平：《"灰阑"中的叙述》，上海文艺出版社2001年版。

［19］蒋光慈：《蒋光慈文集》第4卷，上海文艺出版社1988年版。

［20］金宏宇：《中国现代长篇小说名作版本校评》，人民文学出版社2004年版。

［21］蓝爱国：《解构十七年》，华东师范大学出版社2008年版。

［22］李存光：《巴金传》，北京十月文艺出版社1994年版。

［23］李辉：《胡风集团冤案始末》，人民日报出版社1989年版。

［24］李向平：《信仰、革命与权力秩序：中国宗教社会学研

究》，上海人民出版社2006年版。

[25] 李杨：《50—70年代中国文学经典再解读》，山东教育出版社2003年版。

[26] 刘恪：《现代小说技巧讲堂》，百花文艺出版社2006年版。

[27] （梁）刘勰：《文心雕龙注释》，周振甫注，人民文学出版社1981年版。

[28] 《鲁迅全集》第1卷，人民文学出版社2005年版。

[29] 卢燕娟：《人民文艺再研究》，文化艺术出版社2015年版。

[30] 罗钢、刘象愚主编：《文化研究读本》，中国社会科学出版社2000年版。

[31] 马驰：《"新马克思主义"文论》，山东教育出版社1998年版。

[32] 马研：《〈人民日报〉、〈文艺报〉对中国当代文学的影响》，博士学位论文，吉林大学，2010年。

[33] 《茅盾全集》第20卷，人民文学出版社1990年版。

[34] 南帆：《后革命的转移》，北京大学出版社2003年版。

[35] 《建国以来毛泽东文稿》第5册，中央文献出版社1991年版。

[36] 《毛泽东选集》第1—4卷，人民出版社1991年版。

[37] 《毛泽东选集》第5卷，人民出版社1977年版。

[38] 孟繁华：《梦幻与宿命——中国当代文学的精神历程》，广东人民出版社1999年版。

[39] 孟繁华：《媒介与文化领导权》，山东教育出版社2003年版。

[40] 牛运清主编：《长篇小说研究专集》（中册），山东大学

出版社1990年版。

[41] 钱理群、温儒敏、吴福辉：《中国现代文学三十年》，北京大学出版社1998年修订版。

[42] 人民文学出版社编辑部编选：《篱下百花1957—1966》，人民文学出版社2009年版。

[43] 申丹：《叙述学与小说文体学研究》，北京大学出版社1998年版。

[44] 申丹、王丽亚：《西方叙事学：经典与后经典》，北京大学出版社2010年版。

[45] （唐）孔颖达：《周易正义》，（清）阮元校刻《十三经注疏》（上册），中华书局1980年版。

[46] 邵培仁等：《艺术传播学》，南京大学出版社1992年版。

[47] 孙先科：《说话人及其话语》，上海文艺出版社2009年版。

[48] 孙先科：《颂祷与自诉——新时期小说的叙述特征和文化意识》，上海文艺出版社1997年版。

[49] 孙瑞珍、王中忱编：《丁玲研究在国外》，湖南人民出版社1985年版。

[50] 唐小兵：《英雄与凡人的时代：解读20世纪》，上海文艺出版社2001年版。

[51] 唐小兵：《再解读：大众文艺和意识形态》，北京大学出版社2007年增订版。

[52] 田本相：《曹禺传》，北京十月文艺出版社1998年版。

[53] 陶东风主编：《知识分子与社会转型》，河南大学出版社2004年版。

[54] 王本朝：《中国当代文学制度研究》，新星出版社2007

年版。

[55] 王德威：《现代中国小说十讲》，复旦大学出版社2003年版。

[56] 王德威：《想像的中国方法：历史·小说·叙事》，生活·读书·新知三联书店1998年版。

[57] 汪明凡主编：《中国当代小说史》，广西人民出版社1991年版。

[58] 王庆生主编：《中国当代文学》（上卷），华中师范大学出版社1999年修订本。

[59] 王晓路等：《文化批评关键词研究》，北京大学出版社2007年版。

[60] 王一川：《中国现代卡里斯马典型——二十世纪小说人物的修辞论阐释》，云南人民出版社1995年版。

[61] 王中忱、尚侠：《丁玲生活与文学的道路》，吉林人民出版社1982年版。

[62] 韦君宜：《思痛录》，北京十月文艺出版社1998年版。

[63] 吴秀明主编：《"十七年"文学历史评价与人文阐释》，浙江大学出版社2007年版。

[64] 徐岱：《小说叙事学》，中国社会科学出版社1992年版。

[65] 许纪霖编：《20世纪中国知识分子史论》，新星出版社2005年版。

[66] 许纪霖编：《二十世纪中国思想史论》（下卷），东方出版中心2000年版。

[67] 《延安文艺丛书》编委会编：《延安文艺丛书》第1卷，湖南人民出版社1984年版。

[68]（清）姚鼐：《惜抱轩诗文集》，刘季高标注，上海古籍出版社1992年版。

[69] 杨沫：《自白——我的日记》，广州花城出版社1985年版。

[70] 杨守森主编：《二十世纪中国作家心态史》，中央编译出版社1998年版。

[71] 杨匡汉、孟繁华主编：《共和国文学50年》，中国社会科学出版社1999年版。

[72] 杨小滨：《否定的美学——法兰克福学派的文艺理论和文化批判》，上海三联书店1999年版。

[73] 杨晓民、周翼虎：《中国单位制度》，中国经济出版社1999年版。

[74] 杨义：《中国现代小说史》第2卷，人民文学出版社1986年版。

[75] 余岱宗：《被规训的激情：论1950、1960年代的红色小说》，上海三联书店2004年版。

[76] 於可训、吴济时、陈美兰主编：《文学风雨四十年——中国当代文学作品争鸣述评》，武汉大学出版社1989年版。

[77] 余英时：《士与中国文化》，东方出版社1987年版。

[78] 袁亮：《中华人民共和国出版史料》第1—13卷，中国书籍出版社1995—2009年版。

[79] 袁良骏编：《丁玲研究资料》，天津人民出版社1982年版。

[80] 曾广灿、吴怀斌编：《老舍研究资料》，北京十月文艺出版社1985年版。

[81] 张京媛主编：《新历史主义和文学批评》，北京大学出版社1993年版。

[82] 张学正等主编：《文学争鸣档案》，南开大学出版社2002年版。

[83] 张钟、洪子诚、佘树森等编著：《当代文学概观》，北京大学出版社1980年版。

[84] 赵毅衡：《苦恼的叙述者》，北京十月文艺出版社1994年版。

[85] 郑也夫：《知识分子研究》，中国青年出版社2004年版。

[86] 中共中央书记处研究室文化组：《党和国家领导人论文艺》，文化艺术出版社1982年版。

[87] 中国文学艺术界联合会编：《开辟社会主义文艺繁荣的新时期》，四川人民出版社1980年版。

[88] 中南区七所高等院校合编：《中国现代文学资料汇编》（上册），河南人民出版社1979年版。

[89] 张英进、于沛编：《现当代西方文艺社会学探索》，海峡文艺出版社1987年版。

[90] 朱国华：《文学与权力——文学合法性的批判性考察》，华东师范大学出版社2006年版。

[91] 朱寨主编：《中国当代文学思潮史》，人民文学出版社1987年版。

[92]《周恩来选集》（下卷），人民出版社1984年版。

[93]《周扬文集》第1卷，人民文学出版社1984年版。

[94]《周扬文集》第2卷，人民文学出版社1985年版。

[95][英]阿雷恩·鲍尔德温等：《文化研究导论》，陶东风等译，高等教育出版社2004年修订版。

[96][美]爱德华·W.萨义德：《知识分子论》，单德兴译，

生活·读书·新知三联书店2002年版。

[97] [美] 埃里希·弗洛姆：《逃避自由》，陈学明译，工人出版社1987年版。

[98] [德] 埃里希·弗洛姆：《寻找自我》，陈学明译，工人出版社1988年版。

[99] [英] 埃蒙德·利奇：《文化与交流》，郭凡、邹和译，上海人民出版社2000年版。

[100] [意] 安东尼奥·葛兰西：《狱中札记》，曹雷雨等译，中国社会科学出版社2000年版。

[101] [美] 安敏成：《现实主义的限制——革命时代的中国小说》，江涛译，江苏人民出版社2001年版。

[102] [英] 保罗·史密斯等：《文化研究精粹读本》，陶东风译，中国人民大学出版社2006年版。

[103] [德] 彼得·比格尔：《先锋派理论》，高建平译，商务印书馆2002年版。

[104] [美] 本尼迪克·安德森：《想象的共同体》，吴叡人译，上海人民出版社2011年增订版。

[105] [法] 布尔迪厄：《文化资本和社会炼金术》，包亚明译，上海人民出版社1997年版。

[106] [美] 布斯：《小说修辞学》，华明等译，北京大学出版社1987年版。

[107] [美] 道格拉斯·凯尔纳：《媒体文化：介于现代与后现代之间的文化研究、认同性与政治》，丁宁译，商务印书馆2004年版。

[108] [美] 道格拉斯·凯尔纳、斯蒂文·贝斯特：《后现代

理论》，张志斌译，中央编译出版社1999年版。

[109] ［荷］佛克马、蚁布思：《文学研究与文化参与》，俞国强译，北京大学出版社1996年版。

[110] ［法］古斯塔夫·勒庞：《革命心理学》，佟德志、刘训练译，吉林人民出版社2004年版。

[111] ［德］哈贝马斯：《交往行为理论》第1卷，曹卫东译，上海人民出版社2004年版。

[112] ［美］赫伯特·马尔库塞：《爱欲与文明——对弗洛伊德思想的哲学探讨》，黄勇、薛民译，上海译文出版社1987年版。

[113] ［美］赫伯特·马尔库塞：《单向度的人》，刘继译，上海译文出版社1989年版。

[114] ［美］赫伯特·马尔库塞：《审美之维》，李小兵译，广西师范大学出版社2001年版。

[115] ［美］华莱士·马丁：《当代叙事学》，伍晓明译，北京大学出版社1990年版。

[116] ［美］杰姆逊：《后现代主义与文化理论》，唐小兵译，陕西师范大学出版社1987年版。

[117] ［德］卡尔·马克思：《1844年经济学—哲学手稿》，人民出版社1979年版。

[118] ［德］康德：《历史理性批判文集》，何兆武译，商务印书馆1996年版。

[119] ［俄］列夫·舍斯托夫：《在约伯的天平上》，董友等译，生活·读书·新知三联书店1989年版。

[120] ［德］鲁道夫·奥托：《论神圣》，成穷、周邦宪译，四

川人民出版社 1995 年版。

[121]《马克思恩格斯选集》，人民出版社 1975 年版。

[122][荷]米克·巴尔：《叙述学：叙述理论导论》，谭君强译，中国社会科学出版社 2003 年版。

[123][法]皮埃尔·布迪厄：《艺术的法则：文学场的生成和结构》，刘晖译，中央编译出版社 2001 年版。

[124][法]皮埃尔·布迪厄、[美]华康德：《实践与反思》，李猛、李康译，中央编译出版社 1998 年版。

[125][英]齐格蒙·鲍曼：《立法者与阐释者》，洪涛译，上海人民出版社 2000 年版。

[126][法]让-弗朗索瓦·利奥塔尔：《后现代状态：关于知识的报告》，车槿山译，生活·读书·新知三联书店 1997 年版。

[127][古希腊]索福克勒斯：《悲剧二种》，罗念生译，人民文学出版社 1979 年版。

[128][英]特雷·伊格尔顿：《二十世纪西方文学理论》，伍晓明译，陕西师范大学出版社 1987 年版。

[129][美]韦尔伯·施拉姆：《大众传播媒介与社会发展》，金燕宁等译，华夏出版社 1990 年版。

[130][美]约翰·盖利肖：《小说写作技巧二十讲》，梁淼译，北京十月文艺出版社 1987 年版。

[131][美]詹姆斯·费伦：《作为修辞的叙事：技巧、读者、伦理、意识形态》，陈永国译，北京大学出版社 2002 年版。

[132][美]詹姆斯·麦格雷戈·伯恩斯：《领袖论》，刘李胜等译，中国社会科学出版社 1996 年版。

二 论文

[1] 曹金合：《敞亮与遮蔽——论〈我们夫妇之间〉的话语叙述策略》，《哈尔滨学院学报》2009 年第 12 期。

[2] 程光炜：《关于五十至七十年代文学中的知识分子形象》，《文学评论》2001 年第 6 期。

[3] 程光炜：《〈文艺报〉"编者按"简论》，《当代作家评论》2004 年第 5 期。

[4] 董之林：《关于"十七年"文学研究的历史反思——以赵树理小说为例》，《中国社会科学》2006 年第 4 期。

[5] 段吉方：《意识形态与审美话语——伊格尔顿激进美学的逻辑和立场》，《广西师范大学学报》（哲学社会科学版）2005 年第 3 期。

[6] 胡玉伟：《"十七年文学"的爱情叙事与解放区文学传统》，《南方文坛》2006 年第 1 期。

[7] 何洛易：《知识者的心路历程：20 世纪中国知识分子小说综述》，《解放军外语学院学报》1994 年第 4 期。

[8] 黄平：《知识分子：在漂泊中寻求归宿》，《中国社会科学季刊》（香港）1993 年第 2 期。

[9] 季惠杰：《建国后知识分子形象之精神走向》，《北华大学学报》（社会科学版）2003 年第 2 期。

[10] 刘世衡：《主体批判与意识形态幻象》，《作家》2010 年第 4 期。

[11] 刘思谦：《丁玲与左翼文学》，《西南民族大学学报》（人

文社会科学版）2006 年第 11 期。

[12] 戚学英：《"人民话语"与"十七年"文学的身份认同》，《中国现代文学研究丛刊》2014 年第 4 期。

[13] 钱超英：《身份概念与身份意识》，《深圳大学学报》（人文社会科学版）2000 年第 2 期。

[14] 石义彬、熊慧：《媒介仪式，空间与文化认同》，《湖北社会科学》2008 年第 2 期。

[15] 孙先科：《爱情、道德、政治——对"百花"文学中爱情婚姻题材小说"深度模式"的话语分析》，《文艺理论研究》2004 年第 1 期。

[16] 孙先科：《如何深化"十七年"的小说研究》，《湛江师范学院学报》2008 年第 4 期。

[17] 孙先科：《王蒙〈组织部来了个年轻人〉的精神现象学阐释》，《中国现代文学研究丛刊》2004 年第 3 期。

[18] 谭学纯：《想象爱情：文学修辞的意识形态介入》，《福建师范大学学报》（哲学社会科学版）2006 年第 6 期。

[19] 唐祥勇：《"真实性"与新的文学规范——以萧也牧〈我们夫妇之间〉为例》，《云南大学学报》（社会科学版）2007 年第 1 期。

[20] 王彬彬：《林道静、刘世吾、江玫与露沙——当代文学对知识分子与革命的叙述》，《文艺争鸣》2002 年第 2 期。

[21] 余岱宗：《论"十七年"小说中的小资知识分子形象》，《福建师范大学学报》（哲学社会科学版）2005 年第 6 期。

[22] 余晓明：《土改小说：意识形态与仪式》，《浙江师范大学学报》（社会科学版）2006 年第 2 期。

[23] 张化隆：《评增补后的〈青春之歌〉》，《东北师范大学学报》（哲学社会科学版）1981年第3期。

[24] 张伟德：《边际理论及其在语文教学研究领域的应用》，http：//www.zbjsjy.cn/wangkan.asp？articleid=190&catalogid=55，2010-12-15。

[25] 张勐：《从拯救者到零余者——方纪〈来访者〉透视》，《文艺争鸣》2007年第11期。

[26] 赵启鹏：《论中国当代文学两类英雄叙事中的"极限情境"模式》，《东岳论丛》2006年第4期。

[27] [美] 杰弗里·梅耶斯：《疾病与艺术》，顾闻译，《文艺理论研究》1995年第6期。

[28] [法] 路易·阿尔都塞：《意识形态和意识形态国家机器（研究笔记）》，李迅译，《当代电影》1987年第3期。

[29] [法] 路易·阿尔都塞：《意识形态和意识形态国家机器》（续），李迅译，《当代电影》1987年第4期。

三　主要作品

毕麟的《前进的道路》，草明的《乘风破浪》，邓友梅的《在悬崖上》，丁玲的《韦护》《一九三〇年春上海》《在医院中》《太阳照在桑干河上》，丰村的《美丽》，方纪的《纺车的力量》《来访者》，高云览的《小城春秋》，蒋光慈的《野祭》《冲出云围的月亮》《咆哮了的土地》，晋驼的《结合》，汉水的《勇往直前》，海默的《我的引路人》，浩然的《艳阳天》，洪灵菲的《前线》《流亡》，胡也频的《到莫斯科去》《光明就在我们前面》，康濯的《春种秋收》，梁斌的《红旗谱》，刘澍德的《归家》（上部），陆地的《美丽的南方》，路翎的《财主底儿女们》，罗广斌、杨益言的《红岩》，李英儒的《野火春风斗古城》，柳青的《创业史》，马烽的《我的第一个上级》，茅盾的《蚀》三部曲，莫耶的《丽萍的烦恼》，欧阳山的《三家巷》，上海文艺出版社编的《重放的鲜花》，舒群的《快乐的人》，孙犁的《风云初记》，思基的《我的师傅》，王蒙的《组织部新来的青年人》，王西彦的《艰辛的日子》，韦君宜的《三个朋友》，萧也牧的《我们夫妇之间》，雪克的《战斗的青春》，杨沫的《青春之歌》，俞林的《我和我的妻子》，宗璞的《红豆》《南渡记》《东藏记》《西征记》，赵树理的《三里湾》，朱定的《关连长》，周立波的《暴风骤雨》《山乡巨变》，周而复的《上海的早晨》等。

四　主要报纸杂志

《人民日报》《人民文学》《文艺报》《红旗》《解放日报》《解放军文艺》《文汇报》《光明日报》《中国青年报》《中国青年》《文学月刊》《文艺月报》《学习》《学术月刊》《北京日报》《北京文艺》《文学青年》《文学评论》《文艺学习》《谷雨》《收获》《上海文学》《重庆日报》《长江文艺》《新港》《新视察》《延河》《雨花》《东海》等。

后　记

　　艰难困苦，玉汝于成。在书稿完成的一刹那，内心禁不住涌起阵阵喜悦。我知道，尽管因自己才识不逮致使本书还有需要完善的地方，但毫无疑问，本书所以能够顺利完成，是与老师们凝聚其间的大量心血分不开的。

　　本书从选题、动笔到成文、成书的各个环节均受到我的导师孙先科教授耐心、细致的指导。非常感谢老师不辞辛劳地为我考虑到问题的方方面面，提出各种宝贵的修改意见，曾经几易其稿。在这期间，老师无私的教诲和鼓励给了我极大的启发和信心，老师热情的帮助让我永远铭刻在心。师母黄勇老师也非常关心我的学习和生活情况。在此，谨向孙老师孙师母贤伉俪表示衷心的感谢和崇高的敬意。

　　衷心感谢刘思谦教授、刘增杰教授等河南大学中国现当代文学博士点的各位导师。老师们的严格教益和谆谆教导使我受益匪浅，为本书的写作奠定了坚实的基础。

　　感谢慈爱朴实的父母，感谢善良无私的妻子，感谢乖巧可爱的女儿。他们是我心底最柔软的地方。

　　感谢我的同门张舟子、龚奎林、陈由歆、郝魁锋，感谢苗霞、李锋伟、惠萍、杨波……兄弟姐妹们的鼓励和支持，让我寂寞时不寂寞，前进时充满动力，永远不会忘记和他们一起相处的快乐日子。

同时还要感谢教育部人文社会科学研究规划基金项目（批准号：16YJA751027）和江西省高校人文社会科学研究一般项目（编号：ZGW18101）资助。

时光荏苒，不知不觉之间，现在距离自己博士毕业已经有好几个年头了。回首过往，几多不舍，感慨万千。在今后的人生旅途中，我仍会时刻谨记师友和亲人们对我的殷切期盼和美好祝福，继续以一颗敬畏与感恩的虔诚之心，奋勇向前。

祝福我的师友亲人们。

吴国如
二〇一八年六月八日于南昌